中华传统文化经典

学生版

无障碍阅读

唐宋八大家文集

主编：张丽丽

编者：朱孔娜　彭娟

北京出版集团公司

北京教育出版社

图书在版编目（CIP）数据

　唐宋八大家文集 / 张丽丽主编 . — 北京：北京教育出版社，
2015.3
　（中华传统文化经典）
　ISBN 978-7-5522-5596-6

　Ⅰ．①唐… Ⅱ．①张… Ⅲ．①唐宋八大家－古典散文－散文集
Ⅳ．① I264.2

　中国版本图书馆 CIP 数据核字（2015）第 051344 号

- -

中华传统文化经典

唐宋八大家文集

主编：张丽丽

*

北 京 出 版 集 团 公 司

北 京 教 育 出 版 社　　出版

（北京北三环中路 6 号）

邮政编码：100120

网址：ｗｗｗ．ｂｐｈ．ｃｏｍ．ｃｎ

北 京 出 版 集 团 公 司 总 发 行

全 国 各 地 书 店 经 销

北京中振源印务有限公司印刷

*

660mm×920mm　16 开本　23 印张　319 千字
2015 年 3 月第 1 版　2015 年 3 月第 1 次印刷

ISBN 978-7-5522-5596-6

定价：22.80 元

393

总序
ZONGXU

    中国作为一个历史悠久的国家，因历朝历代的文化积累和传承，形成了特有的博大精深的传统文化体系，这一庞杂的体系体现在灿若星辰的各种传统文化经典中。虽然这些经典与当今时代相去甚远，但其包含的精神内核和文化意义却根植在每一个国人的血液里。

    纵览这些传统文化经典，我们会发现，传统文化有其平实的底蕴，充满日常生活的调子，因为它有"晨则省，昏则定"这样琐碎平实的孝之教导；有"亲戚故旧，老少异粮"这样充满柴米油盐气息的待客之道；有"心口如一，童叟无欺"这样朴素而永恒的价值观……

    传统文化亦有其高情远致，强调精神的高洁与纯粹，因为它有"大道之行也，天下为公"的社会理想；有"厚德载物，道济天下"的广阔胸襟；有"欺世清浊异品，全赖吾辈激扬"这样当仁不让的慷慨气概……

    正因为传统文化有这样丰厚的底蕴，所以，虽然时代飞速变化，思想观念不停流转，但是作为我们中华民族赖以安放心灵的精神家园和价值体系，传统文化不但不会步入没落，相反更会在这个价值观多元化的时代体现其重要性。它流经千百年，无声无息地渗透在国人的血脉中，潜藏在每一个人的思想意识的底层，或许你未曾留意，不曾发觉，但是我们的每一次举手，每一次投足，都深深地暴露了我们属于中华民族的这一文化密码，我们每一颗心灵都在这文化密码的河流里得到长久而深远的润泽，这也是我们编写这套书的最主要原因。

鉴于传统文化经典与我们隔着漫长的岁月，有些阅读者已经不能流畅地阅读和准确地把握、体会其中的意义，为了帮助读者扫清阅读障碍、更好地掌握传统文化，我们做了以下工作：

一、介绍作者及其思想或者本书的流传历程

古语说"知人论世"，为了帮助读者把握传统文化的思想内涵，我们对每本书的作者的生平经历及其思想发展脉络进行精要的介绍，让读者在宏观的时代思想背景下去了解作品，了解传统文化。

二、采取文后注释和翻译的形式，方便阅读

根据读者对古典文学名著的学习需求，以及阅读过程中遇到的难点，本书采取文后注释的形式，对作品里的生僻字词进行注音，对难解的字词进行解释，同时对作品中出现的一些人物、官职、相关的传说、天文地理知识等进行简要说明。文后的注释简洁明了，能使学生在阅读中真正地实现无障碍阅读，理解作品内容。

三、力求内容准确而完整

我们这一套传统文化经典书籍特别注重内容的准确性和完整性，完全对照权威版本进行认真核对，内容上除极个别情况之外没有任何删减，并对全文进行了翻译，力求原汁原味地为读者呈现传统文化典籍的本来面貌。

四、设置传统文化小知识栏目

为了弘扬传统文化，让读者了解古典文化的各种小知识，我们特别开设传统文化小知识栏目，为读者讲解古代礼仪、风俗、制

度、服饰、典籍等,这一方面有助于帮助读者阅读原文,另一方面有助于读者积累知识,增长见识。

五、名句集锦

几乎每本传统文化典籍都有一些名句流传下来,它们至今仍然在日常生活中被广泛应用,言简意赅地表达着某种思想和看法,流传千年依然活力无限,我们把这些经典的句子放在每本书后面,有助于读者记忆和运用。

虽然世易时移,但今天,传统文化仍然在国民道德教育、人格教育和智力教育等方面起着不可替代的作用,我们愿通过我们的努力为大家献上一套从内容到形式都力求完美的传统文化典籍,希望读者在阅读中体会传统文化的精深与美好,也愿传统文化在当代中国更加枝繁叶茂。当然,我们的书还存在不足之处,敬请读者批评指正!

编　者

　　"唐宋八大家"是我国散文发展史上八位有杰出成就的散文作家的合称。他们是唐代的韩愈、柳宗元和宋代的欧阳修、苏洵、苏轼、苏辙、王安石和曾巩。明初朱右的《八先生文集》最早将这八位作家的散文作品编选在一起刊行，后来唐顺之在《文编》一书中也选录了这八位唐宋作家的作品。明朝中叶古文家茅坤在前者的基础上加以整理和编选，取名《唐宋八大家文钞》，共160卷。"唐宋八大家"从此得名。唐宋八大家的散文代表了我国古典散文的最高成就。

　　早在先秦两汉时期，中国的散文就已经有了很大成就。两汉时期，司马迁的历史著作《史记》又把古代散文的发展推向了一个新的高峰。东汉以来，把辞赋的写作手法引进散文的倾向日趋明显。魏晋时期，形成了一种特殊的文体，后人称之为骈文。骈文讲究字句对称，讲究藻饰，强调音韵，较多用典，追求形式技巧的完美，在文学史上有着不可忽视的价值。其以四字六字相间定句，世称"四六文"。骈文由于迁就句式，堆砌辞藻，往往影响内容表达，发展到后期越来越有忽视内容的倾向，代表作家有徐陵、庾信等。

　　中唐时期的韩愈把六朝以来讲求声律及辞藻、排偶的骈文视为俗下文字，举起了反对形式主义之风的大旗。他认为自己的散文继承了两汉文章的传统，所以称之为"古文"。

韩愈提倡古文，目的在于恢复古代的儒家道统，将改革文风与复兴儒学变为相辅相成的运动。他在提倡古文时，进一步强调要以文明道。除韩愈外，柳宗元及宋代的欧阳修、王安石、曾巩、苏洵、苏轼、苏辙等人也是这方面的代表性人物，他们强调文学要反映社会现象，强调文章的思想内容；在形式上，他们提倡学习先秦两汉时期的散文，挣脱骈文的文体枷锁。宋代的欧阳修继承并发展了韩愈的文学主张，在他的倡导下，王安石、曾巩以及苏洵、苏轼、苏辙所写的散文都取得了较大的成就。

韩、柳、欧、苏等"唐宋八大家"的创作，使散文自秦汉之后进入了第二个崭新阶段。诸位大家在长期的艺术实践中，都形成了自己鲜明的写作风格，他们的文学思想和创作成就对后代也产生了重大影响。他们的作品风格虽然各不相同，但都秉承着同样的创作理念，大多成为文学史上的闪耀篇章，使唐宋散文成为中国古典散文中难以逾越的高峰。历代以来，文人学者都对"唐宋八大家"的散文作品评价极高。

为了方便读者更好地阅读和理解"唐宋八大家"的作品，本书选取了最能代表"唐宋八大家"文学成就的散文精品，兼顾了论说、杂记、书信、赠序、传记、祭文、寓言、游记等各类文体，基本上能够反映出"唐宋八大家"散文的风采神韵，以及唐宋散文典雅大气的风格特点。对每位作家都作了较为详尽的介绍，包括其生平经历、作品特点和文学价值，便于读者知人论世，更好地了解其作品；每篇作品后均有注释和译文，注释详细准确，译文部分以直译为主，直译与意译结合，尽量做到逐字逐句一一对应，文字流畅，文笔优美；同时插入精美的资料性图片，使读者更全面地了解作家作品，增加本书的美感。所以，本书是学生学习"唐宋八大家"作品极好的参考资料。

编　者

目 录

韩 愈

欧阳修

苏洵

王安石

苏 轼

韩 愈

韩愈（768年—824年），字退之，河南河阳（今河南孟州南）人，唐代杰出的文学家、哲学家。韩愈谥号文，故世称"韩文公"，是"唐宋八大家"之一，与柳宗元同为"古文运动"的倡导者，故与其并称"韩柳"，且有"文章巨公"和"百代文宗"之名，提出了"文以载道"和"文道结合"的文学主张，反对六朝以来的骈偶之风，提倡先秦、两汉的散文，文学上主张"词必己出""惟陈言之务去"。

韩愈7岁开始读书，13岁能写文章，18岁赴长安应进士试，三试不第，先后在汴州董晋、徐州张建封两个节度使的幕府任职，后来又到京师，担任国子监四门博士。这一阶段创作的重要诗文，有《原道》《原性》《答李翊书》《师说》《送李愿归盘谷序》《送孟东野序》等。

韩愈任监察御史时，因上书论天旱人饥的惨状，请求朝廷减免徭役赋税，指斥朝政，被贬为阳山令。顺宗即位，用王叔文集团进行政治改革，韩愈持反对立场。宪宗即位，韩愈获赦北还，为国子博士，后又改河南令、迁职方员外郎等。因先后与宦官、权要相对抗，仕宦一直不得志。这一阶段的重要诗文，有《张中丞传后叙》《毛颖传》《送穷文》《进学解》等。

50岁之后韩愈先从裴度征讨淮西吴元济叛乱，任行军司马，贯彻了加强中央集权、反对藩镇割据的主张。淮西平定之后，他升任刑部侍郎。他一生排斥佛教。元和十四年（819年）宪宗迎佛骨入大内，他奋不顾身，上表力谏，为此被贬为潮州刺史，后移袁州，不久回朝，历任国子祭酒、兵部侍郎、吏部侍郎等显职。这一阶段重要诗文有《论佛骨表》《柳子厚墓志铭》等。

824年，韩愈病卒，宋朝元丰年间被追封为"昌黎伯"。

原 道

　　博爱之谓仁，行而宜之之谓义①；由是而之焉之谓道，足乎己无待于外之谓德。仁与义，为定名；道与德，为虚位。故道有君子小人，而德有凶有吉。老子之小仁义，非毁之也，其见者小也。坐井而观天，曰天小者，非天小也，彼以煦煦为仁②，孑孑为义③，其小之也则宜。其所谓道，道其所道，非吾所谓道也；其所谓德，德其所德，非吾所谓德也。凡吾所谓道德云者，合仁与义言之也，天下之公言也；老子之所谓道德云者，去仁与义言之也，一人之私言也。

　　周道衰，孔子没，火于秦，黄老于汉，佛于晋、魏、梁、隋之间，其言道德仁义者，不入于杨，则入于墨；不入于老，则入于佛。入于彼，必出于此。入者主之，出者奴之；入者附之，出者污之④。噫！后之人其欲闻仁义道德之说，孰从而听之？老者曰："孔子，吾师之弟子也。"佛者曰："孔子，吾师之弟子也。"为孔子者，习闻其说，乐其诞而自小也⑤，亦曰

"吾师亦尝师之"云尔。不惟举之于其口，而又笔之于其书。噫！后之人虽欲闻仁义道德之说，其孰从而求之？甚矣，人之好怪也，不求其端，不讯其末，惟怪之欲闻。

古之为民者四，今之为民者六⑥；古之教者处其一，今之教者处其三。农之家一，而食粟之家六；工之家一，而用器之家六；贾之家一，而资焉之家六⑦；奈之何民不穷且盗也！

古之时，人之害多矣。有圣人者立，然后教之以相生相养之道。为之君，为之师，驱其虫蛇禽兽而处之中土。寒，然后为之衣；饥，然后为之食；木处而颠，土处而病也，然后为之宫室。为之工，以赡其器用；为之贾，以通其有无；为之医药，以济其夭死；为之葬埋祭祀，以长其恩爱；为之礼，以次其先后；为之乐，以宣其湮郁⑧；为之政，以率其怠倦；为之刑，以锄其强梗⑨。相欺也，为之符、玺、斗斛、权衡以信之；相夺也，为之城郭、甲、兵以守之。害至而为之备，患生而为之防。今其言曰："圣人不死，大盗不止；掊斗折衡，而民不争。"呜呼，其亦不思而已矣！如古之无圣人，人之类灭久矣。何也？无羽毛鳞介以居寒热也，无爪牙以争食也。

是故君者，出令者也；臣者，行君之令而致之民者也；民者，出粟米麻丝，作器皿，通货财，以事其上者也。君不出令，则失其所以为君；臣不行君之令而致之民，则失其所以为臣；民不出粟米麻丝，作器皿，通货财，以事其上，则诛。今其法曰⑩：必弃而君臣，去而父子⑪，禁而相生相养之道，以求其所谓清净寂灭者⑫。呜呼！其亦幸而出于三代之后⑬，不见黜于禹、汤、文、武、周公、孔子也；其亦不幸而不出于三代之前，不见正于禹、汤、文、武、周公、孔子也。

帝之与王，其号名殊，其所以为圣一也。夏葛而冬裘，渴饮而饥食，其事虽殊，其所以为智一也。今其言曰⑭："曷不为太古之无事？"是亦责冬之裘者曰："曷不为葛之之易也？"责饥之食者曰："曷不为饮之之易也？"传曰⑮："古之欲明明德于天下者，先治其国；欲治其国者，先齐其家；欲齐其家者，先修其身；欲修其身者，先正其心；欲正其心者，先诚其意。"然则古之所谓正心而诚意者，将以有为也。今也欲治其心，而外天下国家，灭其天常⑯，子焉而不父其父，臣焉而不君其君，民焉而不事其事。孔子之作《春秋》也，诸侯用夷礼则夷之，进于中国则中国之⑰。经曰⑱："夷狄之有君，不如诸夏之亡。"《诗》曰："戎狄是膺，荆舒是惩。"今也，举夷狄之法，而加之先王之教之上，几何其不胥而为夷也⑲！

夫所谓先王之教者，何也？博爱之谓仁，行而宜之之谓义，由是而之焉之谓道，足乎己无待于外之谓德。其文《诗》《书》《易》《春秋》；其法礼、乐、刑、政；其民士、农、工、贾，其位君臣、父子、师友、宾主、昆弟、夫妇；其服麻、丝，其居宫室；其食粟米、果蔬、鱼肉。其为道易明，而其为教易行也。是故以之为己，则顺而祥；以之为人，则爱而公；以之为心，则和而平；以之为天下国家，无所处而不当。是故生则得其情，死则尽其常；郊焉而天神假⑳，庙焉而人鬼飨㉑。曰："斯道也，何道也？"曰："斯吾所谓道也，非向所谓老与佛之道也。尧以是传之舜，舜以是传之禹，禹以是传之汤，汤以是传之文、武、周公，文、武、周公传之孔子，孔子传之孟轲，轲之死，不得其传焉。荀与扬也，择焉而不精，语焉而不详。由周公而上，上而为君，故其事行；由周公而下，下而为臣，故其说长。"

然则如之何而可也？曰："不塞不流，不止不行。人其人，火其书，庐其居㉒，明先王之道以道之，鳏寡孤独废疾者有养也㉓，其亦庶乎其可也㉔！"

【注释】

①宜：合宜。②煦（xǔ）煦：温暖。这里指小恩小惠。③孑（jié）孑：孤单。这里指不关社会痛痒的个人行为。④污：污蔑，诋毁。⑤诞：荒诞。⑥六：指士、农、工、贾，加上佛教僧徒、道教教徒。⑦资：依靠。⑧湮郁：郁闷。⑨强梗：强暴之徒。⑩其：指佛家。⑪而：通"尔"，你。下同。⑫清净寂灭：佛家以离开一切恶行烦扰为清净。⑬三代：指夏、商、周三朝。⑭其：指道家。⑮传（zhuàn）：解释儒家经典的书称"传"。⑯天常：天性。⑰进：进步。⑱经：指儒家经典。⑲胥：沦落。⑳假：通"格"，到。㉑庙：祭祖。㉒庐：这里用作动词。其居：指佛寺、道观。㉓鳏（guān）：老而无妻。㉔庶乎：差不多，大概。

【译文】

博爱可以称作仁，实行仁道而合宜可以称作义；由此而到达仁义的境界叫作道，内心具备仁义的本性、不需要外力的帮助和支持叫作德。仁和义，有确定的内容；道和德，却没有确定的内容。所以道有君子之道和小人之道，而德有凶德有吉德。老子轻视仁义，并不是诋毁仁义，而是由于他观念狭隘。好比坐在井里看天，说天很小，其实天并不小，老子把小恩小惠视作仁，把谨小慎微视作义，他轻视仁义就是很自然的事了。老子所说的道，是把他观念里的道当作道，不是我所说的道；他所说的德，是把他观念里的德当作德，不是我所说的德。凡是我们儒家所说的道德，其内容包括仁和义，是天下的人所共同承认的道德；老子所说的道德，是抛开了仁和义说的，只是他一个人的说法。

周道衰落，孔子离世以后，秦始皇焚毁诗书，黄老学说开始盛行于汉代，佛教盛行于晋、魏、梁、隋之间，那时谈论道德仁义的人，不归入杨朱学派，就归入墨翟学派；不归入道学，就归入佛学。归入了那一家，必然轻视另外一家。尊崇所归入的学派，就贬低所反对的学派；依附归入的学派，就污蔑反对的学派。唉！后世的人想知道仁义道德的学说，到底听从谁的呢？道家说：“孔子，是我们老师的学生。”佛家也说：“孔子，是我们老师的学生。”研究孔学的人，听惯了他们的话，乐于接受他们的荒诞言论而轻视自己，也说“我们的老师曾向他们学习”这一类的话。不仅在口头说，而且还把它写在书上。唉！后世的人即使想要知道关于仁义道德的学说，又该向谁去请教呢？真是太过分了，人们喜欢听怪诞的言论，他们不探求事情的起源，不考察事情的结果，只喜欢听怪诞的言论。

古代把人民按职业分为四种，现在有六类；古代负有教民任务的只有一类，当今教民的有三类。务农的只有一家，要吃粮食的却有六家；务工的只有一家，可需要器具的却有六家；经商的只有一家，而六家的人都需要物资交换、商品流通。这种情况，又怎么能使民众不穷困不偷盗呢！

古时候，给人民带来灾害的东西很多。后来出了圣人，才把相生相养的生活方法（教人怎么生活）教给人民。给人立君（统治他们），给人立师（教育他们），驱走那些蛇虫禽兽，把人们安顿在中原。天冷，就教他们做衣裳；饿了，就教他们怎样种庄稼；栖息在树木上容易掉下来，住在洞穴里容易生病，于是就教他们建造房屋。又教他们做工匠，以供应人民的生活用具；教导他们经营商业，以调剂货物有无；发明医药，以拯救那些受病痛折磨的人；制定葬埋祭祀的制度，以增进人与人之间的感情；制定礼节，以分别尊卑秩序；制作音乐，以宣泄人们心中的郁闷；制定政令，以督促那些怠惰懒散的人；制定刑罚，以铲除那些强暴之徒。因为有人弄虚作假，于是又制作符节、印玺、斗斛、秤尺来作为凭信；因为有争夺抢劫的事，于是设置了城池、盔甲、兵器来守卫家国。总之，灾害来了就设法防备，祸患将要发生就及早预防。现在道家却说："如果圣人不死，大盗就不会停止；只要砸烂斗斛、折断秤尺，人民就不会争夺了。"唉，这都是没有经过思考的话罢了！如果古代没有圣人（的发明、创造、教化），人类早就灭亡了。为什么呢？因为（在原始时代，人和禽兽差不多，而且）人们没有羽毛鳞甲以适应严寒酷暑，也没有强硬的爪子和牙齿来夺取食物。

因此说，君王，是发号施令的；臣子，是执行君王的命令以统治人民的；百姓，是生产粮食丝麻，制作器物，交流商品，（他们）用这些劳动工作来为统治他们的人服务的。君王如果不发号施令，就丧失了作为君王的权力和其所以为君的道理；臣子不执行君王的命令以统治人民，就失去了作为臣子的职责；百姓不生产粮食丝麻，不制作器物，不交流商品，不好好工作来供应在上统治的人，就应该受到惩罚。现在佛家告诉人民说：必须抛弃你们的君臣关系，消除你们的父子关系，禁止你们相生相养的办法（生活原则），去追求那清净寂灭的彼岸境界。唉！他们也幸而出生在三代之后，没有被夏禹、商汤、周文王、周武王、周公、孔子所贬斥；他们又不幸而没有出生在三代以前，没有受到夏禹、商汤、周文王、周武王、周公、孔子的教导和纠正。

五帝与三王，他们的名号不同，但他们成为圣人的原因是相同的。夏天穿葛衣，冬天穿皮衣，渴了要喝水，饿了要吃饭，这些事情虽然各不相同，但它们同样是人类的智慧。现在道家却说："为什么不实行远古的无为而治呢？"这就好像在怪冬天穿皮衣的人说："为什么你不穿简便的葛衣呢？"或者好像在怪饿了要吃饭的人说："光喝水岂不简单得多？"传说："在古代，想要发扬他的光辉道德于天下的人，一定要先治理好他的国家；要治理好他的国家，一定要先整顿好他的家庭；要整顿好他的家庭，必须先进行自身的修养；要进行自我修养，必须先端正自己的思想；要端正自己的思想，必须先使自己具有诚意。"可见古人所谓正心和诚意，都是为了要有所作为。现在那些修心养性的人，却想抛开天下国家，这就是要灭绝人的本性中所本来就有的东西，做儿子的不把父亲当作父亲，做臣子的不把君主当君主，做民众的不做百姓该做的事。孔子作《春秋》，对于采用夷狄礼俗的诸侯，就把他们列入夷狄，对于进步到采用中原礼俗的诸侯，就承认他们是中原先进的人。儒家经书里说："夷狄虽然有君主，还不如中原没有君主。"《诗经》说："夷狄应当攻击，荆舒应当惩罚。"现在，却尊崇夷礼之法，把野蛮人的道理加到先王的道理之上，我们岂不是要沦为野蛮人了！

我所说的先王之教，是什么呢？就是博爱即称为仁，合乎仁的行为即称为义，按照仁义的原则去做就是道，内心具备仁义的本性、不需要外力的支持和帮助叫作德。讲仁义道德的文章是《诗经》《尚书》《易经》《春秋》；体现仁义道德的法制（进行社会控制的工具）的是礼仪、音乐、刑法、政令；社会阶层应该由士、农、工、商构成，社会关系伦理次序是君臣、父子、师友、宾主、兄弟、夫妇；人民衣服是麻布、丝绸；人民的居处是房屋；人民的食物是粮食、瓜果、蔬菜、鱼肉。作为道理简单明了，作为教令简单易行。所以用它们来教育自己，就能和顺吉祥；用它们来对待别人，就能做到博爱公正；用它们来修养内心，就能平和而宁静；用它们来治理天下国家，就没有不适当的地方。因此活着为人处事合乎情理，死了也顺应自然；所以天神、祖先也感到十分舒畅，乐于接受人们的祭祀。有人问："你这个道，是什么道哇？"我说："这是我所说的道，不是刚才所说的道家和佛家的道。这个道是从尧传给舜，舜传给禹，禹传给汤，汤传给文王、武王、周公，文王、武王、周公传给孔子，孔子传给孟轲，孟轲死后，没有继承的人。只有荀卿和扬雄，对儒家学说认识、选择得不精当（这是针对荀子的言论而说），对儒家学说论述过于简略还欠详细（主要是针对扬雄）。从周公以上，继承的都是在上做君王的，所以儒道在具体事务中能够得到推行；从周公以下，继承的都是在下做臣子的，所以这个道在他们的学说中能够得到弘扬。"

那么，现在怎么办才能使儒道获得实行呢？我以为："不堵塞佛老之道，儒道就不得流传；不禁止佛老之道，儒道就不能推行。必须把僧道还俗为民，烧掉佛经道书，把佛寺、道观变成民房，弘扬先王之儒道以教育人民，使鳏夫、寡妇、孤儿、老人和有残疾的人都能够有生活保障，这样做也就差不多了！"

原　毁

古之君子，其责己也重以周①，其待人也轻以约②。重以周，故不怠③；轻以约，故人乐为善。闻古之人有舜者，其为人也，仁义人也④。求其所以为舜者⑤，责于己曰："彼，人也，予，人也。彼能是，而我乃不能是！"早夜以思，去其不如舜者⑥，就其如舜者。闻古之人有周公者，其为人也，多才与艺人也⑦。求其所以为周公者，责于己曰："彼，人也，予，人也。彼能是，而我乃不能是！"早夜以思，去其不如周公者，就其如周公者。舜，大圣人也，后世无及焉；周公，大圣人也，后世无及焉。是人也，乃曰："不如舜，不如周公，吾之病也⑧。"是不亦责于己者重以周乎！其于人也，曰："彼人也，能有是，是足为良人矣；能善是，是足为艺人矣。"取其一，不责其二；即其新，不究其旧；恐恐然惟惧其人之不得为善之利⑨。一善易修也，一艺易能也。其于人也，乃曰："能有是，是亦足矣。"曰："能善是，是亦足矣。"不亦待于人者轻以约乎！

　　今之君子则不然，其责人也详⑩，其待己也廉⑪。详，故人难于为善；廉，故自取也少。己未有善，曰："我善是，是亦足矣。"己未有能，曰："我能是，是亦足矣。"外以欺于人，内以欺于心，未少有得而止矣，是不亦待于己者已廉乎⑫！其于人也，曰："彼虽能是，其人不足称也；彼虽善是，其用不足称也。"举其一，不计其十；究其旧，不图其新；恐恐然惟惧其人之有闻也，是不亦责于人者已详乎！夫是之谓不以众人待其身，而以圣人望于人，吾未见其尊己也。

虽然，为是者有本有原，怠与忌之谓也。怠者不能修，而忌者畏人修。吾尝试之矣。尝试语于众曰："某良士，某良士。"其应者，必其人之与也；不然，则其所疏远不与同其利者也；不然，则其畏也。不若是，强者必怒于言，懦者必怒于色矣。又尝语于众曰："某非良士，某非良士。"其不应者，必其人之与也；不然，则其所疏远不与同其利者也；不然，则其畏也。不若是，强者必说于言⑬，懦者必说于色矣。是故事修而谤兴⑭，德高而毁来。呜呼！士之处此世，而望名誉之光、道德之行，难已！

将有作于上者，得吾说而存之，其国家可几而理欤⑮！

【注释】

①重：严厉、严格。周：周全、全面。②轻：宽容、宽宏大量。约：简少。③怠：懈怠，松弛。指持续不断地进行道德修养。④仁义人：讲究仁义道德的人，符合儒家仁义道德规范的人。⑤所以：……的原因。⑥去：去掉，改掉。⑦多才与艺人：多才多艺的人。⑧病：缺点，缺陷。⑨惧：担心，害怕。⑩详：周详，详尽。⑪廉：少，此处指对自己要求宽松。⑫已：太、甚。⑬说：通"悦"。⑭修：兴建，建立，有成就了。⑮几：庶几、差不多。

【译文】

古代的君子，他要求自己严格而全面，他要求别人宽容又简约。严格而全面，所以不懈怠地进行道德修养；宽容而简约，所以人们乐于做好事。听说古代有个圣人叫舜，他作为一个人，可以称得上是个仁义的人。探究舜成为圣人的原因，就责备自己说："他，是个人，我，也是个人。他能这样，我却不能这样！"早晨晚上都在思考，改掉那些不如舜的地方，仿效那些与舜相同的地方。听说古人中有个叫周公的，他作为一个人，是个多才多艺的人。探究他成为圣人的原因，就责备自己说："他，是个人，我，也是个人。他能这样，我却不能这样！"早晚都在思考，改掉那些不如周公的地方，仿效那些符合周公的地方。舜，是个大圣人，后世没有人比得上他；周公，是个大圣人，后世没有人比得上他。可是，这些君子却说："不如舜，不如周公，这是我的缺点。"这不就是要求自己既严格而又全面吗！他对别人呢，就说："那个人，能有这些优点，这就算得上一个优秀的人了；能擅长这些事，这就算得上一个有才艺的人了。"肯定他一个方面，而不苛求他别的方面；论他今天的表现，而不计较他的过去；小心谨慎地惟恐别人得不到做好事应得的表扬。一件好事容易做到，一种技艺容易学会。（但）他对别人，却说："能有这些，这就够了。"（又）说："能擅长这些，这就够了。"（这）不就是要求别人宽而少吗！

现在的君子可不同，他责备别人周全，他要求自己简少。周全，所以别人做好事就很困难；简少，所以自己进步就少。自己没有什么优点，却说："我能够这样，也就足够了。"自己没有什么技能，却说："我能够有这种技能，也就足够了。"对外欺骗别人，对己欺骗良心，还没有多少收获就止步不前，岂不是要求自身的太少了吗！他们要求别人，说："他虽然能做这个，但他的人品不值得赞美；他虽然擅长这个，但他的才用不值得称道。"举出他的一点（进行批评），不考虑他其余的十点（怎样）；追究他过去（的错误），不考虑他的现在表现；提心吊胆地生怕他人有了名望，这不也是要求别人太全面了吗！这就叫不用常人的标准要求自身，却用圣人的标准要求别人，我看不出他是尊重自己的。

虽然如此，这样做的人是有根有源的，就是所谓的懈怠和嫉妒。懈怠的人就不会有上进心，而嫉妒别人的人却又生怕别人有所造就。我曾经试验过。（我曾经）试着对大家说："某人是贤良的人，某人是贤良的人。"那随声附和的，一定是他的同伙；否则，就是和他疏远没有相同利害的人；否则，就是怕他的人。不然的话，强横的定会厉声反对，软弱的定会满脸不高兴。我又曾经试着对大家说："某人不是贤良的人，某人不是贤良的人。"那些不附和的人，一定是那人的朋友；要不，就是他不接近的人，和他没有利害关系的人；要不，就是害怕他的人。如果不是这样，强硬的人一定会高兴地说出表示赞成的话，懦弱的人一定会从脸上表露出高兴的神色。因此，（如果一个人的）事业有所成就了，诽谤也就随之产生了，（如果一个人的）品德高尚了，诋毁也就随之而来了。唉！读书人生活在这样的时代，而指望着名誉显畅、道德推行，真是难哪！

身居上位而将有所作为的人，听到我的话并牢记在心上，国家差不多就可以治理好了吧！

杂说一（龙说）

龙嘘气成云，云固弗灵于龙也①。然龙乘是气，茫洋穷乎玄间②，薄日月③，伏光景④，感震电⑤，神变化⑥，水下土⑦，汩陵谷⑧，云亦灵怪矣哉⑨！

云，龙之所能使为灵也⑩。若龙之灵，则

非云之所能使为灵也。然龙弗得云，无以神其灵矣⑪。失其所凭依⑫，信不可欤⑬！异哉！其所凭依，乃其所自为也⑭。《易》曰："云从龙⑮。"既曰龙，云从之矣。

【注释】

①固：原来，本来。于：比。②茫洋：辽阔无边际。穷：极，尽。这里有周游的意思。乎：同"于"，在。玄间：指太空。③薄：迫近，逼迫。④伏：遮盖，掩蔽。光景：日月的光辉。⑤感：通"撼"，摇动，震动。震电：雷电。《诗经·小雅·十月之交》："烨烨震电。"⑥神：用作动词，使神奇。⑦水：用作动词用。水浸润。下土：地。《诗经·邶风·日月》："日居月诸，照临下土。"⑧汩（gǔ）：水四处涌出的样子。⑨矣哉："矣"和"哉"连用，表示终了和感叹的语气。⑩使为灵：即"使之为灵"，中间省去指代云的"之"。⑪神：用作动词，这里是显示的意思。矣：用在句末，表示终结的语气。⑫凭依：凭借，依托。⑬信：实在，真的。⑭乃：竟，居然。⑮《易》：即《易经》。它是我国古代的一部占卦用的书。云从龙：语出《易经·乾》卦。

【译文】

龙吐出的气形成云，云本来不比龙灵异。但是龙乘着这股云气，可以在茫茫的太空中四处遨游，接近日月，遮蔽它的光辉，震动起雷电，使它的变化神奇莫测，使雨水降落在大地上，使得山谷里的水四处涌出，这云也是很神奇灵异的呢！

云，是龙的能力使它变得灵异的。至于龙的灵异，却不是云的能力使它这样子的。但是龙没有云，就不能显示出它的灵异来。失去它所凭借的云，实在是不行的呀！多么奇怪呀！龙所凭借依靠的，正是它自己造成的云。《周易》说："云跟随着龙。"那么既然叫作龙，就应该有云跟随着它。

杂说四（马说）

世有伯乐①，然后有千里马。千里马常有，而伯乐不常有。故虽有名马，只辱于奴隶人之手②，骈死于槽枥之间③，不以千里称也④。

马之千里者，一食或尽粟一石⑤。食马者不知其能千里而食也⑥。是马也，虽有千里之能，食不饱，力不足，才美不外见⑦，且欲与常马等不可得，安求其能千里也⑧！

策之不以其道⑨，食之不能尽其材，鸣之而不能通其意，执策而临之曰："天下无马！"呜呼！其真无马邪⑩？其真不知马也！

【注释】

①伯乐：春秋秦穆公时人，姓孙名阳，字伯乐。以善于相马著称，因此历来被作为善于识别人才的代表。②只：只是。辱：受屈辱，埋没。③骈死：并列而死。槽枥：盛牲畜饲料的长条形器具叫槽，马槽叫枥，槽枥为并列复词，即指马厩。④称：称颂，称道。⑤一食：数量词，犹言一顿。⑥食（sì）：两个"食"均用作动词，即饲，喂养。⑦美：美

好的素质。见：通"现"，表露。⑧安：疑问代词，怎么，哪里。⑨策：鞭马用具，这里用作动词，鞭策、驾驭之意。⑩邪：通"耶"，表示疑问，相当于"吗"。

【译文】

世上有了伯乐，然后才会有千里马被发现。千里马是经常有的，可是伯乐却不经常有。因此，即使是很名贵的马也只能在仆役的手里受到屈辱，跟普通的马一起死在马厩里，不能获得千里马的称号。

日行千里的马，一顿有时能吃下一石粮食。喂马的人不懂得要根据它日行千里的本领来喂养它。（所以）这样的马，虽然有日行千里的能耐，却吃不饱，力气不足，它的才能和美好的素质也就表现不出来，想要跟普通的马等同尚且办不到，又怎么能要求它日行千里呢！

（现在那些养马的人，自己不知道手中的马是千里马，因此）驾驭时不能顺其本性，喂养时又不能（给予充足的饲料，）使它充分发挥才能，马虽然鸣叫，人却一点儿不懂得它的意思，还拿着马鞭（煞有介事地）对它说："天下没有千里马！"唉！难道真的没有千里马吗？大概是他们真的不能识别千里马呀！

师 说

古之学者必有师①。师者，所以传道受业解惑也②。人非生而知之者③，孰能无惑？惑而不从师，其为惑也④，终不解矣。生乎吾前，其闻道也⑤，固先乎吾，吾从而师之；生乎吾后，其闻道也，亦先乎吾，吾从而师之。吾师道也，夫庸知其年之先后生于吾乎⑥？是故无贵无贱，无长无少，道之所存，师之所存也。

嗟乎！师道之不传也久矣⑦！欲人之无惑也难矣！古之圣人，其出人也远矣，犹且从师而问焉；今之众人，其下圣人也亦远矣，而耻学于师。是故圣益圣，愚益愚⑧。圣人之所以为圣，愚人之所以为愚，其皆出于此乎？爱其子，择师而教之；于其身也，则耻师焉，惑矣！彼童子之师，授之书而习其句读者，非吾所谓传其道解其惑者也。句读之不知，惑之不解，或师焉，或不焉，小学而大遗⑨，吾未见其明也。巫医、乐师、百工之人，不耻相师。士大夫之族，曰师、曰弟子云者，则群聚而笑之。问之，则曰："彼与彼年相若也⑩，道相似也。位卑则足羞，官盛则近谀⑪。"呜呼！师道之不复，可知矣！巫医、乐师、百工之人，君子不齿⑫，今其智乃反不能及，其可怪也欤！

圣人无常师。孔子师郯子⑬、苌弘⑭、师襄⑮、老聃⑯。郯子之徒，其贤不及孔子。孔子曰："三人行，则必有我师。"是故弟子不必不如师，师不必贤于弟子；闻道有先后，术业有专攻^⑰，如是而已。

　　李氏子蟠，年十七，好古文，六艺经传，皆通习之，不拘于时^⑱，学于余。余嘉其能行古道，作《师说》以贻之^⑲。

【注释】

　　①学者：求学的人。②道：指儒家孔子、孟轲的哲学、政治等道理、原则。受：通"授"，传授。③人非生而知之者：人不是生下来就懂得道理的。之，指知识和道理。④其为惑也：那些成为疑难问题的。⑤闻：听见，引申为懂得。⑥庸：岂，哪。知：了解，知道。⑦师道：从师学习的风尚。⑧是故圣益圣，愚益愚：因此圣人更加聪明，愚人更加愚昧。益，更加，越发。⑨小学而大遗：小的方面（句读之不知）倒要学习，大的方面（惑之不解）却放弃了。⑩相若：相像，差不多。⑪谀（yú）：阿谀，奉承。⑫不齿：不屑与之同列，即看不起。⑬郯（tán）子：春秋时郯国（今山东郯城北）的国君，孔子曾向他请教过少皞（hào）氏（传说中古代帝王）时代的官职名称的由来。⑭苌（cháng）弘：东周敬王时候的大夫，孔子曾向他请教古乐方面的问题。⑮师襄：春秋时鲁国的乐官，名襄，孔子曾向他学习弹琴。⑯老聃（dān）：即老子，春秋时楚国人，哲学家，道家学派创始人。孔子曾向他请教礼仪。⑰术业有专攻：学问和技艺上（各）自有（各自的）专门研究。攻，学习，研究。⑱不拘于时：不被时俗所限制。于，被。时，时俗，指当时士大夫中耻于从师的不良风气。⑲贻：赠送。

【译文】

古代求学的人一定有老师。老师，（是）靠（他）来传授道理、讲习学业、解释疑惑的。人不是生下来就懂得知识和道理的，谁能没有疑惑呢？有了疑惑而不向老师求教，那些疑惑，就始终无法解决了。生在我前头的人，他懂得的真理和知识本来就比我早，我应该向他学习；生在我后面的人，如果他懂得的真理和知识比我早，我也应该向他学习。我（向他们）学习的是真理和知识，哪管他们的年龄比我大还是比我小呢？因此不管地位贵贱，不管年纪大小，真理和知识在哪里，老师就在哪里。

唉！从师学习的道德失传已经很久了！要人们没有疑难问题是很困难的了！古时候的圣人，超出一般人很多了，尚且跟从老师向他们请教；现在的一般人，他们不如圣人也够多了，却不好意思去从师学习。因此圣人就更加聪明，愚人就更加愚昧。圣人之所以成为圣人，愚人之所以成为愚人，其原因不都是出在这里吗？（人们）疼爱自己的孩子，就选择老师教育他；但对于自己，就以拜师学习为耻，真是糊涂哇！那些孩子们的老师，是教孩子们念书，让他们练习断句的，不是我所说的传授道理、解答疑惑的老师。读书不会断句，有疑难问题不能解决，（在这两件事中，）有的人去请教老师，有的人却不去，学了小的丢了大的，我看不出（这种人）是高明的。巫医、乐师、各种工匠，不以互相学习为耻。士大夫这类人中，如有人称人家为老师、称自己为学生，这些人就聚集在一起嘲笑他。问那些嘲笑的人，他们就说："那个人与某人年龄相近，修养和学业也差不多。（怎么能称他为老师呢？）以地位低的人为师，足以感到羞愧，以官位高的人为师就近于谄媚。"啊！从师学习的道理不能恢复，由此就可以知道了！巫医、乐师、各种工匠，士大夫之族是不屑与他们为伍的，现在士大夫们的智慧反而赶不上他们，这不是很奇怪的事吗！

圣人没有固定的老师。孔子曾向郯子、苌弘、师襄、老聃请教过。郯子这些人，他们的品德才能并不如孔子。孔子说："三人同行，其中必有可以当我的老师的人。"因此学生不一定不如老师，老师不一定比学生有才智；（只不过）懂得道理有先有后，学术技能各有专长罢了。

李家的孩子名蟠的，十七岁了，喜欢古文，六经及其传文，全都学习过，（他）不受时俗风气的限制，向我学习。我赞许他能遵行古人求师的正道，就作这篇《师说》赠给他。

《读·品·悟》

"师者，所以传道受业解惑也"，这句话是说能给别人解释疑惑、传授知识的人或物，不必拘泥于年龄、身份、地位、形式。老师，或许是位德高望重的长者，或许是同辈英才，或许是稚言幼童，甚至只是山中的一棵草、一片土、一只蚂蚁，凡能从对方那里学到我们未知的知识的，都可以称为老师，没有任何不妥。

子产不毁乡校颂

我思古人，伊郑之侨①。以礼相国，人未安其教，游于乡之校，众口嚣嚣②。或谓子产："毁乡校则止。"曰："何患焉③，可以成美。夫岂多言，亦各其志。善也吾行，不善吾避；维善维否④，我于此视。川不可防⑤，言不可弭⑥。下塞上聋，邦其倾矣。"既乡校不毁，而郑国以理。

在周之兴，养老乞言⑦；及其已衰，谤者使监。成败之迹，昭哉可观⑧。维是子产，执政之式。维其不遇，化止一国。诚率是道⑨，相天下君，交畅旁达，施及无垠。於虖⑩！四海所以不理⑪，有君无臣。谁其嗣之⑫，我思古人！

【注释】

①伊：句首语气词。侨：子产的名。②嚣（xiāo）嚣：议论繁多的样子。③患：担心，害怕。④维：语气词。否（pǐ）：恶。⑤防：堵塞，堵住。⑥弭（mǐ）：止，消除。⑦养老乞言：周朝兴盛的时候，曾奉养一些年老而有声望的人，让他们提意见，帮助把国家治理好。⑧昭：明显，显著。⑨诚：确实，果真。⑩於虖：同"呜呼"，感叹词。⑪所以：……的原因。⑫嗣：继承，接续。

【译文】

我尊崇很多古人，郑国的子产就是其中一个。（他开始执政的时候，）用礼制治理国家，人们却不安守他的教化，大家纷纷来到辩论的场所——乡校，开始议论纷纷。有人对子产说："（要让这些议论停止，）毁掉乡校就行了。"子产说："担心什么，（我们）可以把它变成好事呀。怎么能说是议论多了呢，他们也就是各自陈述自己的意见。对的我们就采纳，不对的（或者可能把事情搞坏的）我们就避开。是好是坏，我们看看就清楚了。河流不能堵塞，言论不能消除。堵塞言路，蒙蔽主上，国家就要衰败了。"乡校没有毁掉，那么郑国就能治理好。

周初兴盛，（是因为）奉养年老而有声望的人，听取他们的意见；等到（周厉王）衰败，是派人监视有意见的人造成的。成功失败的事例，很明显就能看出来。这子产哪，执政的方式（难能可贵）。只因为难得，才治理一个郑国。真的都用子产执政的方式，帮助天下的君王，（天下就能）言路通畅、政治清明，达到无限。哎！天下没有治理好，（是因为）只有君王而没有贤臣哪。谁能继承子产的做法，（谁又具有子产之才？）我思慕古人！

祭十二郎文

年月日，季父愈闻汝丧之七日①，乃能衔哀致诚②，使建中远具时羞之奠③，告汝十二郎之灵：

呜呼！吾少孤，及长，不省所怙④，惟兄嫂是依。中年兄殁南方，吾与汝俱幼，从嫂归葬河阳。既又与汝就食江南，零丁孤苦，未尝一日相离也。吾上有三兄，皆不幸早世。承先人后者，在孙惟汝，在子惟吾。两世一身⑤，形单影只。嫂尝抚汝指吾而言曰："韩氏两世，惟此而已！"汝时尤小，当不复记忆；吾时虽能记忆，亦未知其言之悲也。

吾年十九，始来京城。其后四年，而归视

汝⑥。又四年，吾往河阳省坟墓⑦，遇汝从嫂丧来葬。又二年，吾佐董丞相于汴州，汝来省吾，止一岁⑧，请归取其孥⑨。明年，丞相薨⑩，吾去汴州，汝不果来⑪。是年，吾佐戎徐州⑫，使取汝者始行⑬，吾又罢去，汝又不果来。吾念汝从于东，东亦客也，不可以久。图久远者，莫如西归，将成家而致汝。呜呼！孰谓汝遽去吾而殁乎⑭！吾与汝俱少年，以为虽暂相别，终当久相与处，故舍汝而旅食京师，以求斗斛之禄⑮。诚知其如此，虽万乘之公相，吾不以一日辍汝而就也⑯！

去年，孟东野往，吾书与汝曰："吾年未四十，而视茫茫，而发苍苍，而齿牙动摇。念诸父与诸兄，皆康强而早世，如吾之衰者，其能久存乎？吾不可去，汝不肯来，恐旦暮死，而汝抱无涯之戚也。"孰谓少者殁而长者存，强者夭而病者全乎？

呜呼！其信然邪？其梦邪？其传之非其真邪？信也，吾兄之盛德而夭其嗣乎？汝之纯明而不克蒙其泽乎⑰？少者强者而夭殁，长者衰者而存全乎？未可以为信也。梦也，传之非其真也？东野之书，耿兰之报，何为而在吾侧也？呜呼！其信然矣！吾兄之盛德而夭其嗣矣！汝之纯明宜业其家者⑱，不克蒙其泽矣！所谓天者诚难测，而神者诚难明矣！所谓理者不可推，而寿者不可知矣！

虽然，吾自今年来，苍苍者或化而为白矣，动摇者或脱而落矣，毛血日益衰，志气日益微⑲，几何不从汝而死也！死而有知，其几何离⑳？其无知，悲不几时，而不悲者无穷期矣！汝之子始十岁，吾之子始五岁，少而强者不可保，如此孩提者，又可冀其成立邪？呜呼哀哉！呜呼哀哉！

汝去年书云："比得软脚病㉑，往往而剧。"吾曰："是疾也，江南之人，常常有之。"未始以为忧也。呜呼！其竟以此而殒其生乎？抑别有疾而至斯极乎？汝之书，六月十七日也；东野云：汝殁以六月二日。耿兰之报无月日。盖东野之使者不知问家人以月日；如耿兰之报，不知当言月日。东野与吾书，乃问使者，使者妄称以应之耳。其然乎？其不然乎？

今吾使建中祭汝，吊汝之孤与汝之乳母㉒。

彼有食可守以待终丧㉓，则待终丧而取以来；如不能守以终丧，则遂取以来。其余奴婢，并令守汝丧。吾力能改葬，终葬汝于先人之兆㉔，然后惟其所愿㉕。

　　呜呼！汝病吾不知时，汝殁吾不知日，生不能相养以共居，殁不能抚汝以尽哀，敛不得凭其棺㉖，窆不得临其穴㉗。吾行负神明，而使汝夭；不孝不慈，而不得与汝相养以生，相守以死。一在天之涯，一在地之角，生而影不与吾形相依，死而魂不与吾梦相接，吾实为之，其又何尤！彼苍者天，曷其有极㉘！自今已往，吾其无意于人世矣！当求数顷之田于伊、颍之上㉙，以待余年。教吾子与汝子，幸其成；长吾女与汝女，待其嫁。如此而已！

　　呜呼！言有穷而情不可终，汝其知也邪？其不知也邪？呜呼哀哉！尚飨㉚。

【注释】

　　①季父：父辈中排行最小的叔父。②衔哀：含着悲哀。致诚：表达真诚的心意。③建中：人名，当为韩愈家中的仆人。时羞：应时的鲜美佳肴。羞，同"馐"，美味的食品。④怙（hù）：《诗·小雅·蓼莪》："无父何怙！无母何恃！"后世因用"怙"代父，"恃"代母。失父曰

失怙，失母曰失恃。⑤两世一身：子辈和孙辈均只剩一个男丁。⑥视：古时探亲，上对下曰视，下对上曰省。⑦省（xǐng）：探望，此引申为凭吊。⑧止：住。⑨取其孥（nú）：把家眷接来。孥：妻和子的统称。⑩薨（hōng）：古时诸侯或大官的死曰薨。⑪不果：没能够。⑫佐戎：辅助军务。⑬取：迎接。⑭孰谓：谁料到。遽（jù）：骤然。⑮斗斛之禄：指微薄的俸禄。斗斛（hú），唐时十斗为一斛。⑯辍汝：和上句"舍汝"义同。辍（chuò），离开。就：就职。⑰纯明：纯正贤明。不克：不能。蒙：承受。⑱业：继承。⑲志气：指精神。⑳其几何离：没有几天的分离。㉑比（bǐ）：近来。软脚病：一种脚病。㉒吊：此指慰问。孤：指十二郎的儿子。㉓终丧：守满三年丧期。㉔兆：葬域，墓地。㉕惟其所愿：才算了却心事。㉖敛：同"殓"。为死者更衣称小殓，尸体入棺材称大殓。㉗窆（biǎn）：下棺入土。㉘彼苍者天，曷其有极：意谓你青苍的上天哪，什么时候才能有尽头哇！㉙伊、颍（yǐng）：伊水和颍水，均在今河南境内。此指故乡。㉚尚飨：古代祭文结语用辞，意为希望死者享用祭品。

【译文】

某年某月某日，叔父韩愈在听到你去世消息后的第七天，才得以含着哀痛向你表达心意，并派建中在远方备办了应时的鲜美食品作为祭品，告慰你十二郎的灵位：

呜呼！我幼年丧父，等到长大，还不知道父亲的模样，全是依靠着哥哥和嫂子。哥哥中年时在南方去世。当时我和你年纪都还小，跟随嫂嫂送哥哥的灵枢回河阳安葬。随后又和你到江南谋生。孤苦伶仃，我俩没有一天离开过。我上面本来有三个哥哥，都不幸早死。继承先父的后代，在孙子辈里只有你，在儿子辈里只有我。两代都只剩一个人，孤孤单单。嫂嫂常常一面抚摸着你一面指着我说："韩家两代，只有你们这两个人了！"那时你还小，恐怕已记不得了；我那时虽能记得，但也不懂得她话中的悲酸。

我十九岁时，初次来到京城参加考试。四年以后，才回去看你。又过了四年，我去河阳凭吊祖先的坟墓，碰上你护送嫂嫂的灵柩来安葬。又过了两年，我在汴州辅佐董丞相，你来探望我，留下住了一年，就请求回去接妻子儿女。第二年，董丞相去世，我离开汴州，你没能来成。这一年，我在徐州辅佐军务，派去接你的人刚动身，我就被免职，你又没来成。我想，你跟随我到东边，东边也是异乡客地，不能久住。从长远打算，不如西归河阳老家，将家安顿好再接你来。唉！谁料到你竟骤然去世离开了我呀！当初，我与你都还年轻，以为虽然暂时分别，终究会长久与你在一起的，所以才离开你到京师来谋食，只为求得微薄的俸禄。倘使早知如此，纵然是做王公宰相，我也不愿意一天离开你而去就职呀！

去年，孟东野到你那里去时，我写给你的信中说："我还不到四十岁，但视力模糊，头发花白，牙齿松动。想起各位父兄，都在健康强壮的盛年早早去世，像我这样衰弱的人，难道还能长活在世上吗？我不能离开（职守），你又不肯来，恐怕我早晚一死，你就会有无穷无尽的忧伤。"谁料想到年少的死了，而年长的却活着；身强的夭折，而病弱的却保全了生命？

唉！难道这是真的吗？是做梦呢？还是传来的消息不真实呢？如果是真的，为什么我哥哥有那么美好的德行却失去了后代？你那么纯正贤明却不能承受他的遗泽？为什么年少身强的反而早死，年长衰弱的反而活着呢？我不敢相信这是真的呀。如果这是梦，那么是传送的消息不真实吗？可是东野的来信，耿兰的报丧，却又为什么在我身边？啊！大概是真的了！我哥哥有美好的品德竟然早早地失去后代，你纯正聪明，本来是应该继承家业的，现在却不能承受你父亲的恩泽了！正所谓苍天确实难以揣测，而神意实在难以知道了！也就是所谓天理不可推求，而寿命的长短无法预知呀！

虽说如此，我自从今年以来，花白的头发有的变成全白的了，松动的牙齿有的已经脱落了，体质一天比一天衰弱，精神一天不如一天，不用多久不就跟着你去死了吗！如果死后能有知觉，那分离的日子也不会太久了吗？如果死后没有知觉，那我也悲伤不了多少时候，而没有悲伤的日子倒是无穷无尽了！你的儿子才十岁，我的儿子才五岁，年轻强壮的尚且不能保全，像这么大的孩子，又怎么能希望他们成人立业呢？啊，悲痛啊！真是悲痛！

你去年来信说："近来得了软脚病，时常（发作）疼得厉害。"我说："这种病，江南人常常得。"没有把这当成值得忧虑的事。唉！（谁知道）竟然会因此而丧了命呢？还是由于别的病而导致这样的不幸呢？你的信，我是六月十七日收到的。孟东野说，你是在六月二日去世的。耿兰报丧时没有说明月日。大概东野派来的差使不知道向家里人问清楚月日；而耿兰的丧报，又不知道应当说清你死的月日。或是东野给我写信时，才去问差使，差使信口胡说以应付他罢了。是这样呢？还是不是这样呢？

现在我派建中来祭奠你，安慰你的孩子和你的乳母。他们有粮食能够守丧到丧期终了，就等到丧期结束后我再把他们接来；如果不能守到丧期终了，我就马上接来。剩下的奴婢，叫他们一起守丧。如果我有能力迁葬，最后一定把你安葬在祖坟旁，这样以后，才算了却我的心愿。

唉！你患病我不知道时间，你去世我不知道日子，你活着时我不能和你生活在一起互相照顾，你去世了我不能抚摸你的遗体表达我的哀思，入敛时我不能靠在你棺木旁，下葬时我不能亲临你墓穴边。我的行为背负了神明，而使你年少夭折；我对上不孝，对下不慈，我既不能和你互相照顾共同生活，又不能和你相互陪伴一同去死。如今一个在天涯，一个在地角，活着时你的影子不能与我的形体相依偎，死后你的魂灵不能和我在梦里相聚，这实在是我造成的，又能怨恨谁呢！那苍苍的上天哪，我的痛苦何时才有尽头！从今以后，我已经没有心思奔忙在世上了！还是回到老家去置办几顷地，度过我的余年吧。教养我的儿子和你的儿子，希望他们成才；抚养我的女儿和你的女儿，等到她们出嫁，（我的心愿）如此而已！

唉！话有说完的时候，而哀痛之情却不能终止，你知道呢？还是不知道呢？悲哀呀！希望享用祭品吧。

《读·品·悟》

人世间的情感最动人、最淳朴，最无法割舍的就是亲情。亲情以血缘为纽带，即使身隔万里，它也能将彼此紧系。拥有时，我们挥霍幸福，觉得生命是完整的；失去时，我们肝肠寸断，才发现生命的缺口将再也无法弥补。所以，珍惜亲情吧，让我们的人生少一些遗憾。

送穷文

元和六年正月乙丑晦①，主人使奴星结柳作车②，缚草为船，载糗舆粮③，牛系轭下，引帆上樯④。三揖穷鬼而告之曰："闻子行有日矣，鄙人不敢问所涂⑤，窃具船与车⑥，备载糗粮⑦，日吉时良，利行四方，子饭一盂，子啜一觞，携朋挈俦⑧，去故就新，驾尘矿风，与电争先，子无底滞之尤⑨，我有资送之恩，子等有意于行乎？"

　　屏息潜听，如闻音声，若啸若啼，唪欬嘤嘤⑩，毛发尽竖，竦肩缩颈⑪，疑有而无，久乃可明。若有言者曰："吾与子居，四十年余，子在孩提，吾不子愚。子学子耕，求官与名，惟子是从，不变于初⑫。门神户灵，我叱我呵⑬，包羞诡随⑭，志不在他。子迁南荒，热烁⑮湿蒸，我非其乡，百鬼欺陵。太学四年，朝齑暮盐，惟我保汝，人皆汝嫌。自初及终，未始背汝，心无异谋，口绝行语，于何听闻，云我当去？是必夫子信谗，有间于予也⑯。我鬼非人，安用车船？鼻齅臭香⑰，糗粻可捐。单独一身，谁为朋侪，子苟备知，可数已不？子能尽言，可谓圣智，情状既露，敢不回避。"

　　主人应之曰："子以吾为真不知也耶！子之朋侪，非六非四，在十去五，满七除二，各有主张⑱，私立名字，掾手覆羹⑲，转喉触讳⑳，凡所以使吾面目可憎、语言无味者，皆子之志也。其名曰智穷：矫矫亢亢㉑，恶圆喜方，羞为奸欺，不忍害伤。其次名曰学穷：傲数与名㉒，摘抉杳微㉓，高把群言㉔，执神之机㉕。又其次曰文穷：不专一能，怪怪奇奇，不可时施，只以自嬉㉖；又其次曰命穷：影与形殊，面丑心妍，利居众后，责在人先；又其次曰交穷：磨肌戛骨㉗，吐出心肝，企足以待，真㉘我仇冤。凡此五鬼，为吾五患，饥我寒我，兴讹造讪㉙，能使我迷，人莫能间。朝悔其行，暮已复然，蝇营狗苟㉚，驱去复还。”

言未毕，五鬼相与张眼吐舌，跳踉偃仆㉛，抵掌顿脚，失笑相顾。徐谓主人曰：“子知我名，凡我所为，驱我令去，小黠大痴㉜。人生一世，其久几何，吾立子名，百世不磨。小人君子，其心不同，惟乖于时，乃与天通。携持琬琰㉝，易一羊皮，饫于肥甘㉞，慕彼糠糜㉟。天下知子，谁过于予，虽遭斥逐，不忍于疏。谓予不信，请质《诗》《书》。”

主人于是垂头丧气，上手称谢㊱，烧车与船，延之上座㊲。

【注释】

①晦：农历每月的末一天。②结柳：用柳枝编织。③载糗（qiǔ）舆粻（zhāng）：装载着干粮谷物。④引：拉，拽。⑤涂：通“途”，道路。⑥具：备办。⑦糗粻：粮食。⑧俦（chóu）：同辈，伴侣。⑨尤：

怨恨，抱怨。⑩砉欻嚘嘤：砉（xū）：皮骨相离的声音。欻（xū）：突然。嘤：形容短促而响亮的声音。嘤：形容低而细微的声音。⑪竦：通"耸"。耸肩表示震惊。⑫初：当初，最初。⑬我叱我呵：呵斥我。⑭诡随：妄随他人。⑮烁：炎热。⑯间：离间。⑰齅（xiù）：古同"嗅"。⑱主张：主管的事务。⑲捩手覆羹：扭转人手，打翻羹汤。比喻惹祸。⑳转喉触讳：开口说话，就触及忌讳。形容说话不讨人喜欢。㉑矫矫：勇武的样子。亢亢：高傲。㉒傲数与名：轻视技艺与声名制度。㉓摘抉杳微：摘取深奥的道理。㉔高抲群言：辞让诸子百家之言，表示韩愈独尊儒家道统。㉕执神之机：掌握关键的道理。㉖只：仅仅。㉗戛（jiá）：敲击。㉘寘（zhì）：通"置"，安置，放置。㉙兴讹造讪：掀起谣言，制造诽谤。形容对人造谣毁谤。㉚蝇营狗苟：像苍蝇那样飞来飞去，像狗一样苟且偷生。㉛跳踉偃仆：跳踉，跳动，跳起。偃仆，倒下。㉜黠：聪明。㉝琬琰（wǎn yǎn）：琬圭及琰圭，泛指美玉。比喻君子的德性。㉞饫（yù）：饱食。㉟糠麷：用谷糠中的坚硬粒子煮成的粥。比喻粗恶的食物。㊱上：使……向上，即举起。㊲延：邀请，请。

【译文】

　　元和六年正月三十，主人让名叫奴星的奴仆结扎柳条为车，用草捆扎成小船，装上干粮，把牛套在车上，在桅杆上挂上风帆，向穷鬼作了三次揖对他说："听说你们即将起程，我不敢询问你们要到哪里去，就私下里准备了船和车，载满了干粮，日子和时辰都很吉利，到哪里去都可以，你们吃一碗饭，喝一杯酒，带上朋友和同伴，离开老地方到新的地方去，车子的后面扬起尘土，船上的风帆鼓得满满的，像是要和闪电争先，你们没有滞留在这里的怨恨，我有帮助你们离开这里的情分，你们打算要离开吗？"

　　（我）屏息暗听，好像听到了点儿什么声音，像长啸，像啼哭，声音细碎，杂乱不清，我吓得毛发都竖了起来，耸着肩缩着脖子，怀疑是有什么声音，又好像没有，过了很长时间才听清楚了。好像有人在说："我和您生活在一起，有四十多年了，您还是孩子的时候，我不嫌弃您年幼无知。您长大后读书、种地，谋求官职和声名，我一直都跟随您，和当初没什么变化。守门的神灵叱责我，大声吆喝我，我忍羞受辱想尽办法跟随您，矢志不移。您被贬官到了南方的荒蛮之地，酷热灼烤，潮气熏蒸，我不是生长在这样的地方的，众多的鬼就欺负我。您在太学上任的四年里，清晨吃点儿碎菜，晚上只有一把盐，只有我在保护着您，人人都嫌恶您。自始至终，我没有离开过您，心里也没有别的想法，嘴上从没说过想要离开的话，您是从什么地方听说我要离开您的？这肯定是您听信了别人的谗言，跟我有了隔阂。我是鬼不是人，怎么会用车和船呢？只用鼻子闻闻气味，干粮可以不要。我单身一个，谁是我的朋友和同伴呢，您如果全都明白，能不能一个个说出来？您能都说出来，可以说是智慧超凡，我已经完全显出原形，哪里还敢不躲避您？"

主人回答穷鬼说："您以为我真的不知道吗！您的朋友和同伴不是六个，也不是四个，是十个减去五个，七个减去两个，他们都各有主张，并私下里给自己取了名字，他们随手打翻汤碗，开口就触犯别人的忌讳，凡是让我面目可憎、说话不好听的，都因为这是您的意思。其中一个名叫智穷：刚正要强，讨厌圆滑喜欢方正，把做奸邪欺诈的事当作耻辱，不忍心伤天害理。其次一个名叫学穷：藐视术数和名物制度一类的学问，探究阐发幽深微妙的道理，高瞻远瞩地摄取各家学说，掌握事物发展变化的规律。又其次一个名叫文穷：不被一种写作技巧所局限，文章很奇怪，不能在当时应用，只能用来自娱自乐。再其次一个叫命穷：影子和形体不同，面貌丑陋心灵美好，享受利禄在大伙儿后面，承担责任在别人前面。最后一个叫交穷：损肉击骨，吐出心肝，踮起脚诚心诚意地等待着，人家却把我当冤家对头。总共五个穷鬼，是我的五个祸患，让我挨饿受冻，对我造谣诽谤，让我迷惑上当，没有谁能把我们分离开来。早上后悔那样做，晚上又照样做了，你们像是苍蝇一样飞来飞去，四处乱钻，像狗那样苟且偷生，刚被驱赶出去又回来了。"

话还没说完，五个鬼相互瞪眼吐舌，跳跃翻滚，拍着手跺着脚，忍不住大笑起来，你看看我，我看看你。他们慢慢和主人说："您知道我们的名字，而且知道我们做的事情，要赶我们离开，真是小聪明大痴傻。人生一辈子，能活多长时间呢，我们为您树立的名声，永远都不会磨灭。小人和君子，他们的志向是不一样的，君子虽然和时代不相融合，但和天意相通。您拿着美玉去，交换一张羊皮，饱食甘美之物却羡慕糠粥。天底下有谁能比我们了解您，虽然遭到了喝叱驱赶，我们还是不忍心和您分离。如果您认为我们的话不值得信赖，那就请您到《诗经》《尚书》中寻找答案。"

主人在这时低垂着头，叹着气，举手致歉，烧掉了车船，邀请他们坐上座。

与于襄阳书

七月三日，将仕郎、守国子四门博士韩愈①，谨奉书尚书阁下：

士之能享大名、显当世者，莫不有先达之士、负天下之望者为之前焉②；士之能垂休光、照后世者③，亦莫不有后进之士负天下之望者为之后焉④。莫为之前，虽美而不彰；莫为之后，虽盛而不传⑤。是二人者，未始不相须也⑥，然而千百载乃一相遇焉。

岂上之人无可援⑦，下之人无可推欤⑧？何其相须之殷，而相遇之疏也⑨？其故在下之人负其能，不肯谄其上⑩；上之人负其位不肯顾其下⑪。故高材多戚戚之穷⑫，盛位无赫赫之光⑬。是二人者之所为皆过也。未尝干之⑭，不可谓上无其人；未尝求之，不可谓下无其人。愈之诵此言久矣，未尝敢以闻于人。

侧闻阁下抱不世之才⑮，特立而独行，道方而事实⑯，卷舒不随乎时⑰，文武唯其所用⑱。岂愈所谓其人哉？抑未闻后进之士，有遇知于左右⑲，获礼于门下者⑳。岂求之而未得邪？将志存乎立功，而事专乎报主，虽遇其人，未暇礼邪？何其宜闻而久不闻也？愈虽不才，其自处不敢后于恒人㉑，阁下将求之而未得欤？古人有言："请自隗始㉒。"

愈今者惟朝夕刍、米、仆、赁之资是急㉓，不过费阁下一朝之享而足也。如曰："吾志存乎立功，而事专乎报主，虽遇其人，未暇礼焉。"则非愈之所敢知也。世之龊龊者，既不足以语之；磊落奇伟之人，又不能听焉。则信乎命之穷也。

谨献旧所为文一十八首，如赐览观，亦足知其志之所存。愈恐惧再拜。

【注释】

①将仕郎：官阶，唐属从九品。守：任的意思。国子：即国子监，唐代最高学府。四门博士：即四门馆教授。②负：仗恃。③休光：盛美的光辉，光华。④后进之士：后通显的人。为之后焉：做他们的歌颂者。⑤虽盛而不传：即使成就卓越却不会流传。⑥相须：相待。这里是互相依赖的意思。⑦援：攀援。⑧推：推举。⑨殷：这里引申为深厚、恳切。相遇：互相遇合。⑩谄：讨好。⑪顾：照顾，关怀。⑫戚戚：忧虑的样子。⑬赫赫：威显的样子。⑭干之：求他。干，干谒。⑮侧闻：从旁边听说，表示谦恭。⑯道方而事实：道德方正而工作讲求实际。⑰卷舒：卷缩舒展，这里是进退的意思。⑱文武：具有文、武的才能的人。唯其所用：只任您来使用。其，您，第二人称。⑲遇知：受到赏识。⑳获礼：得到尊敬。㉑恒：平常，普通。㉒隗（wěi）：郭隗，战国时燕国人。㉓刍（chú）：喂牲口的草。

传统文化小知识

祭祖 各个朝代以及不同性质的祠堂的祭祖的具体形式有所不同，但大同小异。多数祠堂一年在春、秋两季各祭一次，有的宗族则只在春天祭祀一次，还有的则是一年分四季祭祀四次。祭祀的日期一般选在各季的节日或节气期间，如春节（或清明节）、夏至、秋分、冬至等。如果遇到宗族子弟科举及第、官爵升迁或受到朝廷的恩荣赏赐等，也进行常制外的祭祀。

【译文】

七月三日，将仕郎、国子监四门博士韩愈，恭谨地上书给尚书阁下：

读书人能够享有大名、显荣于当世的原因，没有哪一个不是靠在天下有名望、地位显达的人做他们的引导者的；读书人能够留下壮美的光辉、照耀着后世的原因，也没有哪一个不是靠后通显而在天下有名望的人做他们的继承者的。没有人做他们的引导者，即使有美誉也不会彰显；没有人做他们的继承者，即使功业盛大也不会流传。这两种人未尝不互相依赖。不过这种情况要经过千百年才能够碰上一次呀！难道是在上位的人没有可以攀缘的，在下位的人没有值得推举的吗？为什么互相依赖这样密切，而互相遇合却这样少呢？其原因在于居于下位的人倚仗自己的才华，不肯巴结地位高的人请求引荐；居于上位的人倚仗自己的地位，不肯照顾地位低的人。所以才学很高的人很多都因不得志而忧愁，地位高的人没有显耀的声誉。这两种人的行为都是错误的。没有去求取，就不能说上面没有引荐人；没有向下寻找，就不能说下面没有可以举荐的人。我思考这句话已经很久了，没有敢把这句话说给别人听。

我从旁听说您具有非凡的才干，立身与操行全都卓然不凡，道德端正而处世务实，进退有度而不随世俗，对文武官员视其才能而任用。难道我所说的先达之士就是您吗？然而还不曾听说有什么后进之士，被您所欣赏而承蒙您以礼相待的。难道是您寻求而未曾得到吗？还是您有志于建功立业，将精力专注于报答君主，因而即便遇到合适的后进之士，也没有空闲以礼相待呢？为什么本应听到您礼遇、引荐后进之士的事，却长期没有听到呢？我虽然没有才能，可是自己立身处世从来不敢落后于一般人，阁下可能是寻找人才却没有得到吧？古人有句话："（招揽人才）请从我郭隗开始。"

现在我急需早晚买草料、买口粮、雇佣仆人、租赁房屋的资金，这些只不过花上您一天享受的费用就足够了。如果您说："我的志向倾注在立功上，行事一心在报答君主上，虽然遇上可推举的人，却没有空闲以礼相待。"那就不是我韩愈所敢于知道的了。社会上狭隘而无远见的人，已经不值得把情况告诉他；磊落而卓越伟大的人，又不肯听我的倾诉。那我就只好相信自己命运困顿了。

恭敬地呈上我以前作的文章十八篇，如蒙您过目，也足以了解我的志向所在。韩愈诚惶诚恐，再拜。

祭鳄鱼文

维年月日①，潮州刺史韩愈，使军事衙推秦济②，以羊一猪一，投恶溪之潭水③，以与鳄鱼食④，而告之曰：

昔先王既有天下，列山泽⑤，罔绳擉刃⑥，以除虫蛇恶物为民害者，驱而出之四海之外。及后王德薄，不能远有，则江汉之间，尚皆弃之以与蛮、夷、楚、越⑦；况潮岭海之间⑧，去京师万里哉！鳄鱼之涵淹卵育于此，亦固其所。

今天子嗣唐位⑨，神圣慈武，四海之外，六合之内，皆抚而有之。况禹迹所揜⑩，扬州之近地⑪，刺史、县令之所治，出贡赋以供天地、宗庙、百神之祀之壤者哉？鳄鱼其不可与刺史杂处此土也。刺史受天子命，守此土，治此民，而鳄鱼睅然不安溪潭⑫，据处食民畜、熊、豕、鹿、獐，以肥其身，以种其子孙，与刺史亢拒，争为长雄。刺史虽驽弱⑬，亦安肯为鳄鱼低首下心？伈伈睍睍⑭，为吏民羞，以偷活于此邪！且承天子命以来为吏，固其势不得不与鳄鱼辨。

鳄鱼有知，其听刺史言：潮之州，大海在其南，鲸鹏之大⑮，虾蟹之细，无不容归、以生以食，鳄鱼朝发而夕至也。今与鳄鱼约：尽三日，其率丑类南徙于海，以避天子之命吏；三日不能，至五日；五日不能，至七日；七日不能，是终不肯徙也。是不有刺史听从其言也，不然，则是鳄鱼冥顽不灵⑯，刺史虽有言，不闻不知也。夫傲天子之命吏，不听其言，不徙以避之，与冥顽不灵而为民物害者，皆可杀。刺史则选材技吏民，操强弓毒矢，以与鳄鱼从事，必尽杀乃止。其无悔！

【注释】

①维：句首语气词。②军事衙推：州刺史的属官。③恶溪：在潮安境内，又名鳄溪、意溪，韩江经此，合流而南。④鳄（è）：爬行动物。⑤列：阻止，封禁。⑥罔：同"网"。擉（chuō）：刺。⑦蛮、夷：古时对少数

民族的统称。楚、越：泛指东南方偏远地区。⑧岭海：岭，即越城、都庞、萌渚、骑田、大庾等五岭，地处今湘、赣、桂、粤边境。海，南海。⑨今天子：指唐宪宗李纯。⑩拚：同"掩"。⑪扬州：传说大禹治水后，把天下分为九州，扬州即其一。⑫睅（hàn）然：瞪起眼睛，很凶狠的样子。⑬驽（nú）：劣马。⑭伈（xǐn）伈：恐惧貌。睍（xiàn）睍：眯起眼睛看，形容胆怯。⑮鳣：传说中的巨鸟，由鲲变化而成，也能在水中生活。⑯冥顽：愚昧无知。

【译文】

某年某月某日，潮州刺史韩愈，让管理军事的衙门推究出（解决问题的）方法，将一只羊和一头猪投入到这被百姓称为"恶溪"的潭水中，使它们被鳄鱼吃掉。（我写作文章）来告诫鳄鱼：

以前的圣王掌管天下的时候，（他）封禁山岭和泽地的草木，自己提着网绳和刀，来除掉危害百姓的虫蛇等恶物，把这些恶物赶到了四海之外。到了后世，帝王的德行威望不够，不能统治远方，于是长江、汉水之间的大片土地，只得放弃给东南各族；更何况潮州地处五岭和南海之间，离京城有万里之遥呢！鳄鱼之所以潜伏生息在此地，也就很自然了。

现今的皇上是大唐天子，神圣慈武，无论四海之外，还是普天之下，都能安抚并且掌握它。况且大禹的遗迹，就在附近的扬州，刺史、县令所治理的地方，难道要在这种地方用贡赋来供奉天地、宗庙、百神之祀吗？所以，鳄鱼不能和刺史一起在这儿居住。刺史接受天子的命令，在这里守卫国土，治理百姓，但是鳄鱼不在潭水中安然生活，却占据这里来凶暴地吞食民畜、熊、猪、鹿、獐，来使自己的身体肥大，使自己的子孙繁衍，又经常和刺史我对抗，来比较高下。刺史我虽然为人驽弱，但又怎么肯对鳄鱼低头呢？我低下头胆小的样子，一定会被百姓嘲笑，又怎么能在世上苟且活下去呢！而且我是奉天子的命令来上任的，所以看形势不得不与鳄鱼辩论一下了。

鳄鱼如果能够知道，就听刺史我说：潮州这地方，大海在它的南面，大至鲸鹏，小至虾蟹，没有不在大海里归宿藏身、生活取食的，鳄鱼早上从潮州出发，晚上就能到达大海。现在刺史与鳄鱼约定：至多三天，务必率领那批丑类南迁到大海去，以躲避天子任命的地方官；如果三天不行，那就五天；五天不行，那就七天；如果七天还没有迁徙，那就是鳄鱼不想迁徙了。是不懂刺史的话，不是这样的话，那就是鳄鱼冥顽不灵，刺史我虽然有言在先，但不能装作不知道。凡是对天子任命的官吏傲慢无礼，不听他的话，不肯迁徙来回避他，以及愚蠢顽固没有灵性又成为人民生命财产祸害的东西，就象毒害百姓的恶物，都得杀。那刺史我就挑选善于射箭的民众，带上强弓毒箭，一定将鳄鱼赶尽杀绝。可不要后悔呀！

进学解

国子先生晨入太学，招诸生立馆下，诲之曰："业精于勤，荒于嬉；行成于思，毁于随。方今圣贤相逢，治具毕张①，拔去凶邪，登崇俊良。占小善者率以录，名一艺者无不庸②。爬罗剔抉③，刮垢磨光。盖有幸而获选，孰云多而不扬？诸生业患不能精，无患有司之不明；行患不能成，无患有司之不公。"

言未既，有笑于列者曰："先生欺余哉！

弟子事先生，于兹有年矣。先生口不绝吟于六艺之文，手不停披于百家之编；记事者必提其要，纂言者必钩其玄④；贪多务得，细大不捐；焚膏油以继晷⑤，恒兀兀以穷年⑥。先生之业，可谓勤矣。抵排异端⑦，攘斥佛老⑧；补苴罅漏⑨，张皇幽眇⑩；寻坠绪之茫茫⑪，独旁搜而远绍；障百川而东之，回狂澜于既倒。先生之于儒，可谓有劳矣。沈浸酞郁，含英咀华；作为文章，其书满家。上规姚、姒，浑浑无涯；周《诰》《殷》《盘》，佶屈聱牙⑫；《春秋》谨严，《左氏》浮夸；《易》奇而法，《诗》正而葩；下逮《庄》《骚》⑬，太史所录；子云相如，同工异曲。先生之于文，可谓闳其中而肆其外矣。少始知学，勇于敢为；长通于方，左右具宜。先生之于为人，可谓成矣。然而公不见信于人⑭，私不见助于友⑮。跋前踬后⑯，动辄得咎。暂为御史，遂窜南夷⑰。三为博士，冗不见治。命与仇谋，取败几时。冬暖而儿号寒，年丰而妻啼饥。头童齿豁，竟死何裨！不知虑此，而反教人为？"

　　先生曰："吁，子来前！夫大木为杗⑱，

细木为桷⑲，欂栌侏儒⑳，椳闑扂楔㉑，各得其宜，施以成室者，匠氏之工也。玉札、丹砂，赤箭、青芝，牛溲、马勃，败鼓之皮，俱收并蓄，待用无遗者，医师之良也。登明选公，杂进巧拙，纡余为妍㉒，卓荦为杰㉓，校短量长㉔，惟器是适者，宰相之方也。昔者孟轲好辩，孔道以明，辙环天下，卒老于行；荀卿守正，大论是弘，逃谗于楚，废死兰陵。是二儒者，吐辞为经，举足为法，绝类离伦㉕，优入圣域，其遇于世何如也？今先生学虽勤而不繇其统㉖，言虽多而不要其中，文虽奇而不济于用，行虽修而不显于众。犹且月费俸钱，岁靡廪粟㉗；子不知耕，妇不知织；乘马从徒，安坐而食；踵常途之促促㉘，窥陈编以盗窃㉙。然而圣主不加诛，宰臣不见斥，非其幸欤！动而得谤，名亦随之。投闲置散，乃分之宜。若夫商财贿之有亡㉚，计班资之崇庳㉛，忘己量之所称，指前人之瑕疵㉜，是所谓诘匠氏之不以杙为楹㉝，而訾医师以昌阳引年㉞，欲进其豨苓也㉟。"

【注释】

①治具：治理的工具，主要指法令。毕：全部。张：指建立，确立。

②庸：用。③爬：爬梳，整理。抉：选择。④纂言者：指言论集、理论著作。纂，编集。⑤膏油：油脂，指灯烛。晷（guǐ）：日影。⑥恒：经常。兀（wù）兀：辛勤不懈的样子。穷：终、尽。⑦异端：儒家称儒家以外的学说、学派为异端。⑧攘（rǎng）：排除。⑨苴（jū）：鞋底中垫的草，这里用作动词，是填补的意思。罅（xià）：裂缝。⑩皇：大。幽：深。眇：微小。⑪绪：前人留下的事业，这里指儒家的道统。⑫佶屈：屈曲。聱牙：形容不顺口。⑬逮：及，到。⑭见信：被信任。⑮见助：被帮助。"见"在动词前表示被动。⑯跋（bá）：踩。踬（zhì）：绊。⑰窜：窜逐，贬谪。⑱宋（máng）：屋梁。⑲桷（jué）：屋椽。⑳欂栌（bólú）：斗栱，柱顶上承托栋梁的方木。侏（zhū）儒：梁上短柱。㉑椳（wēi）：门臼。闑（niè）：门中央所竖的短木，在两扇门相交处。扂（diàn）：门闩之类。楔（xiē）：门两旁长木柱。㉒纡（yū）余：委婉从容的样子。妍：美。㉓卓荦（luò）：突出，超群出众。㉔校（jiào）：比较。㉕绝、离：都是超越的意思。类、伦：都是"类"的意思，指一般人。㉖繇：通"由"。㉗靡：浪费，消耗。廪（lǐn）：粮仓。㉘踵（zhǒng）：脚后跟，这里是跟随的意思。促促：拘谨局促的样子。㉙窥：从小孔、缝隙或隐僻处察看。陈编：古旧的书籍。㉚财贿：财物，这里指俸禄。亡：通"无"。㉛班资：等级、资格。庳（bēi）：通"卑"，低。㉜前人：指职位在自己前列的人。瑕疵：比喻人的缺点。瑕（xiá），玉石上的斑点。疵（cī），病。㉝杙（yì）：小木桩。楹（yíng）：柱子。㉞訾（zǐ）：毁谤非议。㉟豨（xī）苓：又名猪苓，利尿药。

【译文】

国子先生清晨来到太学，把学生们召集来，站在讲舍之下，训导他们说："学业靠勤奋才能精湛，如果贪玩就会荒废；德行靠思考才能形成，如果随大流就会毁掉。当今朝廷，圣明的君主与贤良的大臣遇合到了一起，规章制度全都建立起来了，它们能铲除奸邪，提拔贤俊。略微有点儿优点的人都会被录用，以一种技艺见称的人都不会被抛弃。选拔优秀的人才，培养造就人才。大概只有侥幸而得以选上的，谁说多才多艺的就不被高举呢？诸位学生只怕学业不能精进，不要怕主管部门官吏看不清；只怕德行不能成就，不要怕主管部门官吏不公正。"

话还没说完，队列中有个人笑着说："先生是在欺骗我们吧！学生跟着先生，到今天也有些年了。先生口里就没有停止过吟诵六经之文，手里也不曾停止过翻阅诸子之书；记事的一定给它提出主要内容来，立论的一定探求出它精深的道理来；贪图多得，务求有收获，不论无关紧要的还是意义重大的都不让它漏掉；太阳下去了，就燃起油灯，一年到头，永远在那里孜孜不倦地研究。先生对于学业，可以说是够勤奋的了吧。抵制、批驳异端邪说，排斥佛教与道家；弥补儒学的缺漏，发扬精深微妙的义理；寻找渺茫失落的古代圣人之道的传统，独自广泛搜求、遥远承接；防堵纵横奔流的各条川河，引导它们东注大海，挽回那狂涛怒澜，尽管它们已经倾倒泛滥。先生您对于儒家，可以说是有功劳的了。心神沉浸在意味浓郁醇厚的书籍里，仔细地咀嚼其中的精英华采；写起文章来，书卷堆满了房屋。上取法于虞、夏之书，那是多么地博大无垠哪；周《诰》文、殷《盘》铭，那是多么地曲折拗口哇；《春秋》是多么地谨严，《左传》又是多么地铺张；《易经》奇异而有法则，《诗经》纯正而又华美；下及《庄子》《离骚》，太史公的《史记》；以及扬雄、司马相如的著述，它们虽然各不相同，美妙精能这一点却都是一样的。先生对于文章，可以说是造诣精深博大而下笔波澜壮阔了吧。先生少年就知道好学，敢做敢为；长大以后通晓礼法，行为得体。先生对于做人，可以说是很成熟的了吧。可是在官场上您不被人所信任重用，私交上也没人帮助您。前进退后，都产生困难，动一动便惹祸获罪。刚当上御史，就被贬到南方边远地区。做了三年博士，职务闲散表现不出治理的成绩。您的命运与仇敌相合，不时遭受失败。冬天天气暖和，你的孩子还要叫冷；年成本来很好，你的妻子还要喊饿。头发也光了，牙齿也缺了，你就是死了，又于事何补呢！你不想一想这些，还要来教训人，这是为什么呢？"

先生说："咦，你走过来听我说！粗木料做房梁，细木料当椽子，壁柱、斗拱、梁上短柱，门枢、门槛、门闩、门两旁的木头，各得其所，用它们把房子建成，这可是工匠的技术哇！地榆、朱砂，天麻、龙芝，牛尿、牛屎菇破朽的鼓皮，兼收并蓄，一无遗漏，预备着日后派上用场，这是医师的好习惯。既明察又公平地选拔人才，能力强的和能力弱的都能一起量材录用，委婉随和是一种美德，超然不群则可称作杰出，比较、衡量各人不同的优缺点，根据他们的才能给予合理的使用，这就是当宰相的本事了。想当初孟子喜欢辩论，孔子之道才得以发扬光大，他游历的车迹周遍天下，他最后在奔走中老去；荀况恪守正道，发扬光大宏伟的理论，因为逃避谗言到了楚国，还是丢官而死在兰陵。这两位大儒，说出的话成为经典，一举一动成为法则，远远超越常人，优异到进入圣人的境界，可是他们在世上的遭遇是怎样的呢？现在你们的先生学习虽然勤劳却不能顺应道统，言论虽然不少却不切合要旨，文章虽然写得出奇却无益于实用，行为虽然有修养却并没有突出于一般人的表现。尚且每月浪费国家的俸钱，每年消耗仓库里的粮食；儿子不懂得耕地，妻子不懂得织布；出门乘着车马，后面跟着仆人，安安稳稳地坐着吃饭；局局促促地按常规行事，眼光狭隘地在旧书里盗窃陈言，东抄西袭。然而圣君不加罪责，大臣也不予指斥，难道不幸运吗！动不动就受到别人的毁谤，可是名声也随之增大了。被弃置在无关紧要的位置上，这正是理所当然的事。如果还要计算财产的有无、官阶的高低，忘记了自己的才能到底有多少，还要来指出别人的毛病，这就真好比是去责问工匠为什么不拿小木桩来做厅堂的大柱子，或非议医师为什么用有轻身明目效用的昌蒲而不用有排泻作用的猪苓去使人延年。"

与陈给事书①

愈再拜。

愈之获见于阁下有年矣。始者亦尝辱一言之誉②。贫贱也，衣食于奔走③，不得朝夕继见。其后阁下位益尊，伺候于门墙者日益进④。夫位益尊，则贱者日隔，伺候于门墙者日益进，则爱博而情不专。愈也道不加修，而文日益有名。夫道不加修，则贤者不与；文日益有名，则同进者忌。始之以日隔之疏，加之以不专之望⑤，以不与者之心，而听忌者之说。由是阁下之庭，无愈之迹矣。

去年春，亦尝一进谒于左右矣⑥。温乎其容⑦，若加其新也⑧；属乎其言⑨，若闵其穷也。退而喜也，以告于人。其后如东京取妻子⑩，又不得朝夕继见。及其还也，亦尝一进谒于左右矣。邈乎其容⑪，若不察其愚也；悄乎其言，若不接其情也⑫。退而惧也，不敢复进。

今则释然悟，翻然悔曰：其邈也，乃所以怒其来之不继也；其悄也，乃所以示其意也。不敏之诛⑬，无所逃避。不敢遂进，辄自疏其所以⑭，并献近所为《复志赋》以下十首为一卷，卷有标轴。《送孟郊序》一首，生纸写，不加装饰。皆有揩字、注字处⑮，急于自解而谢，不能俟更写。阁下取其意，而略其礼可也。

愈恐惧再拜。

【注释】

①陈给事：指陈京，字庆复。给事，给事中的略称。②辱：谦词，使对方受到屈辱。誉：赞赏，称誉。③衣食于奔走：指为了衣食而四处奔走。④门墙：古时指师长之门。进：增多。⑤望：埋怨，不满。⑥进谒：前去拜见。⑦温乎其容：脸色温和。⑧加其新：对待新朋友。⑨属（zhǔ）：连续，形容话多，很热情。⑩如：往，到。妻子：妻子和儿女。⑪邈（miǎo）：遥远，深远。⑫不接其情：不领受我的情意。⑬敏：聪敏。诛：责备。⑭疏：分条述说。⑮揩字：涂去的字。注字：附加在旁边的字。

【译文】

韩愈再次敬礼。

我得以拜见阁下已有好多年了。开始也曾经蒙得您的一些赞誉。因为我贫贱，为了衣食不得不奔走四方，不能够经常拜望您。以后阁下的地位越来越高了，依附侍奉在您门下的人也一天天地增多。地位日益尊贵，与贫贱的人便日益疏远间隔，等候在门下的人一天比一天增多，那您喜欢的人多了，情意就会变得不专一了。而我呢，在道德修养方面没有逐渐加强，然而文章上却一天天地更加有名气了。在道德修养方面没有得到加强和完善，那贤明的人就不愿意和我交往；在文章上一天天地更加有名气，那和我一同求进的人就产生妒忌之心。于是开头因为日益阻隔疏远，后来加上我对您不能专一地对待朋友的埋怨，而您又怀着不屑于与我交往的心思，而听信那嫉妒人的谗言。因此阁下的门庭，就没有我的踪迹了。

去年春天，我也曾前来拜见过您一次。您脸色温和，好像是接待新近结交的朋友；言语殷切热情，像是同情我落魄失意的处境。我辞别回家，心情特别高兴，便把这些情况告诉了别人。在这之后，我到东京洛阳接妻子儿女，又不能早晚经常拜见您了。等到我回来后，我又曾前来拜见您一次。但那时您脸色冷淡，好像不愿体察我；您沉默着不愿说话，好像不接受我的真情。辞别回家后，我心里十分不安，不敢再次来拜见您了。

现在我消除疑虑恍然大悟了，非常懊悔地想：您脸色冷淡，正是因为恼恨我不能经常去拜望您；您沉默寡言，就是向我暗示这个意思。我的愚鲁所受的责罚，是无处可逃的，我不敢冒然再去进见，便只好写信陈述情由，并呈献近来所写的《复志赋》等十篇诗文为一卷，卷上有题字的卷轴。《送孟郊序》一篇，是用生纸写成的，没加任何装饰。上有涂去、增加字的地方，这是因为我急于解释对您的误解而向您表示歉意，所以来不及重新誊写清楚。请您明白我的情意，而不要计较我礼节上的不周之处。

韩愈诚惶诚恐，再拜。

【读·品·悟】

友情是人与人之间最温暖、最动人的情感之一。朋友之间要维持恒久的情谊就需要时常联系，彼此交流。朋友，如同一杯醇酒，越喝越香。千万不要在有事相求时，才想起朋友，否则朋友之间的感情就会随时间而变淡，那样的话，再好的朋友可能都会变成陌生人。

应科目时与人书

月日，愈再拜：天池之滨①，大江之濆②，日有怪物焉；盖非常鳞凡介之品汇匹俦也③。其得水，变化风雨，上下于天不难也；其不及水，盖寻常尺寸之间耳④。无高山大陵、旷途绝险为之关隔也，然其穷涸，不能自致乎水，为獱獭之笑者⑤，盖十八九矣。如有力者，哀其穷而运转之，盖一举手一投足之劳也。然是物也，负其异于众也，且曰："烂死于沙泥，吾宁乐之；若俯首帖耳，摇尾而乞怜者，非我之志也。"是以有力者遇之，熟视之若无睹也。其死其生，固不可知也。

今又有有力者当其前矣，聊试仰首一鸣号

焉，庸讵知有力者不哀其穷⑥，而忘一举手一投足之劳，而转之清波乎？其哀之，命也；其不哀之，命也；知其在命，而且鸣号之者，亦命也。

　　愈今者实有类于是，是以忘其疏愚之罪⑦，而有是说焉。阁下其亦怜察之！

【注释】

　　①天池：指海。②渍（fén）：水边。③介：甲。品汇：品类。匹俦（chóu）：匹敌，相比。④寻常：古代长度单位。一常等于两寻，一寻等于八尺。⑤猵獭（bīn tǎ）：水獭。⑥庸讵（jù）：怎么，何以。⑦是以：因此，所以。

【译文】

　　某月某日，韩愈谨再拜：大海的边上，大江的滩旁，有一种怪物；它不是一般披鳞带甲之类的东西。它到了水里，变风化雨，上天下地都不困难；但是一旦离开了水，便只能在尺寸见方的地方活动了。又没有什么高山大丘、远险路途阻碍它，然而它只能干涸着，自己毫无办法挪到水里去，被小小的水獭所耻笑，已经不知道有多少回了。如果碰到有力量的人，可怜它的窘境而把它们运输转移（到有水的地方），只不过是举手之劳。然而这动物，因自己与众不同而自负得很，它会说："就算烂死在沙泥里，我也乐意；如果俯首帖耳，摇尾乞怜，那不是我的意思。"因此有能力帮它的人遇到他，熟视无睹，就像没看见一般。他的死活，实在无法知道哇。

　　如今又有一个有能力的人走到它的面前，它姑且试着抬头鸣叫一声（因为有能力的人已经对他们的习惯视而不见了），怎么知道有能力的人不可怜它的窘境，而忘记了举手之劳，把它转移到水里边呢？同情它，是命运；不同情它，也是命运；知道生死有命，还要鸣叫，也是命运。

　　我（韩愈）现在确实有点儿类似于它，所以忘记自己的浅陋之罪，而写下这篇文字，希望阁下您垂怜并理解我！

传统文化小知识

五服 　　五服指五种丧服。古代社会的葬礼中，与死者亲属程度不同的人要穿不同的丧服，以示区别。丧服具体分为五种，从重到轻依次是：斩衰、齐衰、大功、小功、缌麻。亲属关系越近，其丧服越粗糙。大体上，古代丧服的服制都以《仪礼·丧服小记》为准则，历代遵行，只是小有变通。不同的丧服所穿的时间长短也不同。

柳宗元

柳宗元（773年—819年），字子厚，河东解（今山西运城西）人，世称"柳河东"，唐代文学家、哲学家、散文家和思想家，与韩愈共同倡导唐代古文运动，并称为"韩柳"。与唐代的韩愈、宋代的欧阳修、苏洵、苏轼、苏辙、王安石和曾巩，并称为"唐宋八大家"。

　　柳宗元的家庭是一个具有浓厚文化氛围的家庭。母亲的良好品格，从小熏陶了柳宗元。柳宗元的幼年在长安度过，对朝廷的腐败无能、社会的危机与动荡有所见闻和感受。除了母亲外，父亲柳镇的品格学识和文章对柳宗元有更直接的影响。父亲和母亲给予柳宗元儒学和佛学的双重影响，这为他后来"统合儒佛"思想的形成奠定了基础。

　　贞元十七年（801年），柳宗元调为蓝田尉，两年后又调回长安任监察御史里行，当时他30岁，与韩愈同官，官阶虽低，但职权并不下于御史，从此与官场上层人物交游更广泛，对政治的黑暗腐败有了更深入的了解，逐渐萌发了要求改革的愿望，成为王叔文革新派的重要人物。

　　由于顺宗下台、宪宗上台，革新失败，"二王刘柳"和其他革新派人士都随即被贬。宪宗八月即位，柳宗元九月便被贬为邵州

（今湖南邵阳）刺史，在赴任途中，又被加贬为永州（今湖南永州）司马。这次同时被贬为司马的还有七人，所以这一事件史称"二王八司马事件"。

在永州，残酷的政治迫害，艰苦的生活环境，使柳宗元悲愤、忧郁、痛苦，加之几次无情的火灾，严重损害了他的健康，他竟到了"行则膝颤、坐则髀痹"的程度。贬往永州，一贬就是十年，这是柳宗元人生的一大转折。在京城时，他直接从事革新活动，到永州后，他的斗争则转到了思想文化领域。永州十年，是他继续坚持斗争的十年，他广泛研究古往今来关于哲学、政治、历史、文学等方面的一些重大问题，撰文著书，《封建论》《非〈国语〉》《天照》《六道论》等著名作品，大多是在永州完成的。

唐元和十四年（819年），柳宗元在柳州病逝。

牛 赋

若知牛乎？牛之为物，魁形巨首。垂耳抱角，毛革疏厚。牟然而鸣①，黄钟满脰②。抵触隆曦③，日耕百亩。往来修直，植乃禾黍。自种自敛④，服箱以走，输入官仓，己不适口。富穷饱饥，功用不有。陷泥蹶块⑤，常在草野。人不惭愧，利满天下。皮角见用，肩尻莫保⑥。或穿缄縢⑦，或实俎豆⑧。由是观之，物无逾者。

不如羸驴，服逐驽马。曲意随势，不择处所。不耕不驾，藿菽自与⑨。腾踏康庄，出入轻举。喜则齐鼻，怒则奋踯。当道长鸣，闻者惊辟。善识门户，终身不惕⑩。

牛虽有功，于己何益？命有好丑，非若能力。慎勿怨尤，以受多福。

【注释】

①牟然而鸣：形容牛哞哞地叫。②黄钟：我国古代音韵十二律中六种阳律的第一律。此处用以形容牛叫声。脰：脖子。③曦（xī）：烈日。④敛（liǎn）：收获。⑤蹶（jué）块：倒在地上。⑥尻（kāo）：臀部。⑦缄（jiān）縢：绳索。⑧俎（zǔ）豆："俎"和"豆"，都是古代祭祀时盛祭品的器皿。此处代指祭祀。⑨藿（huò）菽：豆叶和豆子，这里泛

指上等饲料。⑩惕（tì）：担心。

【译文】

你知道牛吗？牛作为动物，形体魁伟，脑袋巨大。它两只耳朵悬挂着，两只角向内弯曲；毛很稀疏，皮很厚实。牛发出哞哞的叫声，脖子里震荡着浑厚的低音。顶着烈日，每天耕种大片土地。在田地里来来回回地耕种土地，翻起的田垄又长又直。自己耕种自己收获，拉着车子跑，收获的粮食都归入了官府粮仓，自己吃不到好吃的。使穷的人变富有了，饥饿的人吃饱了，然而却没有功劳。有时陷入泥中，有时倒在地上，常常忙碌在荒凉的田野里。人们不为它的这种精神感到羞惭，它的好处却布满天下。它的皮和两只角都被人所用，全身骨肉都没法儿保全。有的劈成皮绳，有的当作祭品。由此看来，没有比牛的用处更大的东西了。

不像瘦瘦的驴子，老是跟在劣马的屁股后面奔跑。想尽办法趋炎附势，不管什么地方都愿意投靠依附。不耕地也不驾车，就能有上等的饲料吃。在康庄大道上奔跑践踏，进进出出很轻易随便。高兴的时候就鼻子对着鼻子互相嗅着，发怒的时候就用力蹬蹄子。在路上嘶鸣长叫，听见的人都吓得赶紧躲开。善于投机钻营，一生都不用担惊受怕。

牛虽然很有功劳，但对自己有什么好处呢？命运有好有坏，并不是你的能力就能改变的。小心不要怨天尤人，来等着享受老天给予的福祉吧。

〖读·品·悟〗

人们歌咏牛，是因为牛对人类的无私奉献。在聪明人看来，牛是愚笨的。它付出了极端的辛苦甚至献出了皮肉，却不能给自己带来多少好处，实在是可怜、可悲。可正是这些"吃草""挤奶"的"傻子"服务着大众，社会才得以进步。我们是否愿意做这样的"傻子"呢？

捕蛇者说

永州之野产异蛇，黑质而白章①，触草木尽死；以啮人②，无御之者。然得而腊之以为饵，可以已大风、挛踠、瘘、疠，去死肌，杀三虫。其始，太医以王命聚之，岁赋其二。募有能捕之者，当其租入。永之人争奔走焉。

有蒋氏者，专其利三世矣。问之，则曰："吾祖死于是，吾父死于是，今吾嗣为之十二年③，几死者数矣④。"言之，貌若甚戚者。

余悲之，且曰："若毒之乎？余将告于莅事者⑤，更若役，复若赋，则何如？"蒋氏大戚，汪然出涕曰："君将哀而生之乎？则吾斯役之不幸，未若复吾赋不幸之甚也。向吾不为斯役⑥，则久已病矣。自吾氏三世居是乡，积于今六十岁矣，而乡邻之生日蹙。殚其地之出，竭其庐之入，号呼而转徙，饥渴而顿踣⑦，触风雨，犯寒暑，呼嘘毒疠，往往而死者相藉也。曩与吾祖居者，今其室十无一焉；与吾父居者，今其室十无二三焉；与吾居十二年者，今其室十无四五焉。非死则徙尔。而吾以捕蛇独存。

"悍吏之来吾乡，叫嚣乎东西，隳突乎南北⑧，哗然而骇者，虽鸡狗不得宁焉。吾恂恂而起⑨，视其缶，而吾蛇尚存，则弛然而卧⑩。谨食之，时而献焉。退而甘食其土之有，以尽吾齿。盖一岁之犯死者二焉，其馀则熙熙而乐，岂若吾乡邻之旦旦有是哉！今虽死乎此。比吾乡邻之死则已后矣，又安敢毒耶？"

余闻而愈悲。孔子曰："苛政猛于虎也。"吾尝疑乎是。今以蒋氏观之，犹信。呜呼！孰知赋敛之毒有甚是蛇者乎？故为之说，以俟夫观人风者得焉⑪。

【注释】

①章：花纹。②啮（niè）：咬，啃食。③嗣：继承，接续，延续。④数（shuò）：多次，屡次。⑤莅（lì）事者：管这事的人，此处指管理事情的官吏。⑥向：从前，这里是假使的意思。⑦顿：劳累，困顿。踣（bó）：跌倒。⑧隳（huī）突：骚扰，惊扰。⑨恂（xún）恂：小心谨慎的样子。⑩弛：放松，安下心来。⑪人风：民风。唐朝为了避唐太宗李世民的名讳，凡遇"民"字都要改写为"人"。

【译文】

　　永州的野外有一种非常奇异的蛇，黑色的外皮上面有白色的花纹，它只要一碰到草木，草木就会全都枯死；如果咬到人，没有抵御蛇毒的办法（没有什么办法医治）。然而捕捉到这种蛇，把它晾干，制成药饵，可以用来治愈麻风、手脚蜷曲、脖肿、恶疮，除去坏死的肌肉，杀死人体内的各种寄生虫。起初，太医用皇帝的命令征集这种蛇，每年征收两次，招募能捕捉它的人，（准许）他们用蛇抵应缴的租税。永州的老百姓都争着去干这件差事。

　　有个姓蒋的人，独自享受（独占）这种捕蛇抵赋税（因捕蛇而不缴纳赋税）的好处已有三代人的时间了。我问他，他却说："我的祖父死在捕蛇上，我父亲也死在捕蛇上，现在我接着干这差事已经有十二年了，险些送命的情况也有好多次了。"他说这些话时，露出很悲伤的神色。

　　我很同情他的遭遇，并且说："你怨恨这件差事吗？我去告诉主管这件事的官吏，免掉你这件差事，然后恢复你的赋税，怎么样？"姓蒋的（一听）更觉得悲苦，眼泪汪汪地说："您是可怜我想要让我活下去吗？可（您不知道）我这件差事的不幸，还比不上恢复我缴税的不幸那么厉害呀。要是我过去不干这件差事，那早就困顿不堪了。从我家三代居住在这个村子，累计到现在有六十年了，（这些年）乡邻们的生活一天比一天困苦。地里的出产缴光了，家里的收入用完了，（大家）哭着喊着四处逃亡，又饥又渴，常常跌倒在地，（一路上）顶着狂风暴雨，冒着严寒酷暑，吸着有毒的瘴气，死尸遍野，尸骨成堆。从前跟我爷爷住在一块儿的，如今十家中连一家也没有了；跟我爹住在一块儿的，十家中没剩下两三家了；跟我一块儿住了十二年的，如今也不到四五家了。（那些人家）不是死光了就是逃荒去了。可我靠着捕蛇独自活了下来。

　　"凶暴的官吏一到我们村子来，就到处乱闯乱嚷，吓得人们哭天叫地的，甚至连鸡狗也不得安宁。我提心吊胆地从床上爬起来，看看那瓦罐子，我的蛇还在里面，这才能安心地睡下。平时我小心地喂养蛇，到规定的时间就交上去。回家后就怡然自得地享用自己田地里出产的东西，这样来安度天年。估计一年当中冒死的情况只有两次，其余时间我都可以快快乐乐地过日子。哪像我的乡邻们天天有这样的事情呢！现在我即使死在这差事上，比起我的乡邻们的死已经死在他们后面了，又怎么敢怨恨它（捕蛇这件事）呢？"

听了这些话，我更加悲痛难忍。孔子说："横征暴敛带来的祸患比老虎还要凶猛啊。"我曾经怀疑过这种说法。现在从蒋氏的遭遇来看，还是真实可信的。唉！谁知道横征暴敛对百姓的毒害比毒蛇更厉害呢？因此我才写了这篇文章，留待那些考察民情风俗的官吏参考。

桐叶封弟辨

古之传者有言①，成王以桐叶与小弱弟②，戏曰："以封汝。"周公入贺③。王曰："戏也。"周公曰："天子不可戏。"乃封小弱弟于唐④。

吾意不然。王之弟当封耶，周公宜以时言于王⑤，不待其戏而贺以成之也。不当封耶，周公乃成其不中之戏⑥，以地以人与小弱弟者为之主，其得为圣乎⑦？且周公以王之言不可苟焉而已⑧，必从而成之耶？设有不幸，王以桐叶戏妇寺⑨，亦将举而从之乎？凡王者之德，在行之何若。设未得其当，虽十易之不为病⑩；要于其当，不可使易也，而况以其戏乎？若戏而必行之，是周公教王遂过也⑪。

吾意周公辅成王，宜以道，从容优乐⑫，要归之大中而已⑬，必不逢其失而为之辞⑭。又不当束缚之，驰骤之⑮，使若牛马然，急则败矣。且家人父子尚不能以此自克⑯，况号为君臣者邪！是直小丈夫缺缺者之事⑰，非周公所宜用，故不可信。

或曰：封唐叔⑱，史佚成之⑲。

【注释】

①传者：编史书的人。此指《吕氏春秋》的编者吕不韦和《说苑》的作者刘向。两书中均载有周公促成桐叶封弟的故事。②小弱弟：指周成王之弟叔虞。③周公：姓姬名旦，周武王之弟，周朝开国大臣。④唐：古国名，在今山西翼城一带，是晋的前身。⑤以时：适时，及时。⑥不中（zhòng）之戏：不恰当的游戏。⑦其：语气词，表反问。⑧苟：轻率，随便。⑨妇寺：指君主身边的妻妾和宦官。⑩病：弊病，过错。⑪遂过：顺成过错，将错就错。⑫从容：此指举止言行。优乐：嬉戏，娱乐。⑬大中：指适当的道理和方法，不偏于极端。⑭辞：解释，掩饰。⑮驰骤：指被迫奔跑。⑯自克：自我约束。克，克制，约束。⑰直：只是，只不过。缺缺者：耍小聪明的样子。⑱唐叔：即叔虞。⑲史佚：周武王时的太史史佚。

【译文】

古时编写史书的人有这样一种说法，说周成王拿着一片桐树叶子和年幼的弟弟开玩笑，说："把这个作为封你国土的凭证。"周公入宫祝贺。成王说："我是开玩笑的呀。"周公说："天子不能随便开玩笑。"于是，成王把唐地封给了年幼的弟弟。

我认为事情不是这样的。成王的弟弟如果应当受封，周公则应及时向成王进言，而不能等他开了玩笑再去祝贺，促成这件事。如果不应当受封，周公就成就了一个不恰当的玩笑，使成王把土地和百姓封给年幼的弟弟，让他成为一国之主，周公这样做能称得上是圣人吗？况且周公只是认为君王说话不可随便罢了，难道一定要听从并促成他的玩笑吗？假如不幸，成王拿了桐树叶子与妃嫔和太监开玩笑，周公难道也要按这种玩笑去办吗？大凡君王的德行，在于他施行政事怎么样。倘若不恰当，即使改变十次也不算什么缺点；关键在于要恰当，不可以随意更改，更何况是用来开玩笑的事情呢？如果开玩笑的话也一定要照办，那就是周公在教唆成王铸成过错。

我认为周公辅佐成王，应当用适当的原则去引导他，要使他的举止行动和嬉乐恰如其分而已，最终归于中道，一定不能去迎合他的过错，并替他掩饰。又不应当束缚他，驱赶他，使他像牛马一样。催逼太紧反而会坏事。再说，就是家人父子之间，尚且不能用这种方式来自相约束，更何况名分上是君臣呢！这只不过是那

些庸人耍小聪明所做的事，不是周公所应该采用的做法，因此不可相信。

有人说：封唐叔的事情，是太史史佚促成的。

童区寄传

柳先生曰：越人少恩①，生男女，必货视之②。自毁齿以上③，父兄鬻卖以觊其利④。不足，则取他室，束缚钳梏之⑤，至有须鬣者⑥。力不胜，皆屈为僮。当道相贼杀以为俗⑦。幸得壮大，则缚取幺弱者。汉官因以为己利，苟得僮，恣所为不问⑧。以是越中户口滋耗⑨，少得自脱。惟童区寄以十一岁胜，斯亦奇矣。桂部从事杜周士为余言之。

童寄者，郴州荛牧儿也⑩。行牧且荛⑪，二豪贼劫持⑫，反接⑬，布囊其口⑭，去逾四十里，之虚所卖之⑮。寄伪儿啼，恐栗为儿恒状⑯。贼易之⑰，对饮，酒醉。一人去为市⑱，一人卧，植刃道上⑲。童微伺其睡⑳，以缚背刃㉑，力上下，得绝；因取刃杀之。逃未及远，市者还，得童，大骇，将杀。童遽曰㉒："为两郎僮，孰若为一郎僮耶㉓？彼不我恩也㉔；郎诚见完与恩㉕，无所不可。"市者良久计曰:"与其杀是僮,孰若卖之?与其卖而分,孰若吾得专焉㉖?幸而杀彼,甚善!"即藏其尸,持童抵主人所。愈束缚牢甚。夜半,童自转,以缚即炉火烧绝之,虽疮手勿惮;复取刃杀市者。因大号。一墟皆惊。童曰:"我区氏儿也,不当为僮。贼二人得我,我幸皆杀之矣!愿以闻于官㉗。"

　　虚吏白州,州白大府。大府召视儿,幼愿耳㉘。刺史颜证奇之,留为小吏,不肯。与衣裳,吏护之还乡。乡之行劫缚者㉙,侧目莫敢过其门㉚,皆曰:"是儿少秦武阳二岁,而讨杀二豪,岂可近耶?"

【注释】

　　①恩:慈爱。②货视之:把他们看作可以买卖的商品。③毁齿:指换乳牙。儿童至七八岁乳牙脱落,换生恒牙,此指小孩儿换牙的年龄。④鬻(yù)卖:出卖。鬻,卖。觊(jì):希图,贪图。⑤钳梏(gù):用铁箍套颈,用木铐铐手。⑥至有须髯(liè)者:甚至有因拘禁年久而长了胡须的成年人。髯,胡须。⑦贼杀:伤害残杀。⑧恣所为:放任他们胡作非为。恣,听任,放纵。⑨滋耗:增加消耗,指死亡人数增多,人口减少。滋,加多。⑩荛(ráo)牧儿:打柴放牧的孩子。荛,打柴。⑪行牧且荛:一面放牧,一面打柴。行,从事。⑫豪贼:强盗。豪,强横。⑬反接:把双手反绑起来。⑭布囊其口:用布封住他的嘴。囊,口袋,这里意为捂住。

⑮虚："虚"亦写成"墟"，集市。⑯恐栗：恐惧发抖。栗，通"慄"，战栗。为儿恒状：做出小孩儿常有的那种样子。恒状，常有的情态。⑰易：轻视，不在意。⑱为市：去做人口买卖，谈生意，指寻找买主。⑲植刃道上：把刀插在路上。⑳微伺：暗地等候。伺，窥察。㉑以缚背刃：把捆他的绳子靠在刀刃上。㉒遽（jù）：急忙。㉓孰若：何如，哪里比得上。㉔不我恩：不好好对待我。㉕诚见完与恩：真能不杀我并好好待我。完，保全。㉖得专：独占。㉗愿以闻于官：愿意把这件事报告给官府。㉘幼愿：年幼而老实。愿，老实。㉙行劫缚者：从事劫持和盗卖儿童勾当的人。㉚侧目：不敢正视，形容畏惧。

【译文】

柳先生说：越地的人寡恩薄情，生了孩子无论是男是女，都把他们看作可以买卖的商品。孩子七八岁以后，父母就会卖掉他们以便由此获利。如果得到的钱财不能满足他们的贪欲，便去偷别人的子女，偷到后就把铁箍套在孩子的脖子上，用木铐铐住他们的手，以防止他们逃跑，甚至有因拘禁年久而长了胡须的成年人。成年人体力不支的，也被逼迫成僮仆。当时在大路上互相残杀已成为一种恶俗。有幸而能长得强壮高大的人，就去绑架那些力小体弱的人。汉族官吏则利用当地人的这种恶俗为自己谋取私利，只要能得到僮仆，他们就放纵这种行为而不加以过问追究。因此越地人口减少，很少有人能逃脱做僮仆的悲惨命运。只有儿童区寄以十一岁的小小年纪战胜了绑架他的强盗，这也算奇特的了。桂州都督从事杜周士对我讲了这件事。

儿童区寄，是郴州地区打柴放牧的孩子。一天，他正一边放牧一边打柴，有两个蛮横的强盗把他绑架了，将他反背着手捆起来，用布封住他的嘴，离开本乡四十多里地，想到集市上把他卖掉。区寄假装啼哭，做出小孩子常有的恐惧发抖的样子。两个强贼见此状便轻视了他，两人面对着喝酒，喝醉了。其中一个强盗离开去集市谈买卖孩子的生意，另一个躺下来，把刀插在路上。区寄暗暗看他睡着了，就把捆绑自己的绳子靠在刀刃上，用力地上下磨动，绳子断了；便拿起刀杀死了那个强盗。逃离不远，又被谈生意回来的强盗抓获，强盗大吃一惊，要杀死区寄。区寄急忙说："两个主人共有一个仆人，哪比得上一个主人独占一个仆人呢？他待我不好；但你如果真能保全我的性命，并好好待我，无论让我干什么都可以。"强盗盘算了很久，心想："与其杀死这个奴仆，哪里比得上把他卖掉呢？与其卖掉他后两个人分钱，哪里比得上我一个人独吞呢？幸亏杀掉了他（另一个强盗），好极了！"随即埋藏了那个强盗的尸体，带着区寄到集市中窝藏强盗的主人那里。强盗越发把区寄捆绑得结实。到了半夜，区寄自己转过身来，把捆绑的绳子就着炉火烧断了，即使烧伤了手也不怕；又拿过刀来杀掉了做买卖的强盗。区寄然后大声呼喊。整个集市都惊动了。区寄说："我是姓区人家的孩子，不该做奴仆。两个强盗绑架了我，我幸而已把他们全杀掉了！希望能把这件事告知官府。"

镇上的官吏便把这件事报告给了州官，州官又报告给了上级官府，官府长官召见区寄，一看，想不到竟是一个年幼老实的孩子。刺史颜证认为这孩子很了不起，想留他做一名小吏，区寄不肯。刺史于是送给他衣裳，派官吏护送他回到家乡。乡里干抢劫勾当的强盗，都斜着眼睛不敢正视区寄，没有哪一个敢经过他的家门，都说："这个孩子比秦武阳（当年杀人时）小两岁，却杀死了两个豪贼，怎么敢靠近他呢？"

罴　说

鹿畏貙①，貙畏虎，虎畏罴。罴之状，被发人立②，绝有力而甚害人焉③。

楚之南有猎者，能吹竹为百兽之音。寂寂持弓矢罂火而即之山④。为鹿鸣以感其类⑤，伺其至⑥，发火而射之。䝙闻其鹿也，趋而至⑦，其人恐，因为虎而骇之⑧。䝙走而虎至，愈恐，则又为罴，虎亦亡去。罴闻而求其类，至则人也，捽搏挽裂而食之⑨。

今夫不善内而恃外者⑩，未有不为罴之食也。

【注释】

①䝙（chū）：一种似狐狸的野兽。②被：通"披"，披散。人立：像人一样站立。③绝：非常，十分。④寂寂：静悄悄地。之：往，到。⑤感：感化，吸引。⑥伺：等待。⑦趋：快速奔跑。⑧因：于是。⑨捽（zuó）搏挽裂：揪住扑搏撕咬，撕得四分五裂。⑩善：使……善。形容词的使动用法。恃（shì）：依赖，仗着。

【译文】

鹿害怕䝙，䝙害怕虎，虎害怕罴。罴的样子是披散头发，能像人一样站立着，十分有力而且很能伤害人。

楚国的南部有个猎人，会吹竹笛来模仿各种野兽的叫声。他静悄悄地拿着弓、箭、装火药的罐子和火种来到山上。模仿鹿的叫声把鹿的同类都引出来，等到鹿一出来，他就用火种射它们。䝙听到了鹿的叫声，快速地奔跑过来，猎人很害怕，于是模仿虎的叫声来吓唬它。䝙被吓跑了，虎听到叫声又跑来了，猎人更加惊恐，于是又模仿罴的叫声，虎也被吓跑了。这时，罴听到了就出来寻找自己的同类，来到后却发现是人，罴就揪住他，扑上去撕咬，最后把他吃掉了。

现在那些不好好使自己的内在本领加强而只依靠外在力量的人，没有一个不被黑吃掉的。

种树郭橐驼传

郭橐驼①，不知始何名。病偻②，隆然伏行③，有类橐驼者，故乡人号之"驼"。驼闻之曰："甚善，名我固当④。"因舍其名，亦自谓"橐驼"云。其乡曰丰乐乡，在长安西。驼业种树，凡长安豪富人为观游，及卖果者，皆争迎取养。视驼所种树，或移徙，无不活；且硕茂，早实以蕃⑤。他植者虽窥伺效慕，莫能如也。

有问之，对曰："橐驼非能使木寿且孳也⑥，能顺木之天，以致其性焉尔。凡植木之性，其本欲舒，其培欲平，其土欲故，其筑欲密。既然已，勿动勿虑，去不复顾。其莳也若子⑦，其置也若弃，则其天者全而其性得矣。故吾不害其长而已，非有能硕茂之也⑧；不抑耗其实而已，非有能早而蕃之也。他植者则不然。根拳而土易，其培之也，若不过焉则不及。苟有能反是者，则又爱之太殷，忧之太恩，旦视而暮抚，已去而复顾。甚者爪其肤以验其生枯，摇其本以观其疏密，而木之性日以离矣。虽曰爱之，其实害之；虽曰忧之，其实仇之。故不我若也，吾又何能为哉！"

问者曰："以子之道，移之官理⑨，可乎？"驼曰："我知种树而已，理，非吾业也。然吾居乡，见长人者好烦其令⑩，若甚怜焉，而卒以祸。旦暮吏来而呼曰：'官命促尔耕，勖尔植⑪，督尔获，早缫而绪⑫，早织而缕⑬，字而幼孩⑭，遂而鸡豚⑮。'鸣鼓而聚之，击木而召之。吾小人辍飧饔以劳吏者⑯，且不得暇，又何以蕃吾生而安吾性耶？故病且怠⑰。若是，则与吾业者其亦有类乎？"

问者嘻曰："不亦善夫！吾问养树，得养人术。传其事，以为官戒也。"

【注释】

①橐（tuó）驼：骆驼。②偻（lǚ）：是一种病，患者脊背弯曲，驼背。③隆然：高高突起的样子。伏行：俯下身体走路。④固：确实。⑤蕃：繁多。⑥孳（zī）：生长得快。⑦莳（shì）：移栽。⑧硕茂：高大茂盛。⑨官理：为官治民。唐人避高宗名讳，改"治"为"理"。⑩长

（zhǎng）人者：做官管理人民的人。⑪勖（xù）：勉励。⑫缲（sāo）：煮茧抽丝。而：通"尔"，你们的。⑬缕：线，这里指纺线织布。⑭字：养育。⑮遂：成长，喂大。豚（tún）：小猪。⑯飧（sūn）：晚饭。饔（yōng）：早饭。⑰病：困苦。

【译文】

　　郭橐驼，不知最初叫什么名字。他患有伛偻病，耸着背脊，弯着腰，脸朝下走路，就像骆驼，所以乡里人给他取了个外号叫"驼"。橐驼听到后说："很好哇，给我取这个名字确实很恰当。"于是他索性放弃了原来的名字，也自称起"橐驼"来。他的家乡叫丰乐乡，在长安城的西郊。橐驼以种树为职业，凡是长安城的豪绅人家修建观赏游览的园林，以及卖水果的商人，都争相雇请他。他所种的树，有时移植，没有不成活的；而且高大茂盛，果实结得早而且多。其他种树的人即使偷偷察看摹仿，也没有能赶上他的。

　　有人问他，他回答说："我郭橐驼并没有能使树木活得久、生长得快的诀窍，只是能顺应树木的天性，让它尽性生长罢了。大凡种植树木的特点都是，树根要舒展，培土要均匀，根上带旧土，筑土要紧密。这样做了之后，就不要再去动它，也不必担心它，种好以后离开时可以头也不回。树木移栽的时候也要像培育子女一样精心细致，栽好后置于一旁要像把它丢弃一样，那么树木的生长规律就可以不被破坏，而能按照它的本性自然生长了。所以我只是不妨害它生长罢了，并没有使它长得高大茂盛的特殊本领；我只是不抑制、减少它的结果罢了，并没有使果实结得又早又多的特殊本领。其他种树的人却不是这样。（他们所种的树）树根拳曲不能伸展，又换了新土，培土不是多了就是少了。如果有与这做法不同的，又爱得太深，忧得太多，早晨去看了，晚上又去摸，离开之后又回头去看看。更过分的做法是抓破树皮来检查它是死是活，摇动树干来观察栽土是松是紧，这样就日益背离它的天性了。这虽说是爱它，实际上是害它，虽说是担心它，实际上是与它为敌。所以他们都比不上我，我又有什么特殊能耐呢！"

问的人说："把您的种树经验，移到为官治理百姓上，可以吗？"郭橐驼说："我只知道种树罢了，治理百姓，不是我的职业。但我住在乡里，看见当官的喜欢发布命令，表面看像是很爱百姓，但终究会害了百姓。从早到晚都有官吏来喊叫：'官府命令催促你们耕田，勉励你们栽种，督促你们收割，早点儿缫好你们的丝，早点儿纺好你们的线，养育好你们的小孩儿，喂养好你们的鸡和猪。'一会儿击鼓让人们聚集在一起，一会儿敲木梆把大家召来。我们小百姓顾不上吃晚饭、早饭来应酬慰劳差吏，这使我们没有空暇，又靠什么来使我们人口兴旺、生活安定呢？所以（我们）困苦而且疲倦。像这样，就与我同行业的人大概相似吧？"

问的人说："这真是太好了！我问种树，却得到了治理百姓的方法。我要把这件事记载下来，作为官吏们的鉴戒。"

【读·品·悟】

顺应事物的天性，不违背事物的发展规律，就能自然而然地有所收获。相反，不遵循事物发展的自然规律，所谓的"爱护"往往会变成"摧残"，最终难以成功。既顺乎自然又依势而为才是走向成功的有效途径。

蝜蝂传

蝜蝂者①，善负小虫也②。行遇物，辄持取③，卬其首负之④。背愈重，虽困剧不止也⑤。其背甚涩⑥，物积因不散，卒踬仆不能起⑦。人或怜之，为去其负。苟能行⑧，又持取如故。又好上高，极其力不已⑨，至坠地死。

今世之嗜取者，遇货不避，以厚其室⑩，不知为己累也⑪，唯恐其不积。及其怠而踬也⑫，黜弃之⑬，迁徙之⑭，亦以病矣⑮。苟能起，又不艾⑯，日思高其位⑰，大其禄⑱，而贪取滋甚，以近于危坠，观前之死亡不知戒。虽其形魁然大者也，其名人也，而智则小虫也。亦足哀夫！

【注释】

①蝜蝂（fù bǎn）：一种小爬虫。②负：驮。③辄（zhé）：就。④卬（áng）：通"昂"，高高抬起。⑤虽：即使。困：疲惫，劳累。剧：甚，极。⑥涩：不光滑。蝜蝂背部凹凸不平，且有黏性。⑦卒：最终，终于。踬（zhì）仆：跌倒。⑧苟：如果，一旦。⑨极：尽，用尽。已：停止。⑩厚其室：使其家富裕。⑪累：累赘，牵累。⑫怠：疲惫无力。⑬黜（chù）：遭贬斥，被罢官。⑭迁徙：因遭贬谪而被流放。⑮病：困苦，吃尽苦头。⑯艾（ài）：停止。⑰高其位：使其官位升高。⑱大其禄：使其俸禄增多。

【译文】

蝜蝂，是一种擅长背东西的小虫。爬行时遇到东西，总是将其抓取过来，抬起头背着这些东西。东西越背越重，即使非常劳累它也不停止。它的背凹凸不平，且有黏性，因而东西堆上去不会散落，终于被压倒爬不起来。有人可怜它，替它去掉背上的东西。可是蝜蝂一旦能爬行了，又把东西像原先一样抓取过来背上。它还喜欢向高处爬，用尽它的力气也不停止，直到跌落摔死在地上。

　　现今世上那些贪得无厌的人，见到钱财就捞一把，来充实自己的家产，不知道这些钱财将会成为自己的负担，只担忧财货不能累积。等到一旦因疏忽大意而垮下来的时候，有的被罢官，有的被贬往边远地区，也算吃了苦头了。如果能被起用，又不停止和（懂得）悔改，每日想着使自己的地位提高，使自己的俸禄加大，进而贪心索取更加厉害，以至于接近于摔死，看到以前因极力求财求官的人的死亡也不知引以为戒。即使他们的外形看起来庞大，他们名字是人，可是见识却和蝜蝂一样。也太可悲了！

【读·品·悟】

　　蝜蝂这种昆虫的行为看起来是愚蠢可笑的，可是我们人类又何尝不是这样？为了心中的欲望，一味索取，不懂得知足，终于陷入贪婪深渊的人不计其数；做事不自量力，最后让自己身心俱疲，甚至失去生命者也不在少数。蝜蝂与人，谁更可笑？

三戒并序

　　吾恒恶世之人，不知推己之本①，而乘物以逞②，或依势以干非其类③，出技以怒强④，窃时以肆暴⑤，然卒迨于祸⑥。有客谈麋⑦、驴、鼠三物，似其事，作《三戒》。

临江之麋

临江之人畋⑧，得麋麑⑨，畜之。入门，群犬垂涎，扬尾皆来。其人怒，怛之⑩。自是日抱就犬⑪，习示之，使勿动，稍使与之戏。积久，犬皆如人意。麋麑稍大，忘己之麋也，以为犬良我友⑫，抵触偃仆⑬，益狎⑭。犬畏主人，与之俯仰甚善，然时啖其舌⑮。

三年，麋出门，见外犬在道甚众，走欲与为戏。外犬见而喜且怒，共杀食之，狼藉道上⑯。麋至死不悟。

黔之驴

黔无驴，有好事者船载以入。至则无可用，放之山下。虎见之，庞然大物也，以为神，蔽林间窥之，稍出近之，慭慭然莫相知⑰。

他日，驴一鸣，虎大骇远遁，以为且噬己也，甚恐。然往来视之，觉无异能者。益习其声，又近出前后，终不敢搏。稍近益狎，荡倚冲冒⑱，驴不胜怒，蹄之。虎因喜，计之曰："技止此耳！"因跳踉大㘝⑲，断其喉，尽其肉，乃去。

噫！形之庞也类有德⑳，声之宏也类有

能，向不出其技，虎虽猛，疑畏，卒不敢取；今若是焉，悲夫！

永某氏之鼠

永有某氏者㉑，畏日㉒，拘忌异甚。以为己生岁直子㉓，鼠，子神也，因爱鼠，不畜猫犬，禁僮勿击鼠。仓廪庖厨㉔，悉以恣鼠㉕，不问。

由是鼠相告，皆来某氏，饱食而无祸。某氏室无完器，椸无完衣㉖，饮食大率鼠之馀也。昼累累与人兼行㉗，夜则窃啮斗暴㉘，其声万状，不可以寝，终不厌。

数岁，某氏徙居他州。后人来居，鼠为态如故。其人曰：“是阴类恶物也㉙，盗暴尤甚。且何以至是乎哉？”假五六猫，阖门撤瓦灌穴㉚，购僮罗捕之，杀鼠如丘，弃之隐处，臭数月乃已。

呜呼！彼以其饱食无祸为可恒也哉！

【注释】

①推：推究。②乘：依靠，凭借。③干：触犯。④怒：激怒。⑤窃时：趁机。肆暴：放肆地做坏事。⑥迨（dài）：遭到。⑦麋（mí）：形体较大的一种鹿类动物。⑧畋（tián）：打猎。⑨麑（ní）：鹿仔。⑩怛（dá）：恐吓。⑪就：靠近，接近。⑫良：的确，确实。⑬抵触：用头

角相抵相触。偃：仰面卧倒。仆：俯面卧倒。⑭狎：亲昵，友好。⑮啖（dàn）：吃，这里是舔的意思。⑯狼藉：散乱。⑰慭（yìn）慭然：小心谨慎的样子。⑱荡：碰撞。倚：挨近。⑲跳踉：腾跃的样子。㘈（hǎn）：吼叫。⑳类：似乎，好像。德：道行。㉑永：永州，在今湖南。㉒畏日：怕犯日忌。旧时迷信，认为年月日辰都有凶吉，凶日要禁忌做某种事情，犯了就不祥。㉓生岁直子：生在子年的人，生肖属鼠。直，通"值"。㉔仓廪（lǐn）：粮仓。庖厨：厨房。㉕恣：恣意，放纵。㉖椸（yí）：衣架。㉗累累：一个接一个。兼行：并走。㉘窃啮（niè）：偷咬东西。㉙阴类：在阴暗地方活动的东西。㉚阖（hé）：合上，关闭。

【译文】

我常常厌恶世上的那些人，他们不知道从自己的实际能力出发，而只是倚仗外力来逞强，或者依仗势力触犯与自己不同的人，使出手段来激怒比自己强的对手，趁机胡作非为，但最后却引来了灾祸。有位客人同我谈起麋、驴、鼠三种动物，我觉得与那些人的情形很像，于是作了这篇《三戒》。

临江之麋

临江有个人去打猎，捕获到一只鹿仔，就把它捉回家饲养起来。刚踏进家门，（家里养的）群狗一见，都垂涎三尺，纷纷摇着尾巴靠拢过来。猎人大怒，把群狗吓退。从此猎人每天抱着鹿仔与狗接近，让狗看了习惯，不去伤害鹿仔，并逐渐使狗和鹿仔一起游戏。经过好长一段时间，狗都能听从人的意思了。幼鹿渐渐长大后，却忘记了自己是鹿类，以为狗的确是自己的伙伴，就开始和狗嬉戏，显得十分亲密。狗因为害怕主人，也就很驯顺地和鹿玩耍，可是又不时地舔自己的舌头，露出馋相。

这样过了三年，一次麋独自出门，见路上有许多不相识的狗，就跑过去想与它们一起嬉戏。这些狗一见麋又高兴又恼怒，一起把它吃了，骨头散落了一路。但麋到死都没有想明白这是怎么回事。

黔之驴

黔这个地方本来没有驴，有一个喜欢多事的人用船载运了一头驴进入黔。运到以后发现驴子没什么用处，就把它放到山下。老虎看见它，觉得它是一个巨大的家伙，把它当作神，老虎藏在树林里偷偷看它，渐渐地出来接近它，一副小心谨慎的样子，但最终还是识不透驴子是什么东西。

一天，驴子大叫一声，把老虎吓得逃得远远的，它以为驴子将要咬自己，极为恐惧。但是老虎又来来回回地观察它，觉得它没有什么特别的本领。老虎逐渐习惯了驴的叫声，又走近了一些，出现在它的身前身后，但始终不敢攻击它。又稍稍走近驴子，越发轻侮地开始冲撞冒犯它，驴子忍不住大怒，就用蹄子来踢老虎。老虎见了大喜，心中想道："本领不过如此罢了。"于是老虎腾跃怒吼起来，咬断了驴的喉咙，吃光了它的肉，才离开。

唉！驴子形体庞大，好像很有道法，声音宏亮，好像很有本领，假使不暴露出自己的弱点，那么老虎虽然凶猛，也因为疑虑畏惧，终究不敢进攻；而现在驴却落得这个下场，真是可悲呀！

永某氏之鼠

永州有个人，畏惧犯日忌，禁忌特别奇怪。他认为自己出生的那年是子年，老鼠，就是子年的神，因此爱护老鼠，家中不养猫狗，也不准仆人伤害它们。他家的粮仓和厨房，都任凭老鼠横行，从不过问。

因此老鼠就相互转告，都跑到这个人的家里来，（它们在这儿）既能吃饱肚子，又很安全。这个人家中没有一件完好无损的器物，笼筐箱架中没有一件完整的衣服，吃的大都是老鼠吃剩下的东西。大白天，老鼠常常和人在一起活动，到了夜晚，啃东西，咬东西，打打闹闹，发出的声音千奇百怪，闹得人睡不成觉，他始终不感到厌恶。

过了几年，这个人搬到了别的地方。后面的人住进来后，老鼠的猖獗仍和过去一样。新搬来的人说："这些生活在阴暗地方的坏东西，偷窃打闹得尤其厉害，可是为什么到这种地步了呢？"便借来了五六只猫，关上大门，撤除砖瓦用水浇灌老鼠洞，雇用仆人到处搜寻追捕，杀死的老鼠堆得跟山丘一样，老鼠的尸体被扔在偏僻的地方，臭味好几个月后才散去。

唉！那些老鼠竟以为吃得饱饱的而又没有灾祸是可以长久的！

憎王孙文

猿、王孙居异山，德异性，不能相容。猿之德静以恒，类仁让孝慈①。居相爱，食相先，行有列，饮有序。不幸乖离，则其鸣哀。有难，则内其柔弱者。不践稼蔬。木实未熟，相与视之谨；既熟，啸呼群萃，然后食，衎衎焉②。山之小草木，必环而行遂其植。故猿之居山恒郁然。

王孙之德躁以嚣，勃诤号呶③，啮啮强强④，虽群不相善也。食相噬啮，行无列，饮无序。乖离而不思。有难，推其柔弱者以免。好践稼蔬，所过狼藉披攘。木实未熟，辄龁咬投注⑤。窃取人食，皆知自实其嗛⑥。山之小草木，必凌挫折挽，使之瘁然后已。故王孙之居山恒蒿然。

以是猿群众则逐王孙，王孙群众亦龉猿⑦。猿弃去，终不与抗。然则物之甚可憎，莫王孙若也。余弃山间久，见其趣如是，作《憎王孙》云：

湘水之澱澱兮⑧，其上群山。胡兹郁而彼瘁兮，善恶异居其间。恶者王孙兮善者猿，环行遂植兮止暴残。王孙兮甚可憎！噫，山之灵兮，胡不贼旃⑨？

跳踉叫嚣兮，冲目宣龂⑩。外以败物兮，内以争群。排斗善类兮，哗骇披纷。盗取民食兮，私己不分。充嗛果腹兮，骄傲欢欣。嘉华美木兮硕而繁，群披竞龁兮枯株根。毁成败实兮更怒喧，居民怨苦兮号穹旻⑪。王孙兮甚可憎！噫，山之灵兮，胡独不闻？

猿之仁兮，受逐不校。退优游兮，惟德是效。廉、来同兮圣囚，禹、稷合兮凶诛。群小遂兮君子违⑫，大人聚兮孽无馀。善与恶不同乡兮，否泰既兆其盈虚⑬。伊细大之固然兮，乃祸福之攸趋⑭。王孙兮甚可憎！噫，山之灵兮，胡逸而居？

【注释】

①类：都，大抵。②衎（kàn）衎：和气欢乐的样子。③勃诤：相争。号呶：号叫。④嘖（zé）嘖：大声呼叫。强强：相随的样子。⑤龁（hé）：咬。⑥嗛（qiǎn）：猴类两颊内藏食物的皮囊。⑦齚（zé）：咬。⑧浟（yóu）浟：水流的样子。⑨贼：诛杀。旃（zhān）："之焉"二字的合音。⑩宣龂（yín）：露出牙根肉。⑪穹旻（qióng mín）：苍天。⑫遂：得逞。违：遭殃。⑬否（pǐ）：恶运，倒霉。泰：好运，顺利。⑭攸：所。

【译文】

猿、猱猢群居在不同的山上，彼此德行各不相同，双方不能彼此容忍。猿的品性文静稳重，大抵都能彼此友爱谦让、孝顺慈善。它们群居时互相友爱，吃东西能互相谦让，行走时都排成队，喝水时能井然有序。如果有的不幸离散，它就会哀伤地鸣叫。假如遇到灾难，它们就把弱小的保护起来。它们从不践踏庄稼蔬菜。树上的果子如果还未熟，大家就会一起谨慎地看护；果实成熟之后，便呼啸着把同伴聚集起来，这样之后才一同进食，显出一派和气欢乐的样子。它们遇到山上的小草幼树，一定绕道行走，使其能顺利生长。所以猿群居住的山头，经常是草木茂盛、郁郁葱葱的样子。

那猱狖的德行暴躁而又吵闹，整天争吵嚎叫，喧闹不止，虽然群居却彼此之间并不和睦。吃东西时互相撕咬打闹，行走时没有秩序，互不相让，饮水时乱成一团，从不懂得彼此谦让。有的离群走散了也不思念、留恋集体。遇到灾难时，便推出弱小的来使自己脱离险境。它们喜欢糟蹋庄稼蔬菜，所经过的地方一片狼藉混乱。树上的果子还没有到成熟的时候，就被它们胡乱咬坏到处乱扔。偷了人们的食物，都只知塞满自己的口。遇到山上的小草幼树，就非得摧残攀折，直到毁坏完才肯罢休。所以猱狖居住的山头经常是草木枯萎一片荒凉的样子。

因此猿群众多时就会把猱狖赶出自己的领地，猱狖多的时候也撕咬猿。猿就索性离开，始终不同猱狖争斗打架。因而动物中再没有比猱狖更让人厌恶的了。我被贬到山区已经很长时间了，看到猱狖的所作所为，就写了这篇《憎王孙文》：

湘江的水绵长不断地流动，两岸连绵起伏的全都是山。为什么这座山上草木茂盛而那座山却光秃荒凉啊，因为善类和恶类分别聚居在这两座山上。凶恶残忍的是猱狖，善良温顺的是猿，绕道而行，让草木顺利生长啊，制止暴残。猱狖哪，太可恨！唉，山上的神灵啊，为什么不把它们全部赶杀完？

那猱狖胡乱蹦跳狂叫哇，龇牙瞪眼。对外破坏东西呀，对内争夺打架。排挤打击善良温顺的猿类呀，喧哗乱扰混乱如麻。偷吃百姓的食物哇，只顾自己不分给别人。塞满两颊填饱肚子呀，得意洋洋自高自大。美丽的花朵和树木哇，粗壮又茂盛，猱狖群争折竟咬哇，变成死树枯根。毁坏了果实呀，更加暴怒喧阗，百姓怨恨痛苦哇，呼叫苍天。猱狖哪，实在太可恶！唉，山上的神灵啊，为什么你听而不闻？

猿仁慈正直呀，遭受驱逐也不放在心上。从容不迫地躲避呀，只把美好的德行来仿效。飞廉、恶来勾结起来呀，圣人周文王就被囚禁拘役；大禹、后稷携手合作呀，"四凶"就被铲除尽。小人们一旦得势呀，君子就会遭殃，有德行的人聚在一起呀，坏人就会彻底完蛋。善与恶不能共处哇，倒霉还是幸运得看双方力量的强弱。弱肉强食是事物的必然规律呀，弱小遭祸患强大得福祉是大势所趋。猢狲哪，太可恨了！唉，山上的神灵啊，为什么你竟安逸地闲居？

【读·品·悟】

我们所依赖的生存环境并不是取之不尽、用之不竭的，它也不会任我们无限索取。我们珍惜爱护环境，环境就会以更优越的特性来回报我们；虐待环境，无视环境，那么等待我们的就只有毁灭。动物尚且知道这个道理，难道我们人类竟不明白吗？

哀溺文序

永之氓咸善游①。一日，水暴甚，有五六氓乘小船绝湘水②。中济③，船破，皆游。其一氓尽力而不能寻常④。其侣曰⑤："汝善游最也，今何后为⑥？"曰："吾腰千钱，重，是以后⑦。"曰："何不去之？"不应，摇其首。有顷，益怠。已济者立岸上，呼且号曰⑧："汝愚之甚！蔽之甚⑨！身且死⑩，何以货为⑪？"又摇其首。遂溺死。吾哀之。且若是，得不有大货之溺大氓者乎？于是作《哀溺》⑫。

【注释】

①永之氓：永州的百姓。永，永州。氓（méng），百姓。②绝：横渡。③中济：船渡到了河中央。济，渡河。④尽力而不能寻常：竭尽全力但仍然游不了多远。寻常，古代称八尺为寻，两寻为常。⑤侣：同伴。⑥后：落后。⑦是以：所以，因此。⑧且：并且。⑨蔽：不明白，糊涂。⑩且：将要。⑪何以货为：要钱做什么呢。⑫作：撰写，写作。

【译文】

永州的百姓都擅长游泳。一天，河水涨得很厉害，有五六个百姓乘着小船横渡湘江。等渡到河中间时，船底破了，（大家）都游泳逃生。其中一个人竭尽全力也游不了多远。他的一个同伴说："你平时最擅长游泳了，如今为什么落后了？"（他回答）说："我腰上（系着）很多钱，太沉了，因此落后了。"他的同伴又说："为什么不丢掉这些钱呢？"（他）没有回答，（只是）摇了摇头。过了一会儿，他更加疲惫了。那些已经游过河的人在岸上大声地向他喊叫道："你太愚蠢了！糊涂到了极点！自己都快要淹死了，还要钱干什么呢？"（这个人）又摇了摇头。不久（他）淹死了。我很同情他。如果（大家）都像这样，那么不是会有更多因为钱财而淹死的人吗？于是我写下了这篇《哀溺》。

石渠记

自渴西南行不能百步①，得石渠，民桥其上②。有泉幽幽然③，其鸣乍大乍细。渠之广，或咫尺④，或倍尺，其长可十许步。其流抵大石，伏出其下。逾石而往，有石泓⑤，昌蒲被之⑥，青藓环周⑦。又折西行，旁陷岩石下，北堕小潭⑧。潭幅员减百尺，清深多鯈鱼。又北曲行纡馀⑨，睨若无穷，然卒入于渴。其侧皆诡石怪木，奇卉美箭⑩，可列坐而麻焉⑪。风摇其巅，韵动崖谷。视之既静，其听始远。

予从州牧得之，揽去翳朽，决疏土石，既崇而焚，既酾而盈⑫。惜其未始有传焉者，故累记其所属，遗之其人⑬，书之其阳，俾后好事者求之得以易⑭。

元和七年正月八日，蠲渠至大石⑮。十月十九日，逾石得石泓、小潭⑯。渠之美于是始穷也。

传统文化小知识

避讳　避讳是中国古代特有的现象，指的是在口头或书面提到某个人的名字中含有的字时，避开此字。避讳的原则是："为尊者讳，为亲者讳，为贤者讳。" 避讳的方法，分为三种：改字法，即将所避讳的字改作与其意义相同或相近的字；空字法，即遇到避讳的字时，空开不写，读者也往往心领神会；缺笔法，即在写到这个字时，在原字基础上缺漏笔画。

【注释】

①渴：小溪的名字，即袁家渴。②桥：用作动词，架桥。③幽幽然：细水缓慢流淌的样子。④咫（zhǐ）尺：古代称八寸为咫。比喻很近的距离。⑤泓（hóng）：深潭，水深而广。⑥被：覆盖。⑦藓：苔藓。⑧堕：坠落，流。⑨纡馀：曲折伸延。纡（yū），弯曲。⑩箭：一种竹子。⑪庥（xiū）：树荫，这里借指休息。⑫酾（shī）：分流，疏导（水道）。⑬遗：留给。⑭俾（bǐ）：使，让。⑮蠲（juān）：清洁。⑯逾：越过。

【译文】

从袁家渴往西南走不到百步，就能望见一条石渠，老百姓在石渠上架起了一座小桥。有一眼清泉静静而缓慢地流淌，它流淌的声音有时候很响亮，有时候又很轻微。这条渠的宽度，有的地方只有一尺，有的地方竟然达到二尺，它长十来步。水流遇到比较大的石头，就漫过石头。跳过大石头继续往前走，就会发现一个石潭，它被菖蒲覆盖着，碧绿的苔藓环绕在它的四周。渠水迂回蜿蜒往西流淌，经过岩石边流入缝隙，最后就像瀑布一样流入北边的小潭。小潭方圆不到一百尺，潭水清澈而幽深，里面有很多小鱼快速地游来游去。渠水又往北迂回绕行一些，斜着看好像没有尽头，就这样最终流入渴潭。潭的一边全是奇异而特别的石头、树木、花草以及美丽的竹子，人们可以并列坐在那里休息。风吹着山顶，所发出的声音像优美动听的乐曲，回荡在山崖和山谷之间。看起来它很宁静，但听起来声音却很辽远。

我跟随柳州太守一起发现了它，拨开密林和腐朽的烂木，挖开并疏通淤土和杂乱的石头，把朽木乱草堆积在一起烧掉，石渠里的渠水便聚集得很满。遗憾的是从来都没有写它的人，因此我把它全都记录下来，留给匠人，让他们刻在潭北面的石头上，让以后喜好游历的人都能很容易地发现它。

元和七年（812年）正月初八，小清洁石渠到达大石。十月十九日，翻过岩石发现了石泓、小潭。石渠的美于是全都展现出来了。

永州铁炉步志

江之浒①，凡舟可縻而上下者曰步②。永州北郭有步③，曰铁炉步。

余乘舟来，居九年，往来求其所以为铁炉者无有④。问之人，曰："盖尝有锻者居，其人去而炉毁者不知年矣，独有其号冒而存⑤。"

余曰："嘻！世固有事去名存而冒焉若是耶⑥？"步之人曰："子何独怪是？今世有负其姓而立于天下者，曰：'吾门大，他不我敌也⑦。'问其位与德，曰：'久矣其先也。'然而彼犹曰'我大'，世亦曰'某氏大'。其冒于号有以异于兹步者乎？向使有闻兹步之号⑧，而不足釜、锜、钱、鏄、刀、铁者⑨，怀价而来，能有得其欲乎？则求位与德于彼，其不可得，亦犹是也。位存焉而德无有，犹不足大其门，然世且乐为之下。子胡不怪彼而独怪于是⑩？大者桀冒禹，纣冒汤，幽、厉冒文、武，以傲天下。由不知推其本而姑大其故号⑪，以至于败，为世笑僇⑫，斯可以甚惧。若求兹步之实，而不得釜、锜、钱、镈、刀、铁者，则去而之他，又何害乎？子之惊于是，末矣！"

余以为古有太史⑬，观民风，采民言。若是者，则有得矣。嘉其言可采⑭，书以为志。

【注释】

①浒：水边。②縻（mí）：拴系。步：通"埠"，南方多称码头为步。③郭：城外围着城的墙。④所以：表……的原因。⑤冒：冒充。指徒有其名。⑥固：原来。⑦敌：对抗，抵挡，比得上。⑧向使：假使，如果。⑨釜、锜（qí）：都是铁锅，两耳的为釜，三足的为锜。钱（jiǎn）、镈（bó）：都是古代的农具，钱类似铲，镈类似锄。铁（fǔ）：通"斧"，斧头。⑩胡：何，为什么。⑪姑：姑妄，盲目。⑫僇（lù）：侮辱。⑬太史：古代记载史事、编写史书的官。相传周代史官兼采民间诗歌，观察民间风俗，以知政之得失。⑭嘉：赞赏，嘉奖。

【译文】

江边上，凡是可以系缆船只并供人上下岸的地方叫作步（埠）。永州城北有一个船埠头，叫铁炉埠。

我乘船来到永州，住了九年，往来这里多次，寻找把这里叫作铁炉埠的原因，一直没找到。向别人打听这件事，别人回答说："大概是曾经有一个铁匠在这里居住过，他离开后，铁炉已经毁坏不知道多少年了，只有这个名字流传下来了。"

我说："唉！世间竟有事迹已经没了而名字空存的情况？"埠头上的人

说："先生怎么唯独对这个船埠头的事感到奇怪呢？现在世间还有很多依仗姓氏门第而立足于天下的人呢，他们自己说'我门第高，其他人比不上我。'查问他的职位与功德情况，人们都说：'那是他祖先的事，已经过去很久了。'但是，那些人还是说'我很了不起'，世人也说'某某家族真了不起'。他的冒虚名和这个埠有什么区别吗？如果有人听说这个步叫作铁炉埠，并且自己需要铁锅、铁铲、锄头、刀、斧等器具，拿着钱来买，能满足他的要求吗？那么，要在那些自称门第高贵的人身上找到应有的职位与功德，那肯定是办不到的，正如在这里买不到铁器一样。本来嘛，即使保存了职位而没有公德，还是不能够光大他的门第，但是现在那些人连职位与功德都没有了，世人还是心甘情愿地拜倒在他们的门第之下。你为什么不奇怪那件事，却反而奇怪这里为什么叫铁炉埠呢？更大的还有夏桀虚冒夏禹的地位，商纣虚冒商汤的品德，幽王、厉王虚冒周文王、周武王的名义，而对天下人自傲。因为不知道自己的本质而盲目夸大曾经的地位，以至于灭亡，被世人嘲笑，这种事最值得警惕呀。至于考究这个船埠头的实际，如果在这里买不到各种铁器，就还可以离开这里而到别处去买，又有什么妨碍呢？您对这个船埠头的名实不符感到惊奇，这是舍本逐末呀！"

我认为自古就有太史官，观察民风，采集民言。如果照这样去做，就必然有所收获了。我赞赏这位铁炉埠居民的话，认为好的地方可以采纳，就把它写成了这篇志。

游黄溪记

北之晋①，西适豳②，东极吴③，南至楚越之交，其间名山水而州者以百数④，永最善⑤。环永之治百里⑥，北至于浯溪，西至于湘之源，南至于泷泉⑦，东至于黄溪东屯，其间名山水而村者以百数，黄溪最善。

黄溪距州治七十里，由东屯南行六百步，至黄神祠。祠之上，两山墙立⑧，丹碧之华叶骈植⑨，与山升降。其缺者为崖峭岩窟⑩，水之中，皆小石平布。黄神之上⑪，揭水八十步⑫，至初潭，最奇丽，殆不可状⑬。其略若剖大瓮⑭，侧立千尺，溪水积焉。黛蓄膏渟⑮。来若白虹，沉沉无声，有鱼数百尾，方来会石下⑯。

南去又行百步，至第二潭。石皆巍然⑰，临峻流⑱，若颏颔龂腭⑲。其下大石杂列，可坐饮食。有鸟赤首乌翼，大如鹄⑳，方东向立。

自是又南数里，地皆一状，树益壮，石益瘦，水鸣皆铿然㉑。又南一里，至大冥之川㉒，山舒水缓㉓，有土田。始黄神为人时，居其地。

传者曰："黄神王姓，莽之世也㉔。莽既死，神更号黄氏㉕，逃来，择其深峭者潜焉㉖。"始莽尝曰："余，黄、虞之后也。"故号其女曰黄皇室主。黄与王声相迩，而又有本㉗，其所以传言者益验㉘。神既居是，民咸安焉㉙，以为有道㉚，死乃俎豆之㉛，为立祠。后稍徙近乎民，今祠在山阴溪水上㉜。

元和八年五月十六日，既归为记，以启后之好游者㉝。

【注释】

①之：往，到。②适：到。豳（bīn）：古邑名，今陕西旬邑西。这里泛指陕西一带。③极：最远到达。吴：古国名，今江苏等地，位于永州东北。④名山水而州者：以山水著名的州。⑤永：永州，治所在今湖南。最善：指山水最佳。⑥环：环绕，围绕。永之治：永州的治所。⑦泷（shuāng）泉：水名不详，当在永州；一作"龙东门"。⑧墙立：像墙壁一样矗立。⑨"丹碧"一句：形容两座山盛开红花绿叶。"华"，通"花"。骈植，并行种植。另一版本"丹碧"前有"如"字。⑩其缺者：指寨子岭面对黄神祠大门的一个凹陷缺口处。⑪黄神之上：谓从黄神祠沿溪水溯源而上。⑫揭水：撩起衣服，涉水而行。⑬殆：几乎。状：形容。⑭其略：指初潭的大概轮廓。剖大瓮（wèng）：剖开了的大陶罐。⑮黛：古代妇女画眉用的颜料。膏：油脂。淳（tíng）：水停止不流。这句形容溪水积在潭里，乌光油亮，像贮了一瓮画眉的油膏。⑯会：汇拢，聚集。石下：溪底之下，即谓初潭。⑰石皆巍然：指溪流两边的山石都又高又大的样子。⑱峻流：从高而下的急流，即谓黄溪。⑲䫁（kē）：下巴尖。颔（hàn）：下巴。龂（yín）：牙根肉。腭（è）：口腔上壁。⑳鹄（hú）：天鹅。㉑铿然：

流水声铿锵。㉒大冥：川名。㉓舒：舒缓，坡度小。㉔莽：王莽。世：后嗣。㉕更号：改姓氏。㉖深峭者：深山险崖的地方。潜：潜居藏身。㉗声相迩：谓语音相近。有本：有根据，即指上述王莽自谓黄帝后裔及改女号之事，可作为黄神从姓王改姓黄的根据。㉘验：验证，证实。㉙咸：都。安：安心居住。焉：兼词，于之。㉚有道：谓黄神给黄溪居民以太平。㉛俎（zǔ）豆：古代祭祀时放祭品的礼器，此用作动词，祭祀。这句是说，黄神死后，黄溪居民就祭祀他。㉜山阴：山的北面。㉝启：启发，引导。

【译文】

永州向北到达晋国，向西到达豳国，向东到达吴国，向南到达楚国和越国相接的地方，这一带因为山水而有名的州郡有好几百个，其中永州是最美的。环永州治下方圆百里，北面到浯溪，西到湘水源头，南到泷泉，西到黄溪东屯，这一带因为山水而出名的村庄也有好几百个，其中黄溪是

风景最优美的。

黄溪距离永州的治所有七十里。从东屯向南走六百步，到达黄神祠。黄神祠后面，有两座大山像两堵墙一样耸立着，山上的长着红花绿叶的大树茂盛得像人工整齐地种植的，又与山峰一起连绵起伏。那山间的凹陷处形成了陡崖和洞窟，水流之中，都有小石头平铺分布。在黄神祠的上面，撩起衣裳涉水而行，往前走八十步，就来到第一个潭，（这里）景色最奇丽，简直没法儿形容。它的样子大致像一个剖开的大水瓮，在两旁矗立着，高达千尺，溪水汇积在这里。水呈深青色，像膏汁一样聚集而且没有一丝波痕。（阳光下）水流灌注像一条白虹，深沉无声地流动，有几百条鱼正游来，它们会聚在石头下。

往南再走百步，就来到第二个潭。两面的岩石都巍峨耸立，前面临着湍急的水流，（山石的形状）像人的下巴和口腔上壁，高低不平。潭下大块岩石错综复杂地陈列着，（平整得就像）可以坐下来吃饭（一样）。（石上）落着一只鸟，红色的脑袋、黑色的翅膀，像天鹅一样大，它正面向东站立着。

从这个地方再向南走几里，地势几乎都是一样的，（一路上）树木更加粗壮，岩石更加细瘦，流水的声音都非常响亮悦耳。再往南行一里，来到大冥的平野，山势平坦水流舒缓，（依山傍水）有土地田园。最初黄神还是凡人的时候，他就居住在这个地方。

有传闻说："黄神本来姓王，他是王莽的后代。王莽死了之后，黄神改姓黄，逃到这里，选择在幽深陡峭的地方隐居下来。"最初王莽曾说："我，是黄帝、虞舜的后人。"所以称他的女儿为黄皇室主。黄与王读音很像，并且又有确实的依据，那些用作传言的说法更有了凭证。黄神生活在这里之后，百姓都安居乐业，把他奉为神明，死后就祭祀他，为他立宗祠。后来稍稍迁移（祠庙），位置慢慢接近民众聚居的地方。现在祠庙在山岭下黄溪的北岸。

元和八年五月十六日，我出游回来后写了这篇游记，希望对将来喜欢出游的人能有所引导。

箕子碑

凡大人之道有三：一曰正蒙难①，二曰法授圣②，三曰化及民。殷有仁人曰箕子，实具兹道，以立于世。故孔子述六经之旨，尤殷勤焉。

当纣之时，大道悖乱，天威之动不能戒，圣人之言无所用。进死以并命，诚仁矣，无益吾祀，故不为。委身以存祀，诚仁矣，与亡吾国，故不忍。具是二道，有行之者矣。是用保其明哲，与之俯仰；晦是谟范，辱于囚奴；昏而无邪，隤而不息。故在《易》曰："箕子之明夷③。"正蒙难也。及天命既改，生人以正，乃出大法，用为圣师。周人得以序彝伦而立大典④。故在《书》曰："以箕子归作《洪范》⑤。"法授圣也。及封朝鲜，推道训俗，惟德无陋，惟人无远，用广殷祀，俾夷为华，化及民也。率是大道，丛于厥躬⑥，天地变化，我得其正⑦，其大人欤？

呜呼！当其周时未至，殷祀未殄⑧，比干已死，微子已去。向使纣恶未稔而自毙⑨，武庚念乱以图存，国无其人，谁与兴理？是固人事之或然者也。然则先生隐忍而为此，其有志于斯乎？

唐某年，作庙汲郡，岁时致祀。嘉先生独列于《易》象，作是颂云。

【注释】

①蒙：犯，遭受。难：危难，危急之事。②法：法典。③明夷：《周易》卦名。明，指太阳。夷，灭，指太阳落山。本句引文即出自《周易·明夷》。这里的意思是说箕子能韬晦，在艰难之中，保持正直的品德。④彝伦：即指伦理道德，伦常。⑤《洪范》：《尚书》中的一篇。洪，大。范，法。旧说认为是箕子向周武王陈述的"天地之大法"。⑥厥：其，他的。躬：身体。⑦正：正道。⑧殄：绝。⑨未稔：这里指罪恶没有发展起来。稔，庄稼成熟。

【译文】

凡是品德高尚的人，他的立身处世之道大体体现在三个方面：一是蒙受苦难却能坚持正义之道，二是把法典传授给圣明之人，三是将教化施及人民。殷朝有个仁义之人叫箕子，他确实具备了这种立身处世之道，在世上很有成就。所以孔子说明六经大义的时候，特别真诚地提起他。

在殷纣王那时候，正道背离，政治混乱不堪，天威显示不能加以制止，圣人的教诲丝毫没有作用。牺牲生命以便维护天命国运，确实是一种仁德，只是不利于家族的延续，因此箕子不去这样做。委身归降来保存家族宗庙的奉祀，确实也是一种仁德，只是参与灭亡自己的国家，故而他也不忍心这样做。这两种办法，已经有人如此做了。因此，箕子保持了自己的明智，跟纣王周旋；隐藏起自己高明的谋略，甘愿在囚犯奴隶中受到屈辱；在黑暗的环境中没有奸邪的行为，跌倒了仍然不停止前进。故而在《易》中说："箕子能做到韬晦。"这就是蒙受苦难而能坚持正道。等到天命已经改变，百姓生活走上了正轨，箕子便拿出了《洪范》，因此成为了圣君的老师。（这就是蒙受危难而能保持正直，使）周朝的人们因此能根据这些法则来调整伦理道德，创立典章制度。故而在《尚书》中说："因召回了箕子而写成了《洪范》。"这便是将治理天下的法则传授给圣明的君主。等到被封在朝鲜，推行道义来训化民俗，使德行不再鄙陋，人民不再疏远，以便发展推延殷朝宗绪，使边远的少数民族和华夏民族相同，这便是使人民受到教化。所有这些崇高的品质德行，都集于他一人之身，天地不断发展变化，自己能获得其中的正道，难道不是形象伟大而崇高的人吗？

唉！当周朝兴起的时机还没有到来，殷朝的国运还没有灭绝消失，比干已经去世，微子已经离开。假如纣王做恶还不算多而自己死去，武庚能为暴乱而忧虑并力图保存社稷，国中要是没有箕子这样的人，谁和武庚一起使国家复兴并且进行治理呢？这本来就是人事方面可能出现的情况。那么先生勉力忍耐这样做，也许是想在这方面有抱负和寄托吧？

唐朝某年，在汲郡修建了箕子庙，逢年过节按时祭祀朝拜。我敬慕先生的行为独能列于《易经》的卦象中，便写了这篇颂。

【读·品·悟】

拥有才华的人总是豪情万丈，志向远大，但拥有才华不代表就一定能实现抱负。在时机成熟之前我们要懂得冷静、理智，积蓄力量，才能在时机到来时，一触即发。否则，我们不但不会实现理想，还会四处碰壁，甚至会头破血流。

小石城山记

自西山道口径北，逾黄茅岭而下，有二道：其一西出，寻之无所得；其一少北而东，不过四十丈，土断而川分，有积石横当其垠①。其上为睥睨梁欐之形②，其旁出堡坞③，有若门焉。窥之正黑，投以小石，洞然有水声，其响之激越，良久乃已。环之可上，望甚远。无土壤而生嘉树美箭④，益奇而坚，其疏数偃仰⑤，类智者所施设也⑥。

噫！吾疑造物者之有无久矣。及是，愈以为诚有。又怪其不为之中州⑦，而列是夷狄⑧，更千百年不得一售其伎⑨，是故劳而无用，神者傥不宜如是，则其果无乎？或曰："以慰夫贤而辱于此者。"或曰："其气之灵，不为伟人，而独为是物，故楚之南少人而多石。"是二者，余未信之。

【注释】

①垠（yín）：界限，边界。②睥睨（pì nì）：通"埤堄"，城墙上的短墙，亦称女墙。欐（lì）：栋。③堡坞：堡垒。④箭：竹子。⑤数（cù）：细，密。偃仰：起伏。⑥类：好像。⑦中州：中原地区。

⑧夷狄：指偏远的少数民族地区。⑨更（gēng）：经历，经过。伎：通"技"，技艺，长处。

【译文】

从西山路口一直向北走，越过黄茅岭往下走，有两条路：一条向西，顺着这条路走过去寻找风景却毫无所得；另一条稍微偏北又折向东去，只走了四十丈，路就被一条河流截断了，有一座石山横挡在这条路的尽头。石山顶部天然生成女墙和栋梁的形状，旁边又凸出一块，好像堡垒，有一个洞像门。从洞往里看去一片漆黑，把一块小石子儿扔进去，洞里传出来咚咚的水声，那清越的声音，很长时间才消失。盘绕着石山可以登到山顶，（站在上面）望得很远。山上没有泥土却长着很好的树木和竹子，而且更显得形状奇特质地坚硬，那些山石分布疏密有致，有俯有仰，好似智者的有意安排。

唉！我怀疑到底有没有造物者已经很长时间了。到了这儿，我认为造物者确实存在。但我又奇怪他不在中原地区创造这样的美景，却放在偏远的永州，即使经过千百年也没有一次可以显示自己奇异景色的机会，这简直是白耗力气而丝毫不起作用，假使造物者不应该这样做，那么果真没有造物者吗？有人说："小石城是用来安慰那些德才兼备而在这里受屈辱的人的。"也有人说："这地方的山川钟灵之气，不是为了孕育伟人，而唯独造就这奇山胜景，所以楚地的南部少出人才而多产奇峰怪石。"这两种说法，我都不信。

《 读·品·悟 》

探寻真理要坚持没有调查就没有发言权的准则，不要妄下结论，事情的真相往往都是经过反复实践才逐渐显露的。同时，也不要因为已经存在的所谓的权威结论就盲目迷信，不敢质疑。能够坚持真理，勇于质疑，大胆探索，才能发现真相，掌握真理。

欧阳修

欧阳修（1007年—1072年），字永叔，号醉翁，晚年又号六一居士，吉州永吉水（今属江西）人，自称庐陵人，北宋卓越的政治家、文学家、史学家，与韩愈、柳宗元、王安石、苏洵、苏轼、苏辙、曾巩合称"唐宋八大家"。后人们又将他与韩愈、柳宗元和苏轼合称"千古文章四大家"。

欧阳修仁宗天圣八年（1030年）中进士。次年任西京（今河南洛阳）留守推官，与梅尧臣、尹洙结为至交，互相切磋诗文。景祐三年（1036年），范仲淹上书批评时政，被贬饶州。欧阳修为他辩护，被贬为夷陵（在今湖北宜昌）县令。庆历三年（1043年），范仲淹、韩琦、富弼等人推行"庆历新政"，欧阳修参与革新，提出改革吏治、军事、贡举法等主张。庆历五年，范、韩、富等被贬，欧阳修上书分辩，又被贬为滁州（今安徽滁州）太守。后来他又改知扬州、颍州（在今安徽阜阳）、应天（在今河南商丘）。至和元年（1054年）八月欧阳修回朝，先后任翰林学士、史馆修撰等职。与宋祁同修《新唐书》，又自修《五代史记》（即《新五代史》）。嘉祐二年（1057年）二月，欧阳修以翰林学士身份主持进士考试，提倡平实文风，录取苏轼、苏辙、曾巩等人，对北宋文风转变有很大影响。

　　神宗熙宁四年六月，他先后任兵部尚书、乐安郡开国公等职，定居颍州。熙宁五年（1072年），欧阳修卒于颍州，谥文忠，世称文忠公。

　　欧阳修的散文说理畅达，抒情委婉。诗风与其散文近似，语言流畅自然。其词婉丽，承袭南唐余风。其散文代表作有洒脱玲珑的《醉翁亭记》《秋声赋》。欧阳修一生写了五百余篇散文，各体兼备，有政论文、史论文、记事文、抒情文和笔记文等。他的散文大都内容充实，气势旺盛，深入浅出，精练流畅，叙事说理，娓娓动听，抒情写景，引人入胜，寓奇于平，一时激起文坛新面目。

秋声赋

欧阳子方夜读书，闻有声自西南来者，悚然而听之，曰："异哉！"初淅沥以萧飒，忽奔腾而砰湃，如波涛夜惊，风雨骤至。其触于物也，铮铮铮铮①，金铁皆鸣；又如赴敌之兵，衔枚疾走②，不闻号令，但闻人马之行声。予谓童子："此何声也？汝出视之。"童子曰："星月皎洁，明河在天。四无人声，声在树间。"

予曰："噫嘻悲哉！此秋声也，胡为而来哉？盖夫秋之为状也：其色惨淡，烟霏云敛；其容清明，天高日晶；其气栗冽③，砭人肌骨；其意萧条，山川寂寥。故其为声也，凄凄切切，呼号愤发。丰草绿缛而争茂，佳木葱茏而可悦；草拂之而色变，木遭之而叶脱④。其所以摧败零落者，乃其一气之馀烈。

"夫秋，刑官也⑤，于时为阴⑥；又兵象也⑦，于行用金⑧。是谓天地之义气，常以肃杀而为心⑨。天之于物，春生秋实，故其在乐也，商声主西方之音，夷则为七月之律⑩。商，伤也，物既老而悲伤；夷，戮也，物过盛而当杀。

"嗟乎！草木无情，有时飘零，人为动物，惟物之灵，百忧感其心，万事劳其形，有动于中，必摇其精。而况思其力之所不及，忧其智之所不能；宜其渥然丹者为槁木⑪，黟然黑者为星星⑫。奈何以非金石之质，欲与草木而争荣？念谁为之戕贼⑬，亦何恨乎秋声！"

童子莫对，垂头而睡。但闻四壁虫声唧唧，如助予之叹息。

【注释】

①鏦（cōng）鏦铮（zhēng）铮：金属撞击之声。②衔枚（xián méi）：古代秘密行军时，为了保证队伍肃静，以防被敌人发觉，常常让士兵在嘴里衔一根小木棍。枚，小木棍。③栗冽（lì liè）：意同"凛冽"，寒冷。④拂、遭：遇到，接触到。⑤"夫秋"句：周制，掌管刑法、狱讼的刑官称"秋官"。⑥"于时"句：古时以阴阳配四时，春夏属阳，秋冬属阴。⑦兵象：战争之象。因战争是肃杀之事，故古时常以秋天治兵事。⑧"于行"句：古时以金、木、水、火、土为五行，以五行配四时，春属木，夏属火，秋属金，冬属水。⑨"常以"句：古人以秋天为决狱讼、征不义、诛暴虐的季节，故曰以肃杀为心。⑩"故其"句：我国古代乐理，分宫、商、角、徵（zhǐ）、羽五音，又将五音与四方方位和四时相配。⑪渥（wò）

然：润泽貌。丹：红色。槁（gǎo）木：朽木，形容衰老枯槁。⑫黟（yī）然：形容头发乌黑。黟，黑色。星星：形容头发斑白。⑬戕（qiāng）贼：摧残，伤害。

【译文】

我夜间正在读书，听到有声音从西南方传来，（不禁）惊惧地（侧耳）倾听，说："真奇怪呀！"起初那声音听起来像淅淅沥沥的雨声夹杂着萧萧飒飒的风声，忽然奔腾而澎湃起来，像是波涛在夜间（的大海上）猛然汹涌，又好像是暴风雨骤然来临。那声音碰到物体上，就发出铿锵高亢的声音，如同金铁齐鸣之声；又好像奔赴敌营的军队正衔枚快跑，听不到任何号令，只听到人马行进的声音。（于是）我对书童说："这是什么声音哪？你（快）出去看看它。"书童回来说："月亮星星晶莹洁白，银河横挂天边。四周寂静人声悄然，奇怪的声音来自树间。"

我说："唉，可悲呀！这是秋声，它为什么要来呢？要说那秋天所呈现的情状：其色忧郁，烟雾蒙蒙云气聚；其貌清明，天空高洁日色新；其气凛冽，能刺透人的肌肉又入骨；其意萧索，高山冷落水寂寞。所以它发出的声音，时而凄凄切切，时而呼啸激昂。秋风未起时，绿草彼此争盛，丰美繁茂；树木葱茏青翠，令人心旷神怡；然而一旦秋风吹起，拂过草地，草就要变色，掠过森林，树就要落叶。它用来摧败花草使树木凋零的，便是一种肃杀之气的余威。

"秋天，是刑官执法的季节，它在时令上属阴；秋天又象征着用兵，它在五行中属金。这就是常说的天地之义气，它常常以肃杀为意志。自然对于万物，是要它们在春天生长，在秋天结实，因此秋天在音乐的五声中属商声，商声就是主管西方的音调，而夷则是七月的音律。商，就是伤，万物衰老就悲伤；夷，就是杀戮，万物过盛就会衰亡。

"唉，草木是无情之物，尚有衰败零落之时，人作为动物，在万物中是最有灵性的，（但在生活中，）千百种（无穷无尽的）忧愁会来煎熬他的心，又有无数琐碎烦恼的事情使他的身体劳累不堪，费心劳神，必然会损耗精神。何况他还常常思考自己的力量所做不到的事情，忧虑自己的智慧所不能解决的问题；那就自然会使他鲜红滋润的肤色变得苍老枯槁，乌黑油亮的须发变得花白斑驳。（唉，人哪，人非金石）为什么要拿不是金石的身体去像草木一样争一时的荣盛呢？仔细想想吧，究竟是什么伤害了自己，又何必怨恨这秋声呢！"

书童没有回答，已经垂下头熟睡了。只听得四周墙壁上虫声唧唧，好像在附和我的叹息。

《读·品·悟》

一切景语皆情语。在忧郁、悲伤者的眼中，秋风肃杀，摧败草木；在乐观、奋发者的眼中，秋风染红霜林，万类竞自由。心中充满阳光，大地一片金黄。每个人都要找到属于自己的太阳，要把自己的人生征途照亮。

朋党论

臣闻朋党之说，自古有之，惟幸人君辨其君子小人而已①。大凡君子与君子，以同道为朋②；小人与小人，以同利为朋。此自然之理也。

然臣谓小人无朋，惟君子则有之。其故何哉？小人所好者，利禄也；所贪者，货财也。当其同利之时，暂相党引以为朋者③，伪也；及其见利而争先，或利尽而交疏，则反相贼害，虽其兄弟亲戚，不能相保。故臣谓小人无朋，其暂为朋者，伪也。君子则不然：所守者道义，所行者忠信，所惜者名节。以之修身④，则同道而相益；以之事国，则同心而共济，始终如一。此君子之朋也。故为人君者，但当退小人之伪朋，用君子之真朋，则天下治矣。

尧之时，小人共工、驩兜等四人为一朋，君子八元、八恺十六人为一朋。舜佐尧，退四凶小人之朋，而进元、恺君子之朋，尧之天下大治。及舜自为天子，而皋、夔、稷、契等二十二人并立于朝⑤，更相称美⑥，更相推让，凡二十二人为一朋，而舜皆用之，天下亦大治。《书》曰："纣有臣亿万，惟亿万心⑦；周有臣三千，惟一心。"纣之时，亿万人各异心，可谓不为朋矣，然纣以亡国。周武王之臣三千人为一大朋，而周用以兴⑧。后汉献帝时，尽取天下名士囚禁之，目为党人⑨。及黄巾贼起，汉室大乱，后方悔悟，尽解党人而释之，然已无救矣。唐之晚年，渐起朋党之论。及昭宗时，尽杀朝之名士，或投之黄河，曰："此辈清流，可投浊流⑩。"而唐遂亡矣。

夫前世之主，能使人人异心不为朋，莫如纣；能禁绝善人为朋，莫如汉献帝；能诛戮清流之朋，莫如唐昭宗之世；然皆乱亡其国。更相称美、推让而不自疑，莫如舜之二十二臣；舜亦不疑而皆用之。然而后世不诮舜为二十二人朋党所欺⑪，而称舜为聪明之圣者，以能辨君子与小人也。周武之世，举其国之臣三千人共为一朋，自古为朋之多且大，莫如周，然周用此以兴者，善人虽多而不厌也。

夫兴亡治乱之迹⑫，为人君者可以鉴矣。

【注释】

①惟幸：只希望。②道：一定的政治主张或者思想体系。③党引：勾结。④修身：按一定的道德规范进行自我修养。⑤皋（gāo）、夔（kuí）、稷、契（xiè）：传说他们都是舜的贤臣，皋掌管刑狱，夔掌管音乐，稷管农业，契管教育。⑥更相：互相。⑦惟：语气词，这里表判断语气。⑧用：因此。⑨目：用作动词，看作。⑩"此辈清流"句：这是权臣朱温的谋士李振向他提出的建议。清流，指品行高洁的人。浊流，指品格卑污的人。⑪诮（qiào）：责备。⑫迹：事迹。

【译文】

臣听说关于"朋党"的说法，是自古就有的，只希望君主能辨识他们是君子还是小人罢了。一般说来，君子与君子，因理想目标相同结成朋党；小人与小人，因暂时利益一致结成朋党。这是很自然的规律。

但是臣认为小人并无朋党，只有君子才有。这是什么原因呢？小人所爱所贪的，是利禄货财。当他们利益一致的时候，暂时互相勾结而为朋党，这种朋党是虚伪的；等到他们见利而各自争先，或者到了无利可图而交情日益疏远的时候，却反而互相残害，即使是兄弟亲戚，也不会互相保护。所以臣认为小人无朋党，他们暂时为朋党，是虚伪的。君子就不是这样：他们坚持的是道义，履行的是忠信，珍惜的是名节。用它们来修养品德，则彼此目标相同又能够互相取长补短；用它们来效力国家，则能够和衷共济，始终如一。这就是君子的朋党。所以做君王的，只应该废退小人虚伪的朋党，而任用君子真正的朋党，只有这样，才能天下大治。

唐尧的时候，小人共工、驩兜等四人结为一个朋党，君子八元、八恺等十六人结为一个朋党。舜辅佐尧，废退四凶小人的朋党，而进用八元、八恺君子的朋党，尧的天下得以大治。等到舜自己做了天子，皋陶、夔、后稷、契等二十二人同时立于朝廷

之上，互相称美，互相推举谦让，共二十二人为一朋党，舜一一任用他们，天下也得以大治。《尚书》上说："商纣有亿万臣子，是亿万条心；周武王有三千臣子，却是一条心。"纣的时候，亿万人的心各不相同，可以说是不是朋党了，于是纣因此而亡国。周武王的三千臣子结成一个大朋党，但周却因此而兴盛。东汉献帝的时候，把天下所有名士都看成党人而予以囚禁。等到黄巾贼来了，汉王朝大乱，然后才悔悟，解除了党锢，释放了他们，可是已经无法挽救了。唐朝的末期，逐渐生出朋党的议论。到了昭宗时，把在朝名士都杀了，有的还被投到黄河里，说："这些人自称清流，可以把他们投到浊流里去（让他们变成浊流）。"于是唐朝也灭亡了。

那些前代的君主，能使人人异心不结为朋党的，谁也不及商纣王；能禁绝好人结为朋党的，谁也不及汉献帝；能杀害"清流"们的朋党的，谁也不及唐昭宗之时；然而这些都因此致乱而使他们亡国。而彼此称道赞美、推举谦让而不自相猜疑的，谁也比不上舜的二十二臣；舜也毫不怀疑地任用他们。但是后代的人并不讥讽舜被二十二人结成的朋党所欺骗，反倒称赞舜是一位圣明的君主，因为他能辨识君子和小人。周武王时代，全国所有的臣子三千人合成一个朋党，自古以来结为朋党的人数之多与规模之大，没有超过周朝的，然而周却因此而振兴，那是好人即使很多他们也总觉得不够的缘故。

这些兴亡治乱的事迹，做君王的可以引为鉴戒了。

纵 囚 论

信义行于君子，而刑戮施于小人①。刑入于死者，乃罪大恶极②，此又小人之尤甚者也③。

宁以义死，不苟幸生④，而视死如归，此又君子之尤难者也⑤。

方唐太宗之六年⑥，录大辟囚三百余人⑦，纵使还家⑧，约其自归以就死⑨。是以君子之难能，期小人之尤者以必能也⑩。其囚及期⑪，而卒自归无后者⑫。是君子之所难，而小人之所易也。此岂近于人情哉⑬？或曰："罪大恶极，诚小人矣⑭，及施恩德以临之，可使变而为君子。盖恩德入人之深⑮，而移人之速，有如是者矣。"曰："太宗之为此，所以求此名也⑯。然安知夫纵之去也，不意其必来以冀免⑰，所以纵之乎？又安知夫被纵而去也，不意其自归而必获免，所以复来乎？夫意其必来而纵之，是上贼下之情也⑱；意其必免而复来，是下贼上之心也。吾见上下交相贼以成此名也，乌有所谓施恩德与夫知信义者哉⑲！不然，太宗施德于天下，于兹六年矣，不能使小人不为极恶大罪，而一日之恩，能使视死如归，而存信义，此又不通之论也。"

然则何为而可⑳？曰："纵而来归，杀之无赦；而又纵之，而又来，则可知为恩德之

致尔㉑。然此必无之事也。若夫纵而来归而赦
之，可偶一为之尔。若屡为之，则杀人者皆不
死，是可为天下之常法乎㉒？不可为常者，其
圣人之法乎？是以尧、舜、三王之治，必本于
人情㉓，不立异以为高㉔，不逆情以干誉㉕。"

【注释】

①刑戮：刑罚杀戮。②乃：是。③尤：更加。④幸：侥幸。⑤难
者：难以做到的事。⑥方：当……的时候。⑦录：记载。大辟：死刑。
⑧纵：放开。⑨约：约定。⑩期：希望。⑪及：等到。⑫卒：最终，最后。
后：落后。⑬岂：难道。⑭诚：的确，确实。⑮盖：表示原因。⑯所以：用
来。⑰冀：希冀，希望。⑱贼：窥视，偷看。⑲乌：副词，哪。⑳然
则：既然这样，那么。㉑尔：这样。㉒常法：固定的法律、制度。
㉓本：以……为根本。㉔高：高明。㉕干：谋求，求取。

【译文】

诚信和道义在君子间通行，刑罚和杀戮却是对付小人的。刑罚重到要
被处死的人，就是罪大恶极的，这是小人当中特别恶劣的。宁愿为了道义
而死，不肯背弃道义侥幸活命，而且视死如归，这是君子当中特别难做到
的事情。

在唐太宗贞观六年的时候，记载了被判处死刑的犯人三百多人，唐太
宗释放他们回家，与他们约定日期，让他们按期自动回来受死。这是君
子尚且难以做到的，却希望小人中罪大恶极的一定做到。那三百多囚犯
到了日期到底都回来了，没有人失约。这是连君子都难以做到的，小人
却很轻易地做到了。这难道合乎常情吗？有人说："罪大恶极，诚然是小

人了，但是把恩德施加在他们身上，就能使他们变成君子了。这是因为恩德深入人心，并且迅速地改变了人的性格与行为，就像太宗纵囚这件事情。"我说："太宗这样做，正是为了求得恩德深入人心的好名声。怎知放他们回去，不是估计到他们一定会回牢来以希望皇帝免他们的死罪，所以才放他们的呢？又怎么知道他们被放回去，不是想到回来时一定能得到赦免，所以又回来了呢？意料到犯人必定归来而放走他们，这是太宗窥探到了囚犯的心理；囚犯预料到自己必定会获得赦免才又回来，这是囚犯窥测到了太宗的意图。我看到上下互相揣摩而成就了这个美名，哪有所谓的施恩德与守信义的事！如不是这样，太宗在天下施行恩德，到这次释放犯人的时候已经六年了，不能使小人不去犯极大的罪恶，而一天的恩德，却能使犯人不怕死，而坚守信用道义，这又是讲不通的道理。"

　　既然这样，那么该怎样做才可以呢？我说："放了又回来的，照样杀头不予免罪；再放他们回去，他们又回来，这才可以知道是皇帝的恩德使得他们这样做的。然而必定没有这种事。如果放走后归来而赦免，可以偶然试一下罢了。如果一再这样做，那么杀人犯都不处死，这可以当作天下确定不变的法则吗？不能作为经常的法则，那么它是圣人的法则吗？所以尧、舜、夏禹、商汤、周文王、周武王治理天下，一定以合乎人情为根本出发点，不标新立异来自称高明，不违背人情去求得好听的名声。"

传统文化小知识

慎独　　"慎独"，是儒家提倡的一种重要的修身方法，语出《礼记·中庸》："莫见乎隐，莫显乎微，故君子慎其独也。"其基本含义是：人在不为他人所察知的情况下，或在自己独处的时候尤其要遵守道德，谨慎不苟，才是真正的君子所为。

醉翁亭记

　　环滁皆山也①。其西南诸峰，林壑尤美。望之蔚然而深秀者②，琅邪也。山行六七里，渐闻水声潺潺，而泻出于两峰之间者，酿泉也。峰回路转③，有亭翼然临于泉上者④，醉翁亭也。作亭者谁？山之僧智仙也。名之者谁⑤？太守自谓也。太守与客来饮于此，饮少辄醉，而年又最高，故自号曰醉翁也。醉翁之意不在酒，在乎山水之间也。山水之乐，得之心而寓之酒也。

　　若夫日出而林霏开⑥，云归而岩穴暝，晦明变化者，山间之朝暮也。野芳发而幽香，佳木秀而繁阴⑦，风霜高洁，水落而石出者，山间之四时也。朝而往，暮而归，四时之景不同，而乐亦无穷也。

　　至于负者歌于途，行者休于树，前者呼，后者应，伛偻提携⑧，往来而不绝者，滁人游也。临溪而渔⑨，溪深而鱼肥；酿泉为酒⑩，泉香而酒洌；山肴野蔌，杂然而前陈者，太守宴也。宴酣之乐，非丝非竹；射者中，弈者胜；觥筹交错⑪，起坐而喧哗者，众宾欢也。苍颜白发，颓然乎其间者⑫，太守醉也。

已而夕阳在山，人影散乱，太守归而宾客从也。树林阴翳，鸣声上下，游人去而禽鸟乐也。然而禽鸟知山林之乐，而不知人之乐；人知从太守游而乐，而不知太守之乐其乐也。醉能同其乐，醒能述以文者，太守也。太守谓谁⑬？庐陵欧阳修也。

【注释】

①皆：副词，都。②蔚然：茂盛的样子。③峰回路转：山势回环，路随山转。回，回环，曲折环绕。④翼然：四角翘起，像鸟张开翅膀一样。⑤名：取名，命名，名词用作动词。⑥而：就，表顺承的连词。⑦佳木秀：植物开花结实。这里有繁荣滋长的意思。⑧伛偻：驼背，这里指代老年人。提携：搀扶，带领，这里代指小孩子。⑨渔：捕鱼。⑩酿泉为酒：用酿泉的水酿酒。⑪筹：酒筹，宴会上行令或游戏时饮酒计数用的签子。⑫颓然：精神不振的样子，这里是指醉醺醺的样子。⑬谓：为，是。

【译文】

环绕着滁州城的都是山。它西南面的各个山峰，树林、山谷尤其优美。远远望去，那树木茂盛、又幽深又秀丽的，是琅邪山。沿着山路走六七里，就渐渐听到潺潺的水声，有流水从两座山峰中间飞泻出来，那是酿泉。山势回环，路也跟着拐弯，有亭子四角翘起，像鸟张开翅膀一样，坐落在泉水边上的，是醉翁亭。修建亭子的人是谁？是山中的和尚智仙。

给它命名的人是谁？是太守用自己的号（醉翁）来命名的。太守和客人到这里来喝酒，稍微喝一点儿就醉了，而（太守）年纪又最大，所以给自己取个别号叫"醉翁"。醉翁的情趣不在酒上，而在秀丽的山水之间。欣赏山水的乐趣，领会在心里，寄托在酒里。

有时太阳升起，山林中雾气就散尽，浮云归来，岩洞里就暮色苍茫，黑暗与光明交替变化的，那是山中的黎明与黄昏。野花怒放发出清香，树木茂盛深秀成荫，天高气爽，霜色洁白，水位低落，石头显露出来，那是山中的四季。早晨进山，傍晚回来，四季的景色不同，乐趣也没有穷尽。

至于背着东西的人在路上唱歌，走路的人在树下休息，前面的人呼唤，后面的人答应，老人小孩儿来来往往，络绎不绝，这是滁州人的出游。到溪边捕鱼，溪深鱼肥；用酿泉的水酿酒，泉水香而酒色清澈；山中的野味野菜，交错地在前面摆着，这是太守举行的酒宴。酒宴上饮酒的乐趣，不在于音乐；投壶的射中了目标，下棋的下赢了；酒杯和酒筹交互错杂，或起或坐，大声喧哗，这是宾客们在尽情地欢乐。一个脸色苍老，满头白发，醉醺醺地坐在宾客们中间，那是太守喝醉了。

不久夕阳落到了山顶，人影疏疏落落，太守下山回家，宾客们跟在后面。树林逐渐阴暗起来，阵阵鸟鸣声忽上忽下，那是游人走后小鸟在欢快地跳跃。然而禽鸟只知道山林的乐趣，却不知道人的乐趣；人们只知道跟随太守游玩的乐趣，却不知道太守因为他们的快乐而快乐。醉了能够和大家一起享受快乐，醒来能够用文章记述这件乐事的人，是太守。太守是谁？是庐陵的欧阳修。

丰乐亭记

修既治滁之明年①，夏，始饮滁水而甘。

问诸滁人，得于州南百步之近。其上丰山，耸然而特立；下则幽谷，窈然而深藏；中有清泉，滃然而仰出。俯仰左右，顾而乐之②。于是疏泉凿石，辟地以为亭，而与滁人往游其间。

滁于五代干戈之际，用武之地也。昔太祖皇帝，尝以周师破李景兵十五万于清流山下，生擒其将皇甫晖、姚凤于滁东门之外，遂以平滁。修尝考其山川，按其图记，升高以望清流之关，欲求晖、凤就擒之所。而故老皆无在者，盖天下之平久矣。

自唐失其政，海内分裂，豪杰并起而争，所在为敌国者，何可胜数！及宋受天命③，圣人出而四海一。向之凭恃险阻，划削消磨。百年之间，漠然徒见山高而水清。欲问其事，而遗老尽矣。今滁介于江、淮之间，舟车商贾、四方宾客之所不至。民生不见外事，而安于畎亩衣食，以乐生送死。而孰知上之功德，休养生息，涵煦于百年之深也④？

修之来此，乐其地僻而事简，又爱其俗之安闲。既得斯泉于山谷之间，乃日与滁人仰而望山，俯而听泉。掇幽芳而荫乔木，风霜冰雪，刻露清秀，四时之景无不可爱。又幸其民乐其岁物之丰成，而喜与予游也。因为本其山川⑤，道其风俗之美⑥，使民知所以安此丰年之乐者，幸生无事之时也。夫宣上恩德⑦，以与民共乐，刺史之事也。遂书以名其亭焉。

庆历丙戌六月日，右正言知制诰知滁州军州事欧阳修记。

【注释】

①明年：第二年。②顾：环视四周。③及：等到。④涵煦：滋润化育。⑤因为：于是就。本：按照，根据。⑥道：称赞，称道。⑦夫：用在句首的发语词，没有实在意义。宣：宣扬，宣传。

【译文】

我治理滁州的第二年，到了夏天，才开始饮滁州的水，觉得这水味道甘甜。（于是我去）问这里的人，在滁州城南百步之远的地方找到了泉水的源头，泉水的源头之上，是高高耸立的丰山；下面的幽谷，深远幽深；中间有清泉涌出。我上下左右察看，环视四周，很喜欢这里。于是我找人开凿石头，疏通泉水，整平地面，建造了一个亭子，而与滁州百姓在此地游乐。

滁州在五代战乱的时候，是兵家必争的用武之地。过去大宋的太祖皇帝，曾经率领后周军队在这清流山下，大破南唐中主李景的军队十五万人，在滁州东门之外活捉了南唐军将领皇甫晖、姚凤，于是平定了滁州战乱。我曾经考查过滁州的山川地理，按照滁州地图的记载，登上高处向远处看清流关，想找到皇甫晖、姚凤被擒的地方。但是当地经历过此事的老人都不在人世了，大概天下太平的时间已很久了。

自从唐朝末年政治腐败，全国分崩离析，英雄豪杰从四面蜂拥而起互相争战，所在的地方今天是这方的国，明天就是敌方的，这样的事简直数不过来！到了大宋朝承受天命，圣人一出现天下就统一了。以前凭借地势险要之处的，都被削平消磨掉了。一百年之间，莫不相关，只见到山高水清，山川还和从前一样。想问以前的事，而遗老都不在人世了。现在滁州介于长江、淮河之间，船只车马、商贾行贩、四方宾客不到这地方来了。百姓看不到外面的事情，安心舒畅地耕种田地，取得衣食，愉快地生活，直到死去。有谁晓得这是皇帝的功德，让百姓休养生息，滋润化育到一百年之久呢？

我到滁州来，很喜欢此地偏僻，诸事简单，又爱民风民俗的安闲舒逸。既然在山谷之间找到了这样的泉水，就每天和这里的人向上仰望高山，向下听泉水的声音。采摘幽香芬芳的花草，在高大的树木下乘凉，（秋冬时的）风霜冰雪，露水滴滴，更觉清爽宜人，四季的景象没有不令人喜爱的。（那时）又庆幸遇到民众为那年谷物的丰收成熟而高兴，乐意与我同游。于是为此根据这里的山脉河流，叙述这里风俗的美好，道说其风俗的淳朴，使百姓知道能安享丰年的快乐的原因，是有幸生在这太平无事的年月。宣扬皇上的恩德，以与百姓共同快乐，是刺史本职的事情。于是便写下"丰乐"二字来给这座亭子命名。

庆历丙戌六月某日，右正言、知制诰、知滁州军州事欧阳修作。

菱溪石记

菱溪之石有六，其四为人取去；其一差小而尤奇①，亦藏民家；其最大者，偃然僵卧于溪侧②，以其难徙③，故得独存。每岁寒霜落，水涸而石出，溪旁人见其可怪，往往祀以为神④。

菱溪，按图与经皆不载⑤。唐会昌中，刺史李渍为《荇溪记》，云水出永阳岭，西经皇道山下。以地求之，今无所谓荇溪者。询于滁州人，曰此溪是也。杨行密有淮南，淮人讳其嫌名⑥，以荇为菱，理或然也。

溪旁若有遗址，云故将刘金之宅，石即刘氏之物也。金，伪吴时贵将，与行密俱起合淝⑦，号三十六英雄，金其一也。金本武夫悍卒⑧，而乃能知爱赏奇异⑨，为儿女子之好，岂非遭逢乱世，功成志得，骄于富贵之侈欲而然邪⑩？想其陂池台榭、奇木异草与此石称，亦一时之盛哉！今刘氏之后散为编民⑪，尚有居溪旁者。

予感夫人物之废兴，惜其可爱而弃也，乃以三牛曳置幽谷⑫。又索其小者，得于白塔民朱氏，遂立于亭之南北。亭负城而近⑬，以为滁人岁时嬉游之好。

夫物之奇者，弃没于幽远则可惜，置之耳目则爱者不免取之而去。嗟夫！刘金者虽不足道，然亦可谓雄勇之士，其平生志意，岂不伟哉⑭？及其后世，荒堙零落，至于子孙泯没而无闻⑮，况欲长有此石乎？用此可为富贵者之戒。而好奇之士闻此石者，可以一赏而足，何必取而去也哉？

【注释】

①差：稍微，些许。②偃然：仰面倒下的样子。③徙：移动，搬动。④祀：祭祀，膜拜。⑤按：考查，探究。⑥讳：避讳，忌讳。⑦俱：一起，共同。⑧悍：彪悍，强悍。⑨乃：却。⑩佚欲：即"逸欲"，贪图享乐，不懂节制。⑪编民：编入户籍的平民。⑫曳：同"拽"，拉。⑬负：依靠，靠近。⑭岂：难道。⑮泯没：消灭，消失。

【译文】

菱溪的奇石一共有六块，其中四块被人拿走了；其中一块稍微小一点儿但形状更加奇异，也被藏在老百姓家里；最大的一块，还仰卧在小溪边，因为它很难搬走，所以它能够独自保留下来。每年天气变冷开始霜降时，水干了石头就会露出来，在溪旁住的人见它形状怪异，往往把它当作神灵祭祀。

菱溪，在地图和图书中都没有被记载。唐代会昌年间，刺史李渍写了一篇《荇溪记》，说荇溪水出自永阳岭，溪水向西从皇道山下流过。从地理位置上寻找，现在没有叫荇溪的河流。向滁州人询问，他们回答说就是菱溪这条河。杨行密占据淮南的时候，淮南人为了避讳他的名字，就把荇改为了菱，从道理上说或许事实就是这样的。

这条小溪旁有一处遗址，听说是以前的将军刘金的住处，奇石就是刘金的东西。刘金，是伪吴时候的著名将领，他和杨行密共同在合肥发动事变，他们号称三十六英雄，刘金就是其中的一个。刘金本是一个剽悍有力的武夫，却也知道欣赏奇异的事物，有像小孩子一样的爱好和兴趣，这难道不是因为在乱世之中志向得以实现，事情获得成功，满足于富贵的安乐与贪图享受而使他这样的吗？回想这座府第当年的水池台榭、奇花异草和这块奇石很般配，也是当时的盛大之事！现在刘金的后人早已散居为普通百姓，还有还住在溪两岸的。

我感慨于那些人和事物的兴盛与衰败，尤其可惜这块大石让人喜爱却被人遗弃，于是我就用三头牛把它拖出来，放置于幽深的山谷之中。我又去找那块稍微小一点儿的，在白塔的老百姓朱某家找到了它，就将它们立在丰乐亭的南北两侧。丰乐亭靠近县城，这里可以作为滁州人每年游玩的好去处。

那些奇异的事物，把它们丢弃在荒远的地方就觉得十分可惜，把它们放在大家都看得到的地方，那么喜欢它的人又有可能会把它拿走。唉！刘金虽然不值一提，但他也可以称得上是一个勇猛的人，他平生的理想志向难道不伟大吗？可是到了他的后代子孙，衰败零落，以至于子孙消亡而不知是谁，何况是想要长久地拥有这块石头呢？通过它，那些富贵之人可以以此为戒。而那些喜欢奇异事物的人听到了这块石头的故事之后，去欣赏一下也就足够了，何必拿走占为己有呢？

【读·品·悟】

　　不要试图把美好、奇异的东西据为己有。很多时候，不是自己拥有了宝物，成了宝物的主人；而是宝物暂时拥有了自己，自己是宝物的奴仆。与大家一起分享生活中美好的东西，才能得到真正的快乐。

送杨寘序

予尝有幽忧之疾①。退而闲居，不能治也。既而学琴于友人孙道滋，受宫声数引②，久而乐之，不知疾之在其体也。

夫琴之为技小矣。及其至也，大者为宫，细者为羽。操弦骤作③，忽然变之。急者凄然以促④，缓者舒然以和。如崩崖裂石、高山出泉，而风雨夜至也；如怨夫、寡妇之叹息，雌雄雍雍之相鸣也⑤。其忧深思远，则舜与文王、孔子之遗音也；悲愁感愤，则伯奇孤子⑥、屈原忠臣之所叹也。喜怒哀乐，动人必深；而纯古淡泊，与夫尧舜三代之言语、孔子之文章、《易》之忧患、《诗》之怨刺无以异⑦。其能听之以耳，应之以手，取其和者⑧，道其堙郁⑨，写其忧思，则感人之际，亦有至者焉。

予友杨君，好学有文，累以进士举⑩，不得志。及从荫调⑪，为尉于剑浦。区区在东南数千里外⑫，是其心固有不平者。且少又多疾，而南方少医药，风俗、饮食异宜。以多疾之体，有不平之心，居异宜之俗，其能郁郁以久乎⑬？然欲平其心以养其疾，于琴亦将有得焉。故予作"琴说"以赠其行，且邀道滋酌酒，进琴以为别。

【注释】

①幽忧：过度忧劳，忧伤。②引：一种乐曲体裁。句意为"学弹了以宫声为主的几支曲子"。③骤：突然，急促。④凄然：悲伤的样子。⑤雍雍：雁和鸣声。⑥伯奇：古代孝子。相传为周宣王时重臣尹吉甫长子。⑦怨刺：怨恨讽刺。⑧和：和谐。⑨道：通"导"，意为排遣。埋郁：谓心情抑郁不畅快。⑩累：多次，屡次。⑪荫：荫庇。封建时代子孙因先世有功劳而得到封赏或免罪。⑫区区：形容小。⑬郁郁：郁闷，不高兴。

【译文】

我曾经得了忧劳的病症。退下来闲居，也没能医治好。后来在朋友孙道滋那里学习弹琴，学弹了以宫声为主的几支曲子，时间一长觉得很快乐，浑然不觉自己还有病在身。

弹琴这种技艺是微不足道的。等这技艺到了极点，（发出的声调）大的是宫声，小的是羽声。按着琴弦迅急弹奏，声调便随着情感的变化而变化。声音急促的显得很凄惨，声音和缓的，显得很舒畅。有时好像山崩石裂、泉水从高山上涌出来，又好像夜晚大风大雨忽然而至；有时像旷夫、寡妇的叹息声，又好像和睦的雌雁、雄雁互相唱和。它深沉的忧虑和悠远的思绪，像是虞舜和周文王、孔子的遗音；它的悲伤、愁闷、感慨、愤激，像是孤儿伯奇、忠臣屈原的叹息。喜、怒、哀、乐的情绪，一定深深地动人心弦；纯厚、古雅、淡泊的音色，却和尧舜三代的语言、孔子的文章、《易经》所表达的忧患、《诗经》所包含的怨恨讽刺没有两样。它能够凭耳朵听出来，能够随手弹出来，选取那和谐的音调，疏导忧郁，散发忧思，那么往往感动人心，也极为深切。

我的朋友杨君，喜欢学习，很有文才，多次参加进士考试，都没实现抱负。等到依靠祖上的官勋，才调到剑浦去做了县尉。小小的剑浦在东南面几千里路以外，在这种情况下，他（心里）确实有不平的地方。并且他从小又多疾病，而南方缺少医药，风俗、饮食也很不同。以他多病的身体，抱着不平的心思，却生活在风俗不同的地方，哪里能够长久地抑郁下去呢？然而要平静他的心思，疗养他的疾病，那么弹琴也能够收到一点儿好处。因此我写了这篇关于谈琴的文章来给他送行，并且邀请孙道滋喝酒，弹琴和他告别。

画舫斋记

予至滑之三月，即其署东偏之室①，治为燕私之居②，而名曰画舫斋。斋广一室③，其深七室，以户相通，凡入予室者，如入乎舟中。其温室之奥④，则穴其上以为明⑤；其虚室之疏以达⑥，则栏槛其两旁以为坐立之倚⑦。凡偃休于吾斋者⑧，又如偃休乎舟中。山石崭崒，佳花美木之植列于两檐之外，又似泛乎中流，而左山右林之相映，皆可爱者。因以舟名焉。

《周易》之象，至于履险蹈难，必曰涉川。盖舟之为物，所以济险难而非安居之用也⑨。今予治斋于署，以为燕安，而反以舟名之⑩，岂不戾哉⑪？况予又尝以罪谪⑫，走江湖间，自汴绝淮，浮于大江，至于巴峡，转而以入于汉沔，计其水行几万余里。其羁穷不幸，而卒遭风波之恐，往往叫号神明以脱须臾之命者，数矣⑬。当其恐时，顾视前后⑭，凡舟之人非为商贾，则必仕宦。因窃自叹⑮，以谓非冒利与不得已者⑯，孰肯至是哉？赖天之惠，全活其生。今得除去宿负，列官于朝，以来是州，饱廪食而安署居，追思曩时山川所历⑰，舟楫之危，蛟鼍之出没，波涛之汹欻，宜其寝惊而梦愕。而乃忘其险阻⑱，犹以舟名其斋，岂真乐于舟居者邪！

然予闻古之人，有逃世远去江湖之上，终身而不肯反者⑲，其必有所乐也。苟非冒利于险⑳，有罪而不得已，使顺风恬波，傲然枕席之上，一日而千里，则舟之行岂不乐哉！顾予诚有所未暇㉑，而舫者宴嬉之舟也，姑以名予斋，奚曰不宜㉒？

予友蔡君谟善大书，颇怪伟，将乞其大字以题于楣。惧其疑予之所以名斋者，故具以云㉓，又因以置于壁。

壬午十二月十二日书。

【注释】

①即：就。②治：修建。燕私：休息。③广：宽。④奥：昏暗。⑤穴：名词用作动词，凿洞。⑥达：通达。⑦栏槛：名词用作动词，修建栏杆。以为：把……当作……。⑧偃休：休息。⑨所以：用来……的。⑩名：命名。⑪戾：违背。⑫以：因为。谪：古代官员因为犯罪被贬。⑬数：多次。⑭顾：向左右看。⑮因：于是。⑯谓：认为。⑰曩时：过去。⑱乃：反而。⑲反：通"返"，返回。⑳苟：假如。㉑顾：考虑。诚：实在是。㉒宜：适合。㉓具：详细解释。

【译文】

我到滑县三个月后，就在官署东边的偏室，修建了我休憩的居所，并把它命名为画舫斋。画舫斋的宽度有一间屋子那么大，它的深度有七间屋子那么长，用门将房子连通起来，凡进入我画舫斋的人，就好像到了船上。屋子深暗的地方，就在顶部凿洞开窗，使屋子明亮起来；空疏通达的地方，就在两边砌上栏杆，作为坐立的依靠。凡是在斋中休息的人，就像在船上休息一样。屋外山石高峻，各种美丽的花草树木种植在屋檐的两边，人在斋中又像是泛舟江中，左右两边的山林交相辉映，都令人喜爱。于是就用舟来命名我的居室。

《周易》的卦象，涉及经历艰难险阻的，就一定称作涉川。这是因为舟这种物件，是用来渡过难关而不是用来安居的。现在我在官署修建的居所，是用作闲居休憩的，却反而用舟来命名，这难道不违背常理吗？况且我又曾经因为获罪被贬谪，行走在江湖之间，从汴河渡过淮河，又沿长江漂流，到了巴峡，再辗转进入汉水和沔水，总计水路行程几万里。其间途路寒阻多难，突然遭遇大风浪感到恐惧的时候，常常呼唤神灵保佑以使自己脱离危险而保瞬间性命的情形，已经有很多次了。当恐惧的时候，我环顾船上的人，不是商人就是做官的。于是暗自感叹，认为如果不是贪图利益和身不由己的人，谁愿意到这里来呢？全靠老天的眷顾，我得以保全性命。现在我能够除去以往的罪责，在朝廷任职，来到这滑州，饱吃官粮，安居官署，回想起从前我辗转高山大河的经历，乘船的危险，蛟龙龟鼍的出没，波涛的汹涌，我总在睡梦中惊醒。而我却忘记了自己遭受的艰难险阻，还用舟来命名我的斋室，难道我真的喜欢在船上生活吗！

然而我听说古时候的人，有的逃离世俗远离江湖而逍遥（隐居），终身都不肯再返回尘世之中，他们肯定有感到快乐的地方。如果不是在危险当中求得利益，不是因为犯罪而身不由己，而是在船上顺风而行，风平浪静，傲然倚躺，一日之内就可以走千里的路程，那么乘船而行难道不是一件乐事吗！考虑到我确实没有空闲的时间，而舫是一种休憩娱乐的船，姑且用来命名我的斋室，有什么不合适的呢？

我的朋友蔡君谟擅长写大字，字体甚为奇绝雄伟，我请求他在斋室的门楣上题写大字。可是怕他对我斋室的命名有疑问，所以写了这篇文章作详细解释，并把它挂在墙上。

壬午年十二月十二日记。

【读·品·悟】

生活中既有惊涛骇浪，也有春和景明。生活在安乐祥和的环境里，不要只顾享受眼前的快乐时光，要时刻警惕生活中潜在的凶险。往最好处努力，往最坏处打算。只有目光放长远，不断地奋斗前行，才能长久地过上安乐幸福的生活。

伐 树 记

署之东园①，久芜不治②。修至始辟之，粪瘠漑枯③，为蔬圃十数畦，又植花果桐竹凡百本④。春阳既浮⑤，萌者将动。园之守启曰⑥："园有樗焉⑦，其根壮而叶大。根壮则梗地脉⑧，耗阳气，而新植者不得滋；叶大则阴翳蒙碍，而新植者不得畅以茂。又其材拳曲臃肿⑨，疏轻而不坚，不足养，是宜伐⑩。"因尽薪之⑪。明日，圃之守又曰："圃之南有杏焉，凡其根庇之广可六七尺⑫，其下之地最壤腴⑬。以杏故，特不得蔬⑭，是亦宜薪。"修曰："噫，今杏方春且华，将待其实，若独不能损数畦之广为杏地耶⑮？"因勿伐。

既而悟且叹曰："吁！庄周之说曰：樗、栎以不材终其天年，桂、漆以有用而见伤夭⑯。今樗诚不材矣，然一旦悉翦弃⑰；杏之体最坚密美泽可用，反见存。岂才不才各遭其时之可否耶？"

他日，客有过修者。仆夫曳薪过堂下⑱，因指而语客以所疑。客曰："是何怪耶？夫以无用处无用，庄周之贵也；以无用而贼有用，乌能免哉？彼杏之有华实也，以有生之具而庇其根，幸矣！若桂、漆之不能逃乎斤斧者⑲，盖有利之者在死，势不得以生也。与乎杏实异矣。今樗之臃肿不材，而以壮大害物，其见伐诚宜尔。与夫才者死不才者生之说，又异矣。凡物幸之与不幸，视其处之而已。"客既去，修然其言而记之⑳。

【注释】

①署：官署。②芾（fú）：草多而杂乱。③粪瘠溉枯：用粪便给贫瘠的土地施肥，用水给干枯的土地浇水。④凡：总共。⑤浮：显现，涌现。⑥启：说明，陈述。⑦樗（chū）：即臭椿树。⑧梗：堵塞，阻碍。⑨拳曲：卷曲，弯曲。⑩宜：应该。⑪因：于是。薪：把它做成柴草。⑫庇：庇护，遮蔽，掩护。⑬腴：肥沃，丰腴。⑭特：但，只。⑮若：你。⑯见：表示被动。⑰悉：明白，知道。⑱曳：拖着，拉着。⑲斤斧：泛指斧头一类的工具。⑳然：是的，对的。

【译文】

署衙的东边有一个园子，长时间以来就杂草丛生，也没有人去治理它。我到了那里，才开始开辟这块荒地，我用粪便给贫瘠的上地施肥，用水浇灌干枯的地方，然后种上十几畦蔬菜，另外还种植了共上百棵花草树木。已是春天，地之阳气涌动浮现，植物开始有萌芽的迹象。这时守园人对我说："这园子里有一棵臭椿树，它的根茎粗壮，枝叶繁茂。根茎粗壮就堵塞了地气的流通，要消耗很多大地的精气，这就会让你新栽农作物得不到营养的滋润；枝叶繁茂就使得地面被遮蔽得太广，让新栽种的农作物得不到阳光的充足照射，而无法正常生长。又因为臭椿树枝干弯曲臃肿，这样的木材中间纹路稀疏，而且质地不够坚硬，（这样的树木）不值得栽种，应该把它砍掉。"于是我让人把它砍掉做了柴草。第二天，守园人又对我说："园子南面的那棵杏树，它的根和枝叶所占的面积都有六七尺宽，而它所在的地方土壤最肥沃。因为杏树的缘故，那些地方都不能种其他蔬菜，因此也应该把它砍掉做柴草。"我说："哈哈，现在正是杏树生长最好的时期，而且长势繁茂，它也即将结果，你就不能为了这片杏林而放弃几畦菜地吗？"所以我没有将它砍掉。

不久我醒悟并感叹："唉！我记得庄子曾经这样说过：臭椿树、栎树因为其木材没有用而能活到终老，桂树、漆树因为有用而被早早砍伐。而如今臭椿树的确没有用，一旦知道了就会马上将它砍掉并抛弃；杏树的树干很坚固，纹路也很紧密，色泽美丽，它反而被保存了下来。难道有用和没用都要看它们各自遇到的时运是好还是坏吗？"

后来有一天，有客人来拜访我。这时恰好仆人正拉着砍掉的木材经过

客厅，我便指着木材对客人说出了自己的疑问。客人对我说："这有什么奇怪的呢？你认为用不着便是无用，这是庄周看重的观点；而以无用发挥出很大的作用，又怎么不可能呢？那杏树能结出很多的果实，是因为它天生就依靠着它庞大的根系，它是多么幸运！如果桂树、漆树不能逃出刀斧的砍伐，则说明有用的东西是需要牺牲的，形势不允许它生存。这与杏树结果实在是不同的。现在臭椿树庞大而木材不可用，它的庞大妨害其他植物，所以把它砍了也是很合理的。这与你有用者死、无用者生的说法又是不同的，因此大凡事物是幸运的还是不幸运的，要看它当时所处的环境。"客人走了后，我觉得他的话很对，就将它记了下来。

《苏氏文集》序

予友苏子美之亡后四年，始得其平生文章遗稿于太子太傅杜公之家①，而集录之，以为十卷。子美，杜氏婿也。遂以其集归之②，而告于公曰："斯文，金玉也，弃掷埋没粪土，不能销蚀③。其见遗于一时，必有收而宝之于后世者④。虽其埋没而未出⑤，其精气光怪，已能常自发见⑥，而物亦不能掩也。故方其摈斥摧挫、流离穷厄之时⑦，文章已自行于天下，虽其怨家仇人，及尝能出力而挤之死者，至其文章，则不能少毁而掩蔽之也⑧。凡人之情，忽近而贵远⑨，子美屈于今世犹若此⑩，其伸于后世，宜如何也⑪！公其可无恨⑫。"

予尝考前世文章政理之盛衰，而怪唐太宗致治几乎三王之盛⑬，而文章不能革五代之馀习。后百有馀年，韩、李之徒出，然后元和之文始复于古⑭。唐衰兵乱，又百馀年，而圣宋兴，天下一定，晏然无事。又几百年，而古文始盛于今。自古治时少而乱时多，幸时治矣，文章或不能纯粹⑮，或迟久而不相及⑯，何其难之若是欤？岂非难得其人欤？苟一有其人，又幸而及出于治世，世其可不为之贵重而爱惜之欤？嗟吾子美，以一酒食之过⑰，至废为民，而流落以死，此其可以叹息流涕，而为当世仁人君子之职位宜与国家乐育贤材者惜也！

子美之齿少于予，而予学古文反在其后。天圣之间，予举进士于有司，见时学者务以言语声偶相摘裂⑱，号为时文，以相夸尚⑲。而子美独与其兄才翁及穆参军伯长作为古歌诗杂文，时人颇共非笑之，而子美不顾也。其后天子患时文之弊⑳，下诏书讽勉学者以近古㉑，由是其风渐息，而学者稍趋于古焉㉒。独子美为于举世不为之时，其始终自守，不牵世俗趋舍，可谓特立之士也㉓。

子美官至大理评事、集贤校理而废，后为湖州长史以卒，享年四十有一。其状貌奇伟㉔，望之昂然㉕，而即之温温㉖，久而愈可爱慕㉗。其材虽高，而人亦不甚嫉忌，其击而去之者㉘，意不在子美也。赖天子聪明仁圣，凡当时所指名而排斥，二三大臣而下，欲以子美为根而累之者㉙，皆蒙保全，今并列于荣宠。虽与子美同时饮酒得罪之人，多一时之豪俊，亦被收采，进显于朝廷㉚。而子美独不幸死矣㉛，岂非其命也？悲夫！

庐陵欧阳修序。

【注释】

①始：才。②归：归还，还给。③销蚀：损耗腐蚀。④宝：把……当作宝贝。⑤虽：即使。⑥见：显现，显露。⑦摈斥摧挫：遭受排斥、挫折。⑧少：稍微，有一点儿。⑨忽：忽视，不重视。贵：看重，珍视。⑩屈：屈辱。⑪宜：应该。⑫恨：遗憾。⑬怪：对……感到奇怪。⑭复：恢复。⑮纯粹：纯正精粹。⑯及：赶上。⑰酒食之过：庆历五年苏子美用卖故纸的公款宴请宾客，被御史中丞以"监守自盗"的罪名弹劾。⑱以言语声偶相摘裂：摘取古代典籍中的文句，再用声调平仄、对偶等方法拼凑成文章。摘裂，剔取割裂。⑲夸尚：夸耀推崇。⑳患：担忧，忧虑。㉑讽勉：规劝勉励。㉒趋：走近，接近。㉓特立：独立坚持，表示操守、志向等坚定。㉔状貌：外貌形象。㉕昂然：高傲的样子。㉖温温：柔和、谦和的样子。㉗愈：更加。㉘击：打击，攻击。㉙根：根源，缘由。㉚进显：谓职位进升而贵显。㉛独：唯独，仅仅。

【译文】

　　我的朋友苏子美死后过了四年，我才在太子太傅杜公家里得到他生平所写的的文章遗稿，并收集抄录出来，把它们编为十卷。子美，是杜家的女婿，我便把这部文集送还他家，并告诉杜公说："这些文章，就像珍贵的金玉，即使被丢弃埋没在粪土中，也不会损耗腐蚀的。虽然它在某个时期被遗弃，但将来一定有人收藏并把它当宝贝一样珍爱。即使它被埋没显露不出来，它的灵气、奇异的光芒也常常会自动地显露出来，外物也不能遮掩它。所以当子美遭受排斥挫折、流离困窘时，他的文章已经在天下传扬。即使他的怨家仇人，以及曾经出力排挤他，把他置于绝境的人，对他的文章却不能丝毫贬低、遮蔽。大凡人们的感情，都是忽视近代，重视古代，子美像这样屈辱地生活在当世，文章还如此受人重视，将来当他的文章被接受，该会是怎样的情景啊！杜公您应该可以没有遗憾了。"

　　我曾经考察前代文学、政治的兴盛衰落，对唐太宗将国家治理得兴盛太平，接近三代圣王盛世时代，可是在文章方面却不能革除齐梁等朝浮靡文风的残余习气感到奇怪。在这之后一百多年，韩愈、李翱这些人出现，之后元和年代的文章才慢慢恢复了古代传统。唐朝衰亡，战事混乱，又过了一百多年，大宋兴起，天下统一安定。又过了几百年，古文才在今天兴盛起来。自古以来太平的时代少，动乱的时代多，幸而现在天下太平。但文章有的不够纯正精粹，有的过了很久还赶不上时代的步伐。为什么会这么艰难呢？难道不是因为很难得到能够振兴文风的人才吗？如果有这样一个人，又庆幸地生在太平盛世，那么世人难道可以不为此珍视并爱惜他吗？感叹我的朋友子美，因为一顿酒饭的过失，结果被罢官为民，流落他乡而死，这是多么令人感叹和痛哭流涕呀，使人替当代那些担任要职应该为国家欢喜地培育优秀人才的仁人君子们感到可惜！

　　子美的年龄比我小，而我学习古文却是在他后面。天圣年间，我在礼部参加进士考试，见到当时学习写文章的人都致力于文辞声调对偶和摘取古人文句，并把这叫作时文，还拿这来相互夸耀推崇。只有子美和他的兄长苏才翁以及参军穆伯长写作古体诗歌和杂文，当时的人都非议讥笑他们，但子美却毫不理睬。后来天子为时文的弊端而忧虑，发布诏书勉励写文章的人学习古文，从此那种推崇时文的风气才渐渐平息，而学写文章的人逐渐走向古文了。只有子美在全社会都不写古文时却尽力去写古文，他一直坚持自我，不被世俗的爱好牵着走，真可称得上是个具有独立见解、志向坚定的人。

子美做官升到大理评事、集贤校理就被撤职了，后来任湖州长史一直到去世，享年四十一岁。他的外貌奇特魁伟，看上去很高傲，可是接近他却感到柔和亲切，时间长了更觉得他令人喜爱仰慕。他的才能虽然很高，可是别人对他也不嫉恨，他们攻击他，使他离开，用意不在打击他本人。全靠皇上聪明仁圣，凡是当时被指名受排挤，从两三个大臣往下，想要借苏子美事件对他们进行陷害的人，都得以保全了，现在都得到了荣耀恩宠。即使当年跟子美一起因酒饭获罪的人，很多都是闻名一时的杰出人物，现在也都被重新录用，在朝廷上担任重要官职。只有子美不幸离世了，难道不是他的命运吗？悲伤啊！

庐陵欧阳修序。

祭石曼卿文①

维治平四年七月日②，具官欧阳修，谨遣尚书都省令史李敭③，至于太清，以清酌庶羞之奠④，致祭于亡友曼卿之墓下，而吊之以文。曰：

呜呼曼卿！生而为英，死而为灵⑤。其同乎万物生死，而复归于无物者，暂聚之形；不与万物共尽，而卓然其不朽者，后世之名。此自古圣贤，莫不皆然，而著在简册者⑥，昭如日星。

　　呜呼曼卿！吾不见子久矣，犹能仿佛子之平生。其轩昂磊落、突兀峥嵘而埋藏于地下者⑦，意其不化为朽壤⑧，而为金玉之精⑨。不然，生长松之千尺，产灵芝而九茎。奈何荒烟野蔓，荆棘纵横，风凄露下，走磷飞萤？但见牧童樵叟，歌吟而上下，与夫惊禽骇兽，悲鸣踯躅而咿嘤⑩。今固如此，更千秋而万岁兮，安知其不穴藏狐貉与鼯鼪⑪？此自古圣贤亦皆然兮，独不见夫累累乎旷野与荒城！

　　呜呼曼卿！盛衰之理⑫，吾固知其如此。而感念畴昔，悲凉凄怆，不觉临风而陨涕者，有愧乎太上之忘情⑬。尚飨⑭！

【注释】

　　①祭：一作"吊"。石曼卿：名延年，北宋河南宋城（今河南商丘）人。欧阳修很了解、敬佩石曼卿，因此在石曼卿卒后多年，又有此祭墓之作。②维：发语词。③尚书都省：即尚书省，管理全国行政的官署。令史：管理文书工作的官。④清酌：祭奠时所用之酒。庶：各种。羞：通"馐"，食品，这里指祭品。⑤生而为英，死而为灵：活着的时候是人世间的英杰，死之后化为神灵。英，英雄、英杰。灵，神灵。⑥简册：指史籍。⑦突兀峥嵘：高迈挺拔，形容石曼卿的才情。⑧朽壤：腐朽的土

壤。⑨精：精华。⑩悲鸣踯躅而咿嘤：这里指野兽来回徘徊，禽鸟悲鸣惊叫。⑪狐貉：兽名，形似狐狸。鼯（wú）：鼠的一种，亦称飞鼠。鼪（shēng）：即黄鼠狼。⑫盛衰：此指生死。⑬有愧乎太上之忘情：意思是说自己不能像圣人那样忘情。太上，最高，也指圣人。忘情，超脱了人世一切情感。⑭尚飨（xiǎng）：祭文套语，表示希望死者鬼神来享用祭品之意。尚，这里是希望的意思。

【译文】

在治平四年七月某日，具官欧阳修，谨派尚书都省令史李敥前往太清，以清酒和几样佳肴做祭品，在亡友曼卿的墓前设祭，并写一篇祭文来吊祭：

唉，曼卿！生前您是英才，死后必化为神灵。那同万物一样有生有死，而又回到无物的境地的，是您暂存聚合的肉体；不同万物一起消灭，而卓立不朽的，是您留传于后世的名声。这是古来圣贤，没有一个不是如此的，那些被记录在史籍上的，如同太阳星辰般光明。

唉！曼卿啊！我见不到你已经很久了，还仿佛记得你平日的样子。你意态不凡、光明磊落，又那样超群出众，埋葬在地下的遗体，我猜想不会化为烂泥腐土，应该会变成最珍贵的金玉。不然，也会长成千尺高的松树，或者九根的灵芝。为什么你的坟墓偏偏是一片荒烟蔓草，荆棘丛生，寒风凄凄，露珠飘零，磷火闪闪，萤火虫乱飞呢？只见牧童和樵夫，唱着歌在这儿上下走动，再加上那些受惊的飞禽走兽，在这儿徘徊悲鸣。现在已经是这样的光景了，更何况经过千秋万岁之后，怎知道那些狐狸、老鼠和黄鼬等野兽，不会在这里掏穴藏身？自古以来，圣贤都有如此遭遇，难道单单看不见在那旷野和荒城旁一个挨着一个的坟墓！

唉！曼卿啊！事物由盛而衰的道理，我固然晓得它是这样。然而感念往日，越发感到悲凉凄怆，不知不觉迎风掉下眼泪的我，实在感到惭愧，无法达到古圣人不动情的境界。希望你能够享用祭品。

六一居士传

六一居士初谪滁山①，自号醉翁。既老而衰且病，将退休于颍水之上②，则又更号六一居士③。

客有问曰："六一，何谓也？"居士曰："吾家藏书一万卷，集录三代以来金石遗文一千卷，有琴一张，有棋一局，而常置酒一壶。"客曰："是为五一尔，奈何④？"居士曰："以吾一翁，老于此五物之间，是岂不为六一乎？"客笑曰："子欲逃名者乎？而屡易其号。此庄生所诮畏影而走乎日中者也⑤；余将见子疾走大喘渴死⑥，而名不得逃也⑦。"居士曰："吾固知名之不可逃⑧，然亦知夫不必逃也；吾为此名，聊以志吾之乐尔⑨。"客曰："其乐如何？"居士曰："吾之乐可胜道哉⑩！方其得意于五物也，太山在前而不见，疾雷破柱而不惊；虽响九奏于洞庭之野⑪，阅大战于涿鹿之原⑫，未足喻其乐且适也⑬。然常患不得极吾乐于其间者⑭，世事之为吾累者众也。其大者有二焉，轩裳珪组劳吾形于外⑮，忧患思虑劳吾心于内，使吾形不病而已悴，心未老而先衰，尚何暇于五物哉？虽然⑯，吾自乞其身于朝者三年矣，一日天子恻然哀之⑰，赐其骸骨⑱，使得与此五物偕返于田庐，庶几偿其夙愿焉⑲。此吾之所以志也。"客复笑曰："子知轩裳珪组之累其形，而不知五物之累其心乎？"居士曰："不然。累于彼者已劳矣，又多忧；累于此者既佚矣⑳，幸无患。吾其何择哉？"于是与客俱起，握手大笑曰："置之，区区不足较也㉑。"

已而叹曰："夫士少而仕㉒，老而休，盖有不待七十者矣。吾素慕之㉓，宜去一也。吾尝用于时矣，而讫无称焉㉔，宜去二也。壮犹如此，今既老且病矣，乃以难强之筋骸，贪过分之荣禄，是将违其素志而自食其言，宜去三也。吾负三宜去㉕，虽无五物，其去宜矣，复何道哉！"熙宁三年九月七日，六一居士自传。

【注释】

①谪：被贬谪。②退休：退职闲居。③更：更改。④奈何：怎么，如

何。⑤诮：讥笑。⑥疾走：快步跑。⑦名：名声。⑧固：本来。⑨聊：姑且，暂且。志：记载，记述。⑩胜道：说得尽，讲得完。⑪九奏：即"九韶"，虞舜时的音乐。⑫阅：观看。⑬喻：明白，清楚。⑭患：担心，忧虑。⑮轩裳珪组：分指古代大臣所乘车驾、所着服饰、所执玉板、所佩印绶，总指官场事务。⑯虽：即使。⑰一日：终有一天。恻然：哀怜的面貌，悲伤貌。⑱赐其骸骨：比喻皇帝同意其告老退休。⑲庶几：大概，差不多；或许可以。⑳佚：安逸，安乐。㉑区区：形容小，微不足道。㉒仕：做官。㉓素：向来，一向。㉔讫：毕竟，终究。㉕负：具有，具备。

【译文】

六一居士当初被贬到滁州，为自己起了个别号叫醉翁。已经年迈而且衰老多病，将要退职闲居到颍水边上安度晚年，就又更改别号为六一居士。

有客人问道："六一，指的是什么？"居士说："我家里藏了一万卷书，收集收录夏商周三代以来的一千卷金石文字，有一张琴，有一盘棋，又经常备好酒一壶。"客人说："这只是五个一，为什么说是六一呢？"居士

传统文化小知识

六艺

"六艺"即礼、乐、射、御、书、数，是中国古代教育中要求学生掌握的六种基本的才能。"六艺"的提法最早见于《周礼·保氏》："养国子以道，乃教之六艺：一曰五礼，二曰六乐，三曰五射，四曰五御，五曰六书，六曰九数。"礼，即礼节；乐，即音乐；射，即射箭；御，即驾驭马车；书，包括识字和书法；数，即算术，"九数"指的是九九乘法表。

说："再加上我这一个老头儿，在这五种事物中间逐渐老去，这难道不是六一了吗？"客人笑着说："您是想逃避名声吗？多次更改您的别号。这正像庄子所讽刺的那个害怕影子却在太阳底下奔跑的蠢人；我将要看到您像那个人一样喘着粗气狂奔干渴而死的样子，但名声仍然不能逃避。"居士说："我本来就明白名声无法逃脱，也明白我没有必要逃避；我取这个名号，姑且来记下我的乐趣罢了。"客人说："您的乐趣如何呢？"居士说："我的乐趣怎么能说得完呢！当我陶醉在这五种事物之间的时候，泰山在眼前我也视而不见，疾雷击毁屋子中的梁柱我也不惊慌；即使在洞庭大原野奏起九韶仙乐，在涿鹿之原观看激烈的战斗场面，也无法说明其中的快乐和惬意。然而我常常担心不能够在这五物间尽情享乐，世上拖累我的事情太多了。其中大的方面有两件，官车、官服、符信、印绶从外面使我的身体感到劳累，忧患思虑从里面使我的内心感到疲惫，让我还没生病却已经显得憔悴不堪，人还没有老精神却已衰退，还有什么闲暇时间花在这五种物品上呢？即使这样，我向朝廷请求告老还乡已经三年了，终有一天天子忽发恻隐之心哀怜我，赐还我这把老骨头，让我能够和这五种物品一起回到田园，差不多就有希望实现自己向来的愿望了。这便是我记述我的乐趣的原因。"客人又笑着说："你知道官场事务劳累身体，就不知道这五件事物也劳累精神吗？"居士说："不是这样的。被官场拖累已经很劳苦了，又有很多忧虑；被这些物品吸引却很安逸，又可以免于祸患。你看我选择哪一方面呢？"于是和客人一起起身，握手大笑说："停止辩论吧，这些小事不值得计较。"

之后，居士感叹说："读书人从年轻时开始做官，到年老时退休，往往是有等不到七十岁就退休的人。我一向羡慕他们，这是我应当退休的第一个原因。我曾经被当朝任用，但最终没有做出什么值得称道的政绩，这是我应当离开的第二个原因。年轻时尚且这样，现在已经年老而且多病，却凭着再也难以强健的筋骨，贪求过分的荣耀和俸禄，这样做将违背我先前的志向和我自己说过的话，这是我应该离开的第三个理由。我具备了三个应该离开的理由，即使没有这五种事物，也应该离开了，还有什么可说的呢！"熙宁三年九月七日，六一居士自传。

人到暮年，一切功名利禄都是身外之物，也都将成为过眼云烟。年轻时，一味追求功名利禄只会让人身心疲倦。真正能让人身心放松、让人感到惬意的是回归自然，回归朴实的生活。功名虽要追求，但切记不要把功名放在你心中最重要的位置。

养鱼记

折檐之前有隙地①，方四五丈②，直对非非堂③。修竹环绕荫映，未尝植物④。因洿以为池⑤，不方不圆，任其地形⑥；不甃不筑⑦，全其自然。纵锸以浚之⑧，汲井以盈之⑨。湛乎汪洋⑩，晶乎清明⑪。微风而波，无波而平。若星若月，精彩下入⑫。予偃息其上⑬，潜形于毫芒⑭；循漪沿岸⑮，渺然有江湖千里之想⑯。斯足以舒忧隘⑰，而娱穷独也⑱。

乃求渔者之罟⑲市数十鱼⑳，童子养之乎其中。童子以为斗斛之水不能广其容㉑，盖活其小者而弃其大者。怪而问之，且以是对。嗟乎！其童子无乃嚚昏而无识矣乎㉒！予观巨鱼枯涸在旁不得其所，而群小鱼游戏乎浅狭之间，有若自足焉㉓。感之而作《养鱼记》。

【注释】

①折檐：屋檐下曲折的走廊。隙地：空地。②方：方圆。③非非堂：建筑名，欧阳修在洛阳时所建。④植物：这里是种植植物的意思。⑤因：依着，傍着。洿：地势低洼的地方。这里名词用作动词，是挖掘的意思。⑥任：随着。⑦甃（zhòu）：用砖砌（井、池子等）。⑧锸（chā）：铁锹，掘土的工具。浚：疏通。⑨汲：汲水，把水引上来。⑩湛乎：湛蓝的样子。⑪清明：清澈、明亮的样子。⑫若星若月，精彩下入：指夜间星星和月亮映在池水中，光彩鲜明。⑬偃息：休息。⑭毫芒：微小的东西。⑮循漪沿岸：意思是绕着水池散步。⑯渺然：茫茫然，看不清楚。⑰忧隘：忧愁郁闷。⑱穷独：困乏、无助的样子。⑲罟：渔网。⑳市：买来。㉑广：扩大。㉒无乃：难道不是。嚚（yín）昏：愚蠢昏庸。㉓自足：悠然自得的样子。

【译文】

屋檐下走廊的前面有块空地，方圆四五丈，面对非非堂，四周绿竹成荫，地里空着没有种植花草。我让人依着地势把它挖成一个池塘，形状不方不圆，只是随着它的地形罢了；也没有砌河岸，一切按照它原来的样子。用锹开沟疏通水路，从井里取水灌满池塘。池水清澈透明。有风，漾起水波；没风，水面平静清澈。星星月亮都能倒映出来。我在池塘边休息，我的影子在水中被映照得很清晰；我绕着水池散步，有一种茫然身处千里江湖上的感受，我的忧愁和孤独都得到解脱。

我从卖鱼人那里买回几十条鱼，叫小童放在水池中喂养。小童觉得水池的水太少又不能扩大它的面积，他就把小鱼放进池塘，把大鱼抛在一边。我感到奇怪，问他，他把自己的看法告诉我。唉！那个童子实在是愚昧糊涂没有见识呀！我看那些大鱼干死在池塘一边，而那些小鱼在又浅又窄的池塘里嬉戏，好像很悠然自得。我很有感触，因而写了《养鱼记》。

【读·品·悟】

童子养小鱼而弃大鱼的做法着实让我们感到可笑，然而反观我们自己在现实生活中的表现，那些不懂轻重、不辨是非的做法岂不是更可笑？为了追求名利而抛弃亲情，为了所谓事业而不顾健康，这些做法和童子养鱼又有何异，同样是本末倒置，愚不可及。

《新五代史·伶官传》序[①]

呜呼！盛衰之理，虽曰天命，岂非人事哉？原庄宗之所以得天下[②]，与其所以失之者，可以知之矣。

世言晋王之将终也，以三矢赐庄宗，而告之曰："梁，吾仇也；燕王，吾所立；契丹与吾约为兄弟，而皆背晋以归梁。此三者，吾遗恨也。与尔三矢，尔其无忘乃父之志[③]！"庄宗受而藏之于庙[④]。其后用兵，则遣从事以一少牢告庙⑤，请其矢，盛以锦囊，负而前驱，乃凯旋而纳之⑥。

方其系燕父子以组⑦，函梁君臣之首，入于太庙，还矢先王而告以成功，其意气之盛，可谓壮哉！及仇雠已灭，天下已定，一夫夜呼，乱者四应，苍皇东出，未及见贼而士卒离散，君臣相顾，不知所归。至于誓天断发，泣下沾襟，何其衰也！岂得之难而失之易欤？抑本其成败之迹，而皆自于人欤⑧？

《书》曰："满招损，谦受益。"忧劳可以兴国，逸豫可以亡身⑨，自然之理也。故方其盛也，举天下之豪杰莫能与之争；及其衰也，数十伶人困之而身死国灭，为天下笑。

夫祸患常积于忽微，而智勇多困于所溺⑩，岂独伶人也哉！作《伶官传》。

【注释】

①伶官：在宫廷中授有官职的伶人。伶，戏子或杂技演员。②原：推求，探究本原。③其：语气副词，表示期望、命令的语气。④庙：太庙，帝王祭祀祖先的宗庙。⑤从事：这里指负责具体事物的官员。一少牢：用猪、羊各一头做祭品。牢，祭祀用的牲畜。⑥纳：收入，放进。⑦组：丝带，这里指绳索。⑧抑：还是。⑨逸豫：逍遥游乐，不能居安思危。⑩所溺：沉溺迷恋的人或事物。

【译文】

唉！盛衰的道理，虽说是天命决定的，难道说不是人事造成的吗？推究庄宗取得天下，与他失去天下的原因，就可以明白了。

世间传说晋王将要去世的时候，把三支箭赐给庄宗，并且嘱咐他说："梁朝是我的仇家；而燕王是我扶植起来的；契丹也曾和我相约拜为兄弟，却都背叛了晋而归顺了梁朝。这三件事，是我遗留下来的恨事。现在给你三支箭，你千万不要忘记你父亲未了的心愿！"庄宗接受了这三支箭并把它们供奉在宗庙里。以后庄宗出兵打仗，便派手下的随从官员，用猪羊去祭告祖先，从宗庙里恭敬地取出箭来，装在漂亮的丝织口袋里，使人背着在军前开路，等打了胜仗回来，仍旧把箭收进宗庙。

当他用绳子捆绑起燕王父子，用匣子盛着梁朝君臣的头颅，送进宗庙，把箭还给先王，并把成功的消息报告给亡灵的时候，那强盛的意气，可以说是壮观了！等到仇敌已经消灭，天下已经平定，然而一个人在夜间一声呼喊，叛乱者就四下响应，他慌慌张张出兵东进，还没见到乱贼，部下的兵士就纷纷逃散，君臣你看着我，我看着你，不知到哪里去好。到了割下头发来对天发誓，抱头痛哭，眼泪沾湿衣襟的可怜地步，是那样地衰败差劲！难道说是因为取得天下难，而失去天下容易吗？还是认真推究他成功失败的原因，都是由于人事呢？

《尚书》上说："满足会招来损害，谦虚能得到补益。"警惕与勤劳可以振兴国家，安逸和舒适会丧失性命，这是自然的道理呀。因此当他兴盛时，普天下的豪杰，没有谁能和他相争；到他衰败时，数十个乐官就把他困住了，最后身死国灭，被天下人耻笑。

可见，祸患常常是在细微的小事上积聚起来的，而聪明勇敢又往往在沉湎嗜好中受到困厄，难道仅仅是优伶就能造成祸患吗？因而写了《伶官传》。

苏 洵

　　苏洵（1009年—1066年），北宋散文家，字明允，眉州眉山（今属四川）人。他与他的儿子苏轼、苏辙合称"三苏"，均被列入"唐宋八大家"。据说他二十七岁才发愤读书，经过十多年的闭门苦读，学业大进。仁宗嘉祐元年（1056年），他带领苏轼、苏辙到汴京，谒翰林学士欧阳修。欧阳修很赞赏他的《权书》《衡论》等文章，认为他可与贾谊、刘向媲美，于是向朝廷推荐。一时公卿士大夫争相传诵其作，他因而名声大振。嘉祐三年，仁宗召他到舍人院参加考试，他推托有病，不肯应诏。嘉祐五年，他任秘书省校书郎，后来与陈州项城（今属河南）县令姚辟一起编修礼书《太常因革礼》。结果书刚完成不久，他就去世了，被追赠光禄寺丞。

　　苏洵满怀政治抱负。他说他作文的主要目的是"言当世之要"，是为了"施之于今"。在《衡论》和《上皇帝书》等重要议论文中，他提出了一整套政治革新的主张。他认为，要治理好国家，必须"审势""定所尚"。他主张"尚威"，加强吏治，破苟且之心和怠惰之气，激发天下人的进取心，使宋王朝振兴。由于苏洵比较了解社会实际，又善于总结历史的经验教训，以古为鉴，因此，他的政论文中尽管有迂阔偏颇之论，但不少观点还是切中时弊的。

苏洵的散文论点鲜明，论据有力，语言锋利，纵横恣肆，具有雄辩的说服力。其文章语言古朴简劲、凝练隽永；但有时又能铺陈排比，尤其擅长用形象生动的比喻。他提倡学习古文，强调文章要"得乎吾心"，写"胸中之言"；主张文章应"有为而作""言必中当世之过"。苏洵的抒情散文不多，但也不乏优秀的篇章，如《送石昌言使北引》《张益州画像记》《木假山记》等。

心 术

为将之道，当先治心①。泰山崩于前而色不变，麋鹿兴于左而目不瞬，然后可以制利害②，可以待敌。

凡兵上义③，不义，虽利勿动。非一动之为害，而他日将有所不可措手足也。夫惟义可以怒士，士以义怒，可与百战。

凡战之道：未战养其财，将战养其力，既战养其气，既胜养其心。谨烽燧④，严斥堠⑤，使耕者无所顾忌，所以养其财；丰犒而优游之⑥，所以养其力；小胜益急，小挫益厉，所以养其气；用人不尽其所欲为，所以养其心。故士常蓄其怒，怀其欲而不尽。怒不尽则有馀勇，欲不尽则有馀贪，故虽并天下，而士不厌兵，此黄帝之所以七十战而兵不殆也⑦。不养其心，一战而胜，不可用矣。

凡将欲智而严，凡士欲愚。智则不可测，严则不可犯，故士皆委己而听命，夫安得不愚？夫惟士愚，而后可与之皆死。

凡兵之动，知敌之主，知敌之将，而后可

以动于险。邓艾缒兵于蜀中⑧，非刘禅之庸，则百万之师可以坐缚，彼固有所侮而动也。故古之贤将，能以兵尝敌，而又以敌自尝，故去就可以决。

凡主将之道，知理而后可以举兵，知势而后可以加兵，知节而后可以用兵⑨。知理则不屈，知势则不沮，知节则不穷。见小利不动，见小患不避。小利小患，不足以辱吾技也，夫然后可以支大利大患⑩。夫惟养技而自爱者，无敌于天下。故一忍可以支百勇，一静可以制百动。

兵有长短，敌我一也。敢问："吾之所长，吾出而用之，彼将不与吾校⑪；吾之所短，吾蔽而置之，彼将强与吾角，奈何？"曰："吾之所短，吾抗而暴之⑫，使之疑而却；吾之所长，吾阴而养之，使之狎而堕其中⑬。此用长短之术也。"

善用兵者，使之无所顾，有所恃。无所顾，则知死之不足惜；有所恃，则知不至于必败。尺棰当猛虎，奋呼而操击；徒手遇蜥蜴⑭，变色而却步，人之情也。知此者，可以将矣。袒裼而按剑⑮，则乌获不敢逼；冠胄衣甲⑯，据兵而寝，则童子弯弓杀之矣。故善用兵者以形固⑰。夫能以形固，则力有馀矣。

【注释】

①治心：指锻炼培养军事上的胆略、意志和吃苦的精神等。②制：掌握。③上：通"尚"，崇尚。④烽燧：即烽火，古代边防报警的信号。白天放烟叫"烽"，夜间燃火叫"燧"。⑤斥堠：古代用来瞭望敌情的土堡，这里指放哨、瞭望。⑥犒：犒赏，旧指用酒食或财物慰劳将士。⑦殆：通"怠"，懈怠。⑧邓艾缒兵于蜀中：邓艾，三国时魏国的将领，魏元帝景元四年（263年），他率兵从一条艰险的山路进攻蜀汉，山高谷深，士兵都用绳子系着放下山去，邓艾自己也用毡布裹着身体，滑下山去。缒，系在绳子上放下去。⑨节：节制。⑩支：经得起，对付得了。⑪校：较量。⑫抗：呈现，暴露。暴：显露。⑬狃：轻忽。⑭蜥蜴：一种爬行动物，形似壁虎，俗称"四脚蛇"。⑮袒裼：脱衣露体。⑯冠胄衣甲：戴着头盔，穿着铠甲。胄，盔。冠、衣，都用作动词。⑰以形固：指利用各种有利形势来巩固自己。以，凭借，利用。形，各种有利的形式和条件。固，巩固。

传统文化小知识

避席

避席是古代的一种表示尊敬的行为，古时没有椅子，人们席地而坐，在需要的时刻离开席子站立一边，也就是避席。《孝经》中记载了曾子在听孔子讲课的时候接到提问即避席而立的故事，这个故事为人所传诵，引为美谈。当今通常的离座起立以表敬意的礼节就是古代避席之礼的转化。

【译文】

作为将领的原则，应当首先修养心性。必须做到泰山在眼前崩塌而面不改色，麋鹿在身边奔突而不眨眼睛，然后才能够控制利害因素，才可以对付敌人。

大凡用兵，应当崇尚正义，如果不义，即使于我有好处，也不要轻易举动。并不是一动就会造成失败，而是怕将来会弄到手足无措的地步。只有正义才能激怒士卒，当士卒激起义愤时，就可驱使他们百战而不殆。

一切战争的道理是：战前要积蓄财力物力，临战时要养精蓄锐，战争打响后要鼓足勇气，胜利后要保持斗志。谨慎地做好警报工作，严密地做好侦察瞭望工作，使得耕种者一心生产，用这样的方法积蓄财力物力；给士兵丰厚的给养，使他们得到休息，用这样的方法来养精蓄锐；取得小的胜利要使战士感到更加紧迫，受到小的挫折要让战士得到更大的激励，这就是培养士气的做法；使用战士要注意不让他们完全实现自己的欲望，这就是修养心性的做法。所以战士们常常积蓄着怒气，心中怀有欲望却不能完全实现。怒气没有消除干净就有余勇可贾，欲望没有完全实现就将继续追求，所以即使吞并了天下，战士也不厌恶打仗，这就是黄帝的军队经历了七十次战斗也不懈怠的原因。如果不修养心性，战士们打了一次胜仗后就不能继续作战了。

凡是做将帅的，必须足智多谋而又威严；凡是当士兵的，应当愚昧一点儿。足智多谋就使人感到高深莫测，威严就使人感到凛然不可侵犯，因此就能使士兵都紧跟将帅而听从号令，这样，怎么能不愚昧呢？惟其战士愚昧，然后才能跟他们一道舍生忘死。

凡是军事行动，必须了解敌方的主帅，了解敌方的其他将领，然后可以进行冒险行动。魏将邓艾率兵伐蜀汉，用绳子拴着士兵从山上坠下深谷，如果不是蜀汉后主刘禅昏庸无能，那么百万大军也可以被捆绑擒获，邓艾本来就对刘禅轻慢，所以才出兵于危险之地。因此，古代的良将，能用大军去试探敌人的强弱、虚实，同时也用敌人的反应来衡量自己，这样就可以决定行动方针了。

凡是担任主将的法则是：明白道理然后可以出兵，了解形势然后可以增兵，懂得节制然后可以用兵。明白道理就不会屈服，了解形势就不会丧气，懂得节制就不会困窘。见了小利益不动心，遇上小祸患不回避。小利益、小祸患不值得辱没我的本领，然后才能够应付大利益、大祸患。只有善于培养本领又自爱的人，才无敌于天下。所以一忍可以抵御百勇，一静可以控制百动。

军队自有长处和短处，无论敌我都如此。请问："我方的长处，我拿出来运用，敌人却不与我较量；我方的短处，我隐蔽起来，敌人却竭力与我对抗，怎么办呢？"回答道："我方的短处，我故意显露出来，使敌人心生疑虑而退却；我方的长处，我暗中隐蔽起来，使敌人轻慢而陷入圈套。这就是灵活运用自己的长处和短处的方法。"

善于用兵的，要使士卒既要无所顾恋，而又有所依赖。战士们没有什么顾忌，就知道牺牲了也不值得可惜；有所依靠，就知道不至于一定失败。手握一尺长的鞭子面对着猛虎，敢于奋力呐喊而挥鞭打击；空着手遇上了蜥蜴，也会吓得面容变色连连后退，这是人之常情。懂得这个道理，就可以带兵了。假如赤身露臂但手握着剑，那大力士乌获也不敢逼近；要是头戴着盔，身穿铠甲，靠着武器而睡觉，那小童也敢弯弓射杀了。所以善于用兵的能利用形势来巩固军队的阵容。能够利用形势来巩固自己的，那么战斗力就会无穷无尽。

六国论

六国破灭，非兵不利，战不善，弊在赂秦。赂秦而力亏，破灭之道也。或曰："六国互丧，率赂秦耶①？"曰："不赂者以赂者丧，盖失强援，不能独完。故曰弊在赂秦也。"

秦以攻取之外，小则获邑，大则得城。较秦之所得，与战胜而得者，其实百倍；诸侯之所亡，与战败而亡者，其实亦百倍。则秦之所大欲，诸侯之所大患，固不在战矣。思厥先祖父，暴霜露②，斩荆棘，以有尺寸之地。子孙视之不甚惜，举以予人，如弃草芥。今日割五城，明日割十城，然后得一夕安寝。起视四境，而秦兵又至矣。然则诸侯之地有限，暴秦之欲无厌，奉之弥繁，侵之愈急。故不战而强弱胜负已判矣。至于颠覆，理固宜然。古人云："以地事秦，犹抱薪救火，薪不尽，火不灭③。"此言得之。

齐人未尝赂秦，终继五国迁灭④，何哉？与嬴而不助五国也⑤。五国既丧，齐亦不免矣。燕、赵之君，始有远略，能守其土，义不赂秦⑥。是故燕虽小国而后亡，斯用兵之效也。至丹以荆卿为计，始速祸焉⑦。赵尝五战于秦，二败而三胜。后秦击赵者再，李牧连却之⑧。洎牧以谗诛，邯郸为郡，惜其用武而不终也。且燕、赵处秦革灭殆尽之际，可谓智力孤危，战败而亡，诚不得已。向使三国各爱其地，齐人勿附于秦，刺客不行，良将犹在，则胜负之数，存亡之理⑨，当与秦相较，或未易量。

呜呼！以赂秦之地封天下之谋臣，以事秦之心礼天下之奇才，并力西向，则吾恐秦人食之不得下咽也⑩。悲夫！有如此之势，而为秦人积威之所劫，日削月割⑪，以趋于亡⑫。为国者无使为积威之所劫哉⑬！

夫六国与秦皆诸侯，其势弱于秦⑭，而犹有可以不赂而胜之之势。苟以天下之大⑮，而从六国破亡之故事⑯，是又在六国下矣。

【注释】

①率：一律，一概。②暴：冒着。③"以地事秦……火不灭"：语见《史记·魏世家》。④终：最后。⑤与：亲附，亲近。⑥义：形容词用作名词，坚持正义。⑦速：招致。⑧却：动词的使动用法。⑨胜负之数，存亡之理：胜负存亡的命运。数，天数。理，命运。⑩下：名词用作动词，吞下。咽：咽喉。⑪日：名词用作状语，每天。月：名词作状语，每月。⑫以：而。⑬劫：胁迫，挟制。⑭于：比。⑮以：凭着。⑯故事：旧例。

【译文】

六国的灭亡，并不是（因为它们的）武器不锋利，仗打不好，弊病在于拿土地贿赂秦国。贿赂秦国，自己的实力就亏损，这是灭亡的原因。有人说："六国相继灭亡，都是因为它们贿赂秦国吗？"回答说："不贿赂秦国的国家由于贿赂秦国的国家而灭亡，因为不贿赂秦国的国家失去了其他国家强有力的援助，就不能单独保全。所以说弊病在于贿赂秦国。"

秦国在用战争夺取土地以外（还受到诸侯的贿赂），小的就获得邑镇，大的就获得城市。秦国受贿赂所得到的土地，比战争胜利取得的土地，实际多到百倍；六国诸侯（贿赂秦国）所丧失的土地，比战败所丧失的土地，实际也要多到百倍。那么秦国最大的欲望，六国诸侯最大的祸患，当然不在于战争。想想他们死去的祖辈父辈，冒着霜露，披荆斩棘，才有了一点儿土地。子孙对待土地却很不爱惜，都把土地送给别人，好像丢弃小草一样。今天割让五座城，明天割让十座城，然后才能得到一夜的安睡。第二天起来一看四周边境，秦国的军队又到了。既然如此，那么诸侯的土地有限，强暴的秦国的欲望没有满足，诸侯送给秦国的土地越多，秦国侵略诸侯就越急迫。所以，不用作战，谁强谁弱谁胜谁负已经确定了。六国最终灭亡，是理所当然的。古人说："用土地侍奉秦国，就好像抱柴救火，柴不烧完，火就不会灭。"这话说对了。

齐国不曾贿赂秦国，（可是）最终也随着五国灭亡了，

为什么呢？（是因为齐国）跟秦国交好而不帮助其他五国。五国已经灭亡了，齐国也就没法儿幸免了。燕国、赵国的君主，起初有远大的谋略，能够守住他们的国土，坚持正义而不贿赂秦国。所以燕国虽然是个小国却后灭亡，这就是用兵的功效。等到燕太子丹以派遣荆轲刺杀秦王作为对付秦国的策略，才招致祸患。赵国曾经与秦国交战五次，败了两次，胜了三次。后来秦国两次攻打赵国，李牧连续打退了秦国。等到李牧因为受诬陷而被杀害，赵国都城邯郸才变成秦国的一个郡，可惜赵国用武力抵抗却不能坚持到底。而且燕、赵两国正处在秦国把其他国家快要消灭干净的时候，可以说（它们的）智谋和力量都很单薄，战败了而亡国，确实是不得已的事。假使（韩、魏、楚）三国都爱护它们的国土，齐国不依附秦国。（燕国的）刺客不去（刺杀秦王），（赵国的）良将李牧还活着，那么胜败的命运，存亡的道理，假若与秦国相比较，也许还不容易判断（出高低来）。

唉！（如果六国诸侯）把贿赂秦国的土地封给天下的谋臣，用侍奉秦国的心来礼遇天下的奇才，齐心合力地向西（对付秦国），那么，我恐怕秦国人吃饭都咽不下的。真可悲可叹哪！有这样的有利形势，却被秦国积久的威势所胁迫，天天割地，月月割地，而走向灭亡。治理国家的人不要使自己被积久而成的威势所胁迫呀！

六国和秦国都是诸侯之国。六国的势力虽然比秦国弱，可是还有可以用不赂秦的手段战胜秦国的优势。假如我们凭仗着这样大的国家，而重蹈六国灭亡的老路，这就又在六国之下了。

辨奸论

事有必至，理有固然①。惟天下之静者，乃能见微而知著②。月晕而风③，础润而雨④，人人知之。人事之推移，理势之相因⑤，其疏阔而难知、变化而不可测者，孰与天地阴阳之事？而贤者有不知，其故何也？好恶乱其中，而利害夺其外也⑥。

昔者，山巨源见王衍⑦，曰："误天下苍生者，必此人也！"郭汾阳见卢杞，曰："此人得志，吾子孙无遗类矣！"自今而言之，其理固有可见者。以吾观之，王衍之为人，容貌言语，固有以欺世而盗名者，然不忮不求⑧，与物浮沉。使晋无惠帝，仅得中主⑨，虽衍百千，何从而乱天下乎？卢杞之奸，固足以败国，然而不学无文，容貌不足以动人，言语不足以眩世⑩，非德宗之鄙暗⑪，亦何从而用之？由是言之，二公之料二子，亦容有未必然也。

今有人，口诵孔、老之言，身履夷、齐之行，收召好名之士、不得志之人，相与造作言语，私立名字，以为颜渊、孟轲复出⑫，而阴贼险狠，与人异趣，是王衍、卢杞合而为一人也，其祸岂可胜言哉？夫面垢不忘洗，衣垢不忘浣⑬，此人之至情也。今也不然，衣臣虏之衣，食犬彘之食⑭，囚首丧面而谈诗书，此岂其情也哉？凡事之不近人情者，鲜不为大奸慝⑮。竖刁、易牙、开方是也！以盖世之名，而济其未形之患，虽有愿治之主，好贤之相，犹将举而用之。则其为天下患，必然而无疑者，非特二子之比也。

孙子曰："善用兵者，无赫赫之功。"使斯人而不用也，则吾言为过，而斯人有不遇之叹，孰知祸之至于此哉？不然，天下将被其祸⑯，而吾获知言之名，悲夫！

【注释】

①固：本来。②微：小，指苗头，迹象。著：明显。③月晕：指环绕月球的彩色光环或通过月球的白色光带。历来民间有"日晕三更雨，月晕午时风"的谚语。④础：柱子下的石墩。润：潮湿。⑤理势：中国哲学术语。理，法则。势，发展趋势。⑥夺：侵夺，这里有影响的意思。⑦山巨源：山涛，字巨源，西晋河内怀县（今河南武陟西南）人，喜老庄学说，为"竹林七贤"之一，曾任吏部尚书、太子少傅、右仆射等职。王衍：字夷甫，琅邪临沂（今属山东）人。以谈老庄为事，义理若有不安，随即更改，世号"口中雌黄"。晋惠帝时居宰辅之位，周旋诸王之间，唯求自全之计。东海王司马越死，众推其为元帅，全军为石勒所破，被杀。⑧忮（zhì）：忌恨，嫉妒。⑨中主：平庸的、一般的君主。⑩眩：通"炫"，迷惑，炫耀。⑪德宗：即李适（kuò），唐代皇帝，代宗子。⑫颜渊：孔子的弟子颜回，字子渊，故称颜渊，乐

道安贫，以德行著称。孟轲：即孟子，字子舆，战国时期邹国人。继承
孔子学说，兼言仁义。他认为人性本善，强调养心、存心等内心修养工
夫。宋元以后，地位日尊。⑬浣：洗。⑭彘：猪。⑮鲜：很少。奸慝
（tè）：大奸大恶。慝，邪恶。⑯被：遭受。

【译文】

　　事情的发展有必然如此的原因，情理有原本如此的根源。只有天下那
些心境静穆的人，才能够从细小的迹象中预知日后显著的结果。月亮四周
起晕，预示天要刮风；屋柱石墩返潮，表示天要下雨；这是人人都知道
的。至于世间人事的变化，情理形势的因果关系，它的抽象渺茫而难以理
解、千变万化而不可预测，怎能与天地阴阳之事相比呢？而即使贤能的人
对此也有不知道的，这是什么缘故呢？就因为爱好和憎恶扰乱了他的思
想，而利害得失又左右着他的行动啊。

　　从前，山涛见到王衍，说："将来给天下苍生带来灾难的，一定是这
个人！"汾阳王郭子仪见到卢杞，说："此人如果得志，我的子孙就会一
个也留不下来！"从今天来说，其中的道理固然可以预见一些。依我看
来，王衍的为人，不论是容貌还是谈吐，确实有欺世盗名的条件，然而
他不妒忌，不妄求，追随大流。假如晋朝不是惠帝当政，哪怕仅是一个
一般的君主，即使有成百上千个王衍，又怎么能扰乱天下呢？像卢杞那
样的奸臣，固然足够使国家败亡，然而此人不学无术，容貌不足以打动
别人，言谈不足够影响社会，如果不是遇到鄙陋昏庸的唐德宗，又怎能
受到重用呢？由此说来，山涛和郭子仪对王衍和卢杞的预料，也或许有
不完全正确的地方。

　　现在有个人，口中说着孔子、老子的话，自身履行着伯夷、叔齐的清
高行为，招纳了一批追求名声的读书人、郁郁不得志的人，共同制造舆
论，自我标榜，自以为是颜回、孟子再世，但实际上居心叵测，阴险狠
毒，与一般的人志趣不同，这真是把王衍、卢杞集合于一身了，酿成的灾

祸难道能够说得完吗？脸上脏了不忘洗脸，衣服脏了不忘洗衣，这是人之常情。现在却不是这样，他穿着罪犯的衣服，吃着猪狗般的食物，头发蓬乱像囚徒一样，满面灰尘像居丧一样，却大谈《诗》《书》，这难道合乎情理吗？凡是做事不近人情的，很少有不是大奸大恶的，竖刁、易牙、开方就是这样的人。这个人借助好名声，来掩盖还没有暴露的祸患，纵使有愿意治理好国家的皇帝，敬重贤才的宰相，还是会推举、任用这个人的。那么，他是天下的祸患就必定无疑了，这就不只是王、卢二人所能比得上的了。

　　孙子说："善于用兵的人，没有显赫的功勋。"假如这个人没有被重用，那么我的话说错了，而这个人就会发出不遇明主的慨叹，谁又能够知道灾祸会达到这种地步呢？假使不是这样的，（他受到了重用）天下将要遭受到他的祸害，而我会获得能见微知著、察言识人的美名，那可就太可悲了！

上欧阳内翰第一书

　　内翰执事：洵布衣穷居，尝窃有叹①。以为天下之人，不能皆贤，不能皆不肖②。故贤人君子之处于世，合必离，离必合。往者天子方有意于治③，而范公在相府，富公为枢密副使，执事与余公、蔡公为谏官，尹公驰骋上下④，用力于兵革之地。方是之时，天下之人，毛发丝粟之才，纷纷然而起，合而为一。

而洵也自度其愚鲁无用之身⑤，不足以自奋于其间，退而养其心，幸其道之将成，而可以复见于当世之贤人君子。不幸道未成，而范公西，富公北，执事与余公、蔡公分散四出，而尹公亦失势，奔走于小官。洵时在京师，亲见其事，忽忽仰天叹息⑥，以为斯人之去，而道虽成，不复足以为荣也⑦。既复自思，念往者众君子之进于朝，其始也，必有善人焉推之⑧；今也，亦必有小人焉间之⑨。今之世无复有善人也，则已矣！如其不然也，吾何忧焉？姑⑩养其心，使其道大有成而待之，何伤⑪？退而处十年，虽未敢自谓其道有成矣，然浩浩乎其胸中，若与曩者异⑫。而余公适亦有成功于南方，执事与蔡公复相继登于朝，富公复自外入为宰相，其势将复合为一。喜且自贺，以为道既已粗成，而果将有以发之也。既又反而思，其向之所慕望爱悦之而不得见之者⑬，盖有六人焉，今将往见之矣。而六人者已有范公、尹公二人亡焉，则又为之潸然出涕以悲⑭。呜呼！二人者不可复见矣，而所恃以慰此心者⑮，犹有四人也，则又以自解。思其止于四人也，则又汲汲欲一识其面⑯，以发其心之所欲言。而富公又为天子之宰相，远方寒士未可遽以言通于其前⑰，余公、蔡公远者又在万里外，独执事在朝廷间，而其位差不甚贵，可以叫呼扳援而闻之以言⑱。而饥寒衰老之病，又痼而留之⑲，使不克自至于执事之庭。夫以慕望爱悦其人之心，十年而不得见，而其人已死，如范公、尹公二人者，则四人之中，非其势不可遽以言通者，何可以不能自往而遽已也！

　　执事之文章，天下之人莫不知之，然窃自以为洵之知之特深，愈于天下之人⑳。何者？孟子之文，语约而意尽，不为巉刻斩绝之言㉑，而其锋不可犯。韩子之文，如长江大河，浑浩流转，鱼鼋蛟龙㉒，万怪惶惑，而抑遏蔽掩㉓，不使自露，而人望见其渊然之光，苍然之色，亦自畏避，不敢迫视㉔。执事之文，纡馀委备㉕，往复百折，而条达疏畅，无所间断。气尽语极，急言竭论，而容与闲易㉖，无艰难劳苦之态。此三者，皆断然自为一家之文也。惟李翱之文，其味黯然而长㉗，其光油然而幽，俯仰揖让，有执事之态。陆贽之文，遣言措意，切近得当，有执事之实。而执事之才，又自有过人者。盖执事之文，非孟子、韩子之文，而欧阳子之文也。夫乐道人之善而不为谄者，以其人诚足以当之也；彼不知者，则以为誉人以求其悦己也㉘。夫誉人以求其悦己，洵亦不为也，而其所以道执事光明盛大之德，而不自知止者，亦欲执事之知其知我也。

虽然，执事之名满于天下，虽不见其文，而固已知有欧阳子矣。而洵也不幸，堕在草野泥涂之中，而其知道之心㉙，又近而粗成。而欲徒手奉咫尺之书，自托于执事，将使执事何从而知之，何从而信之哉？洵少年不学，生二十五岁，始知读书，从士君子游。年既已晚，而又不遂刻意厉行㉚，以古人自期，而视与己同列者，皆不胜己，则遂以为可矣。其后困益甚，然后取古人之文而读之，始觉其出言用意，与己大异。时复内顾，自思其才，则又似夫不遂止于是而已者。由是尽烧曩时所为文数百篇，取《论语》《孟子》《韩子》及其他圣人、贤人之文，而兀然端坐㉛，终日以读之者，七八年矣。方其始也，入其中而惶然，博观于其外而骇然以惊。及其久也，读之益精，而其胸中豁然以明，若人之言固当然者，然犹未敢自出其言也。时既久，胸中之言日益多，不能自制，试出而书之。已而再三读之，浑浑乎觉其来之易矣。然犹未敢以为是也。近所为《洪范论》《史论》凡七篇，执事观其如何？噫嘻！区区而自言㉜，不知者又将以为自誉以求人之知己也。惟执事思其十年之心如是之不偶然也而察之。

【注释】

①窃：私下里，偷偷地。②不肖：不成材，不贤能。③方：正好，恰好。④驰骋：飞奔，奔跑，奔走。⑤愚鲁：愚钝鲁莽。⑥忽忽：迷糊，恍惚，形容失意的样子。⑦以为："以之为"的省略，把……当作。⑧推：推荐，举荐。⑨间：离间。⑩姑：姑且，暂且。⑪何伤：何妨，有什么妨碍。⑫曩（nǎng）者：以往，从前，过去的。⑬慕望：仰慕，景仰。⑭潜然：流泪的样子。⑮恃：凭借，倚仗。⑯汲汲：形容急切的样子。⑰遽：立刻，马上。⑱扳（pān）援：援引，牵引，挽起。⑲痼：经久难治愈的。⑳愈：胜过，超过。㉑巉刻斩绝：犹言尖刻阴毒。巉（chán）刻，原义为高峻，此处转义为尖刻。㉒鼋（yuán）：大鳖。㉓遏：遏制，制止。㉔迫视：靠近正视。㉕纡馀委备：婉转回旋有余且委曲详备。形容文章写得非常婉转、曲折。㉖容与闲易：闲适而平

易。㉗黯然：淡泊。㉘誉：赞誉，夸奖。㉙道：道德修养。㉚厉行：严厉执行，严格去做。㉛兀然端坐：形容端正而恭敬地坐着，正襟危坐。㉜区区：形容小的，不重要的。

【译文】

内翰执事：我本是平民百姓，生活贫困，常常私下里感叹。我觉得天下的人，不可能都是贤才，也不可能都不肖。所以正直的君子活在世上，有聚合就一定有分离，有分离就一定有聚合。过去天子正当有意于统治国家、治理天下的时候，范公（范仲淹）在宰相府，富公（富弼）当枢密副使，执事您与余公（余靖）、蔡公（蔡襄）任谏官，尹公（尹洙）在朝廷上上下奔走，在战场上效力。在那个时候，天下的人，哪怕仅有一点儿才能，也纷纷地起来，聚合在一起为朝廷出力。而我苏洵自认为一己的愚笨无用，没有能力自我奋起，参与到众人之间，所以退下来修养身心，希望大道将会成功，从而可以再次见到当代的贤人、君子们。不幸的是道德学问未修成，而范公就被贬谪到西边，富公被贬谪到北边，您和余公、蔡公被贬到各地，而尹公也失去了权势，为小官的事务奔忙。我那时正在京中，亲眼见到了这些事情，神情恍惚，经常仰天叹息，认为你们已经离开了，即使道德学问有所成，也不足以为之庆幸。进而我又想，过去众位君子进入朝廷，一开始，必然是有好人推荐的；现如今，又必然是有坏人离间的。当今世上再也没有好人，那也就罢了！如果不是这样，我担忧什么呢？暂且修好我的心性，使自己道德学问有所成，等待任用的日子，又有什么妨碍呢？退下来又过了十年，虽不敢说道德修养已有所成，但是胸中自有一股浩浩荡荡之气，好像与过去不一样了。而余公正好在南方有所成功，执事您和蔡公又相继登上了朝廷，富公又从外任调入朝廷当宰相，这样的形势又可合成一股力量了。这一切真让人高兴而忍不住庆贺，我觉得道德学问已经略有所成，并且真的将有施展的机会了。接着我又回过头想，过去仰慕爱戴但始终未能见他们的真实面目的人，大约有六位，现在将有机会去见见他们了。而这六位之中，范公、尹公两位已经不在人世，我禁不住为他两位潸然泪下，心中感到悲伤。唉！这两位已经再也见不到了，然而尚且可以宽慰我心的是，还有四位在世，则又真的可以宽慰自己。我一想到只剩四位了，就又急切得想见他们一面，以便把心里所想说的话都向他们表达出来，而富公又出任了天子的宰相，边远地方的贫寒之士，没能立刻在他面前说上话；而余公、蔡公，远的还在万里之外，只有执事您身在朝廷，您的地位还不是最高贵的，正可以叫得应，拉得着，听得见我要说的话。但是限于饥寒与衰老等病，又经久难以痊愈，使自己滞留不前，让我不能亲自去您的府邸拜谒您。（我）心中一直怀着对这几位的渴慕盼望爱戴喜悦的心情，然而十年不得一见，他们有的已不在人世了，像范公、尹公二位；剩下四位之中，不是因为他的威势就不能够互通说话，又怎么可以因为不能亲自前往拜谒而就停止不去呢！

您的文章，天下人没有谁不知道。但我私下自己认为我了解得特别深刻，胜过天下其他人。为什么这样说？孟子的文章，言简意赅，他不说尖刻与断然决然的文辞，然而话的锋芒却谁也不敢冒犯。韩愈的文章，就好像长江黄河，浩浩荡荡奔流婉转，像是鱼鳖蛟龙，万种怪异令人惶惑惊恐，却能遏制隐蔽而掩藏起来，不让它们显露在外，而人们远远望见它们深幽的光芒，苍茫的色彩，也就都自我惶恐而躲开它们，不敢靠近并正视它们。而您的文章，委婉详备，回环往复富有变化，但条理清晰明畅，疏阔而畅适，无间隔，不折断，气势极大而语言净尽，急切的言辞与高妙的阐发，说来却恬淡而平易，从没有苦于费神的表现。上述这三点，都足以确定您是自成一家的。只有李翱的文章，其味道淡泊而隽永，其光彩油然而幽静，高低谦让，颇有您的姿态。陆贽的文章，用词与达意，贴近事理，准确而恰当，颇近您的切实风格。而您的才华，又有超过别人的地方。大致您的文章，不是孟子、韩愈的文章，而是您欧阳子的文章。喜欢去赞扬人的善良而不向别人谄媚，是因为他的为人确实经得起这样的赞颂；那些不了解内情的人，则认为赞誉别人的人是为了让别人喜欢自己。赞誉人以求人喜欢的事，我也不会那么做；之所以要称道您光明磊落的道德，而不能自我控制，也是为了想让您明白我对您是很了解的。

尽管这样，您的大名早已经被天下人所共知，即使没读过您的文章的人，也都早就知道有个欧阳修了。而我却不幸，沦落在草野荒凉的地方，而自己的道德修养，最近略有所成。想空手奉上还不到一尺的书信，把自己托付给您，我该怎么能让您了解我，并相信我呢？我少年的时候不学无术，到了二十五岁才知道读书，与一些有学问的人交往。年龄既已老大了，却又不去刻意严厉付诸行动，期望自己效仿古人，但看到和自己同列的等辈，又都不如自己，于是觉得自己可以了。后来穷困得更加严重，就拿古人的文章来读，开始觉得古人所发的言论，与自己的有很大的不同。当时再回头来看看自己，思量自己有多少才能，就又觉得好像不应该停留在这样的水平上。因此烧光了以前写的几百篇文章，取出《论语》《孟子》《韩子》及其他圣人、贤人的文章，一动不动地端坐在那里，整天阅读这些文章，就这样过了七八年。刚开始，读进去只觉惶惶然，广博地观览于其外，则又害怕得惊叫起来。等到时间长了，读得更加精通，而我的胸中也豁然开朗起来，似乎觉得人的言论本来就应该这样，然而，就是这样也还不敢写出我想要说的话。时间更久了，胸中想说的话更多了，不能克制自己，便试着把它们写出来。以后又一而再再而三地读它们，只觉得文思泉涌，好像写出来是很容易的，然而还不敢自以为是。近来所写的《洪范论》《史论》总共七篇，您看怎么样？唉！我一个小人物这样自我介绍，不了解内情的人，又会以为我是在自卖自夸，用来求得别人的赏识。我只是希望您能理解我多年来的苦心，像我这样做绝不是偶然的，愿您察明我的心意。

张益州画像记

至和元年秋，蜀人传言，有寇至边，边军夜呼，野无居人。妖言流闻，京师震惊。方命择帅，天子曰："毋养乱，毋助变。众言朋兴①，朕志自定，外乱不足，变且中起。既不可以文令，又不可以武竞，惟朕一二大吏。孰为能处兹文武之间，其命往抚朕师。"乃推曰："张公方平其人。"天子曰："然。"公以亲辞。不可，遂行。冬十一月至蜀。至之日，归屯军，撤守备，使谓郡县："寇来在吾，无尔劳苦。"明年正月朔旦②，蜀人相庆如他日，遂以无事。又明年正月，相告留公像于净众寺，公不能禁。

眉阳苏洵言于众曰："未乱易治也，既乱易治也。有乱之萌，无乱之形，是谓将乱。将乱难治。不可以有乱急，亦不可以无乱弛。惟是元年之秋，如器之欹③，未坠于地。惟尔张公，安坐于其旁，颜色不变，徐起而正之。既正，油然而退，无矜容。为天子牧小民不倦，惟尔张公。尔繄以生④，惟尔父母。且公尝为我言：'民无常性，惟上所待。人皆曰蜀人多变，于是待之以待盗贼之意，而绳之以绳盗贼之法。重足屏息之民⑤，而以砧斧令⑥，于是民始忍以其父母妻子之所仰赖之身，而弃之于盗贼，故每每大乱。夫约之以礼，驱之以法，惟蜀人为易。至于急之而生变，虽齐鲁亦然。吾以齐鲁待蜀人，而蜀人亦自以齐鲁之人待其身。若夫肆意于法律之外，以威劫齐民⑦，吾不忍为也！'呜呼！爱蜀人之深，待蜀人之厚，自公而前，吾未始见也。"皆再拜稽首曰："然。"

苏洵又曰："公之恩在尔心，尔死，在尔子孙。其功业在史官，无以像为也。且公意不欲，如何？"皆曰："公则何事于斯？虽然，于我心有不释焉。今夫平居闻一善，必问其人之姓名，与其邻里之所在，以至于其长短大小美恶之状；甚者，或诘其平生所嗜好，以想见其为人，而史官亦书之于其传。意使天下之人，思之于心，则存之于目，存之于目，故其思之于心也固。由此观之，像亦不为无助。"苏洵无以诘，遂为之记。

公，南京人，为人慷慨有大节，以度量雄

天下。天下有大事，公可属⑧。系之以诗曰：

天子在祚⑨，岁在甲午。西人传言，有寇在垣⑩。庭有武臣，谋夫如云。天子曰嘻，命我张公。公来自东，旗纛舒舒。西人聚观，于巷于涂⑪。谓公暨暨⑫，公来于于⑬。公谓西人："安尔室家，无敢或讹。讹言不祥，往即尔常。春尔条桑，秋尔涤场。"西人稽首，公我父兄。公在西囿⑭，草木骈骈⑮。公宴其僚，伐鼓渊渊。西人来观，祝公万年。有女娟娟，闺闼闲闲。有童哇哇，亦既能言。昔公未来，期汝弃捐。禾麻芃芃⑯，仓庾崇崇⑰。嗟我妇子，乐此岁丰。公在朝廷，天子股肱。天子曰归，公敢不承。作堂严严，有庑有庭。公像在中，朝服冠缨。西人相告，无敢逸荒。公归京师，公像在堂。

【注释】

①朋：成群。②正月朔旦：农历元旦。③欹：倾斜。④繄（yī）：惟，是。⑤重足：叠足而立，形容非常畏惧，不敢稍微移动。屏息：不敢出大气。⑥砧（zhēn）：古代腰斩时用的垫板。⑦齐民：平民。⑧属：通"嘱"，嘱咐，依靠。⑨祚：皇位。⑩垣：墙，此处引申为边境。⑪涂：通"途"，路的意思。⑫暨暨：果敢坚决的样子。⑬于于：

行动舒缓自得的样子。⑭囿：园林。⑮骈骈：繁茂的样子。⑯芃芃：茂密繁盛的样子。⑰庾：露天的谷仓。

【译文】

宗仁宗至和元年秋天，四川一带人传说，敌冦将要侵犯边界，驻边军士夜里惊呼，四野百姓全都逃光了。谣言流传，京城上下大为震惊。正准备命令选派将帅，天子说："不要酿成祸乱，不要助成事变。虽然众人传说纷起，但我的主意已定，外患不一定会酿成，事变却会从内部兴起。这事既不可一味用文教感化，又不可以一味用武力解决，只需要我的一两个大臣去妥善处理。谁能够处理好这既需文治又需武治的事情，我就派他去安抚我的军队。"于是众人推荐说："张方平就是这样的人。"皇帝说："行！"张公以侍奉父母为理由推辞。皇帝不同意，他就出发了。冬天十一月他到达蜀地。到达的那一天，他就命令边防驻军撤回原地，撤除守备的设施，并派人遍告各郡县的长官："敌寇来了有我对付，不用劳累你们。"第二年正月初一，大家像往常一样庆贺节日，蜀地从此平安无事。又过了一年，正月，大家互相商量要把张公的画像挂在净众寺。张公不能禁止。

眉阳人苏洵对大家说："没乱容易治理，已乱也容易治理。有乱的萌芽，而乱事又还没有发生，这叫作将乱。将乱最难治理。不能因有乱的萌芽就操之过急，又不能因乱事还没有发生而放松警惕。至和元年的秋天，蜀地的形势就像器物已经倾斜，只是还没有掉到地上一样。唯有你们的张公，安然坐在一旁，神色不变，从容地起来扶正它。扶正后，又从容地退去，没有一点儿骄矜的神色。为皇帝管理百姓不倦怠，只有你们的张公。你们靠他生存下来，他就是你们的父母。而且张公曾对我说：'百姓没有固定的性情，只看执政者怎样对待他们。人们都说蜀人常常作乱，于是就用对待盗贼的态度去对待他们，用管束盗贼的法令去管束他们。胆小怕事的百姓，却用砍头的刑法去威胁号令他们，于是百姓才忍心抛开依赖自己生活的父母妻子，投身做盗贼，所以才常常发生变乱。倘若以礼义来约束他们，用法律来差使他们，那么只有蜀人是最容易管理的。至于逼急他们而使他们发生变乱，那么即使是齐鲁的百姓也会如此的。我用对待齐鲁百姓的方法对待蜀人，那么蜀人也会把自己当成齐鲁之人。假如任意胡来不按法律，用淫威胁迫平民，我是不愿干的！'啊！爱惜蜀人如此深切，对待蜀人如此厚道，在张公之前，我还未曾见过。"大家听了，一齐重新行礼，并说："是这样的。"

苏洵又说："张公的恩情，记在你们心中，你们死了，记在你们子孙心里。他的功劳业绩载在史官的史册上，不用画像了。而且张公自己又不愿意，如何是好？"众人都说："张公怎么会关心这事？虽然如此，我们心里总觉不安。如今常常听说有人做了件好事，一定要问问那人的姓名，以及他的家乡在哪里，还要问问他身材的高矮、年龄的大小、相貌的美丑；有的甚至还问到他平生的爱好，是为了更好地推测他的人品，史官也把这些写进他的传记。意思是想让天下的人，在心里常思念他，就像他活在眼前一样。总觉得他还活在眼前，所以心中对他的思念也就更永久牢固。由此看来，画像也不是没有意义。"苏洵听了，无法答对，就为他们写了这篇画像记。

张公是南京人，为人意气昂扬，有高尚的节操，以雅量高致闻名天下。国家有重大事情，张公是可以托付的。末了以诗作结，写道：

仁宗皇帝在位，正是甲午那年。蜀人纷纷谣传，说有敌寇侵边。朝廷拥有武将，谋臣多得如云。天子却说好吧，委派我的张公。张公来自东方，大旗舒卷飘扬。蜀人聚集围观，街巷道途塞满。称公威武刚毅，行动从容镇静。张公告诉蜀人："安心住在家里，不要听信谣言。谣言最不吉祥，生活一切照常。春天采桑养蚕，秋天扫清禾场。"蜀人叩头称颂，张公如同父兄。张公游于西园，草木生长茂盛。张公宴请僚属，鼓声平和从容。蜀人前来观看，祝公长寿万年。美女安居闺房，多么自在悠闲。哇哇啼哭的婴儿，如今已会说话。从前张公没来，料定会被丢弃。如今庄稼茂盛，仓库堆满米粮。可感我们妇人和孩子，欢快地庆祝丰年。张公从前在朝，是皇帝的辅佐大臣。皇帝召他回朝，张公敢不从命。建座庄严的殿堂，有走廊又有庭院。公像挂在厅堂，穿着朝服系着冠带。蜀人互相告诫，往后不再荒疏惰怠。张公已回京城，公像永留殿堂。

《读·品·悟》

俗话说，一方水土养一方人。因此，为官之道之一，就是治理不同的地方，应采取不同的策略。但不论策略如何变化，都应以尊重和爱护百姓为宗旨。一旦脱离了这一宗旨，不仅无法成为一方"父母官"，让老百姓心服口服，反而会越治越乱。

管仲论

管仲相桓公①，霸诸侯，攘夷狄，终其身齐国富强，诸侯不敢叛。管仲死，竖刁、易牙、开方用②，桓公薨于乱，五公子争立，其祸蔓延，讫简公，齐无宁岁。

夫功之成，非成于成之日，盖必有所由起；祸之作，不作于作之日，亦必有所由兆。故齐之治也，吾不曰管仲，而曰鲍叔③；及其乱也，吾不曰竖刁、易牙、开方，而曰管仲。何则？竖刁、易牙、开方三子，彼固乱人国者，顾其用之者，桓公也。夫有舜而后知放四凶，有仲尼而后知去少正卯。彼桓公何人也？

顾其使桓公得用三子者，管仲也。仲之疾也，公问之相。当是时也，吾意以仲且举天下之贤者以对。而其言乃不过曰"竖刁、易牙、开方三子非人情，不可近"而已。

　　呜呼！仲以为桓公果能不用三子矣乎？仲与桓公处几年矣，亦知桓公之为人矣乎？桓公声不绝于耳，色不绝于目，而非三子者，则无以遂其欲。彼其初之所以不用者，徒以有仲焉耳。一日无仲，则三子者，可以弹冠而相庆矣④。仲以为将死之言，可以絷桓公之手足邪⑤？夫齐国不患有三子，而患无仲；有仲，则三子者，三匹夫耳。不然，天下岂少三子之徒哉？虽桓公幸而听仲，诛此三人，而其余者，仲能悉数而去之邪？呜呼！仲可谓不知本者矣。因桓公之问，举天下之贤者以自代，则仲虽死，而齐国未为无仲也。夫何患三子者？不言可也。

　　五伯莫盛于桓、文⑥，文公之才，不过桓公，其臣又皆不及仲。灵公之虐，不如孝公之宽厚。文公死，诸侯不敢叛晋，晋袭文公之余威，犹得为诸侯之盟主百余年。何者？其君虽不肖，而尚有老成人焉⑦。桓公之薨也，一乱涂地，无惑也！彼独恃一管仲，而仲则死矣。

夫天下未尝无贤者，盖有臣而无君者矣。桓公在焉，而曰天下不复有管仲者，吾不信也。仲之书⑧有记其将死论鲍叔、宾胥无之为人，且各疏其短⑨。是其心以为数子者，皆不足以托国。而又逆知其将死⑩。则其书诞谩不足信也。吾观史鳅⑪，以不能进蘧伯玉而退弥子瑕，故有身后之谏；萧何且死⑫，举曹参以自代⑬。大臣之用心，固宜如此也！夫国以一人兴，以一人亡。贤者不悲其身之死⑭，而忧其国之衰。故必复有贤者，而后可以死。彼管仲者，何以死哉⑮？

【注释】

①管仲：管夷吾，春秋时齐国人。桓公：即齐桓公。宋朝人避讳宋钦宗的名字（赵桓），因此改"桓"为"威"。②竖刁：齐桓公的近臣，他为了接近桓公，自己阉割自己。管仲死后，他伙同易牙、开方专权。易牙：也是桓公的近臣。开方：本是卫国公子，到齐国为臣。③鲍叔：鲍叔牙，春秋时齐国大夫，以知人著称。④冠：帽子。⑤絷（zhí）：拴，捆，拘禁。⑥五伯：春秋时期诸侯中的五霸。⑦成人：德才兼备的人，尤言完人。⑧仲之书：即《管子》。⑨疏：列出。⑩逆知：这里是预先知道的意思。⑪史鳅：人名。鳅，春秋时卫国大夫，字子鱼，亦称史鱼。⑫且：快，将要。⑬自代：即代自，代替自己的意思。⑭悲其身之死：为自己的

死亡感到悲伤。⑮何以：即是以何，为什么。

【译文】

管仲做齐桓公的宰相，称霸诸侯，抵御夷狄，在他的一生里，齐国经济富裕，兵力强盛，诸侯不敢反叛。管仲死后，竖刁、易牙、开方被任用，桓公在内乱中死去，五个公子争夺君位。这祸殃蔓延开来，一直到齐简公的时侯，齐国没有一个安宁的年份。

功业的完成，不是成功于完成之日，必然由一定的因素引起；祸乱的发生，不是发作于作乱之时，也必有其根源、先兆。因此，齐国的安定强盛，我不说是由于管仲，而说是由于鲍叔，至于齐国的祸乱，我不说是由于竖刁、易牙、开方，而说是由于管仲。为什么这样说呢？因为竖刁、易牙、开方三个，他们固然是扰乱别人国家的人，但任用他们的是桓公啊。有了虞舜，然后才知道放逐四凶；有了孔子，然后才知道除掉少正卯。那桓公是什么样的人呢？但是使桓公能够用这三个人的，是管仲啊。管仲病重时，桓公问他谁可以当宰相。就在这个时候，我以为管仲将要荐举天下的贤人来回答桓公，可是他的话却不过是说"竖刁、易牙、开方三人违反人情，不能亲近"罢了。

唉！管仲以为齐桓公真的不会任用这三个人吗？管仲和齐桓公相处好多年了，也应该知道齐桓公的为人了吧？齐桓公喜欢声乐（音乐从不在耳边停止）、美色（美色从不在眼前消失），如果没有这三个人，齐桓公的欲望就实现不了。他之所以起初没有任用他们，只是因为有管仲在。哪一天管仲死了，这三个人就可以弹冠相庆了。管仲以为临死的话可以规范齐桓公的行为吗？齐国不怕有这三个人，怕的是没有了管仲；管仲在，这三个人，就是三个匹夫而已。否则，天下难道还缺少这三种人吗？就算齐桓公听从了管仲的话，杀了这三个人，但是其余的人，管仲能够全部铲除吗？唉！管仲真是不懂得治国的根本哪。趁着齐桓公的询问，推荐天下的贤人来代替自己，就算管仲死了，而齐国依然还有和管仲一样的人在。还担心那三个人做什么？不向齐桓公说都没事。

五霸中没有比齐桓公、晋文公再强的了。晋文公的才能比不上齐桓公，他的大臣也都赶不上管仲。晋灵公暴虐，不如齐孝公宽厚。可是晋文公死后，诸侯不敢背叛晋国，晋国沿袭晋文公的余威，还能够在一百多年的时间里充当诸侯的盟主。为什么呢？因为它的君主虽然不贤，可是还有老成人在呢。桓公死后，齐国一败涂地，这是一点儿也不奇怪的！它仅仅依靠一个管仲，可是管仲却已经死了。

天下并不是没有贤能的人，然而虽有好的臣子，却没有能够任用他们的君主哇。桓公在世的时候，竟说天下不再有管仲一样的人才，这样的话，我不相信。管仲的书里有记载他将死时论及鲍叔牙、宾胥无的为人，并列出他们各自的短处。这是他心中认为这几个人都不能托以国家重任。而且（他的书中）预料自己将死。这部书实在是荒诞，不值得相信。我看史鳅，因为不能进用蘧伯玉、去掉弥子瑕，所以才在死后用尸首劝谏；萧何快要死了，推荐曹参来取代自己。大臣的用心，本来就应当这样啊！国家往往因一个人兴盛，因一个人灭亡。贤人不为自己的死亡感到悲伤，却担忧国家的衰败。所以一定要在生前找到贤人接班，然后才能死去。那管仲，为什么死掉呢？

传统文化小知识

无为而治

"无为而治"是道家的政治主张，是由老子首先提出来的。老子主要强调的是顺应自然，他认为自然统率着万事万物，人是不可违背自然的，让事物按照自身的必然性自由地发展，使其处于符合道的自然状态，它就能健康地发展。当然，"无为"并不是说什么都不做，而是不妄为，不随意而为，不违反自然规律而为。

木假山记

　　木之生，或蘖而殇①，或拱而夭②；幸而至于任为栋梁，则伐；不幸而为风之所拔，水之所漂，或破折，或腐；幸而得不破折，不腐，则为人之所材，而有斧斤之患③。其最幸者，漂沉汩没于湍沙之间④，不知其几百年，而激射啮食之馀，或仿佛于山者，则为好事者取去，强之以为山，然后可以脱泥沙而远斧斤。而荒江之濆⑤，如此者几何，不为好事者所见，而为樵夫野人所薪者⑥，何可胜数？则其最幸者之中，又有不幸者焉。

　　予家有三峰。予每思之，则疑其有数存乎其间⑦。且其蘖而不殇，拱而不夭，任为栋梁而不伐，风拔水漂而不破折，不腐，不破折，不腐，而不为人之所材，以及于斧斤，出于湍沙之间，而不为樵夫野人之所薪，而后得至乎此，则其理似不偶然也。

　　然予之爱之，则非徒爱其似山，而又有所感焉；非徒爱之，而又有所敬焉。予见中峰，魁岸踞肆⑧，意气端重，若有以服其旁之二峰⑨。二峰者，庄栗刻峭⑩，凛乎不可犯，虽其势服于中峰，而岌然决无阿附意⑪。吁！其可敬也夫！其可以有所感也夫！

【注释】

①或甘蘖（niè）而殇：有的刚发芽就死掉了。或，有的。蘖，树木的嫩芽。殇，未成年而死。②拱（gǒng）：指两手合围那么粗。夭：砍伐，摧折。③斧斤之患：指树木被砍伐的祸害。斤，斧头。④汩（gǔ）没：沉没，埋没。湍（tuān）：急流。⑤濆（fén）：水边。⑥野人：村野之人，农民。⑦数（shù）：指非人力所能及的偶然因素，旧时常把它作为"运数""命运"的代名词。⑧魁岸：强壮高大的样子。踞肆：傲慢放肆，这里形容"中峰"神态高傲舒展。⑨服：佩服，这里用为使动，使……佩服。⑩庄栗刻峭：庄重坚实而又高峻陡险的样子。庄，端庄，严肃。栗，坚实。刻峭：形容地势陡险。⑪岌（jí）然：高耸的样子。阿附：曲从依附。

【译文】

树木的生长，有刚长出芽便死了的，有长到两手合抱而死了的；有幸而长成可以用作栋梁的，就被伐去；不幸而被大风拔起，被洪水冲走漂流，有的折断了，有的腐烂了；幸而能够没有折断，没有腐烂，那么就会被人当作木料，于是遭受到斧头砍伐的灾祸。其中最幸运的，在急流和泥沙之中漂流沉埋，不知道经过几百年时光，在水冲虫蛀之后，有形状好似山峰一样的，就被好事的人拿走，加工做成木假山，从此以后它就可以脱离泥沙并避免斧砍刀削的灾难了。可是，在荒野的江边，像这样形状似山峰的树木有多少哇，不被好事的人看到，却被打柴的、种田的当了木柴，哪里能数得完呢？这样看来，在这最幸运的树木中，又有许多不幸的了。

　　我家有一座三个峰头的木假山。我常常想它们曲折的经历，就猜疑在这中间似乎有命运在起作用。况且，它在发芽抽条时没有死，长到两手合抱却没有夭折，可用作栋梁而没有被砍伐，没有被风拔起，在水中漂浮而没有折断，没有腐烂，不折断，不腐烂，也未被人当作材料，以至于遭受斧头的砍伐，从急流泥沙之中出来，却没有被打柴的、种田的当了木柴，然后才能来到这里，那么这里面的理数似乎不是偶然的巧合。

　　然而我喜爱木假山，不只喜爱它们形似山峰，而是还有感慨寄寓其间；不仅喜爱它，而且对它们有所钦佩。我看到中峰，魁梧奇伟，居高临下，意态气概端正庄重，好像有什么办法使它旁边二峰倾服似的。旁边的两座山峰，庄重谨慎，峻峭挺拔，气概威严，凛然不可侵犯，虽然它们所处的地位是服从于中峰的，但那高耸挺立的样子，绝然没有丝毫奉迎依附的意思。啊！它们多么令人敬佩呀！它们多么令人感慨呀！

送石昌言使北引

　　昌言举进士时，吾始数岁①，未学也。忆与群儿戏先府君侧②，昌言从旁取枣栗啖我③。家居相近，又以亲戚故，甚狎④。昌言举进士，日有名。吾后渐长，亦稍知读书，学句读、属对、声律，未成而废⑤。昌言闻吾废学，虽不言，察其意，甚恨⑥。后十余年，昌言及第第四人，守官四方，不相闻。吾日益壮大，乃能感悔⑦，摧折复学⑧。又数年，游京师，见昌言长安，相与劳苦，如平生欢。出文十数首，昌言甚喜称善。吾晚学无师，虽日当文，中甚自惭。及闻昌言说⑨，乃颇自喜。今十余年，又来京师，而昌言官两制，乃为天子出使万里外强悍不屈之虏庭，建大旆⑩，从骑数百，送车千乘，出都门，意气慨然⑪。自思为儿时，见昌言先府君旁，安知其至此⑫？富贵不足怪，吾于昌言独有感也！大丈夫生不为将，得为使，折冲口舌之间⑬，足矣。

往年彭任从富公使还，为我言曰："既出境，宿驿亭。闻介马数万骑驰过，剑槊相摩⑭，终夜有声，从者怛然失色⑮。及明，视道上马迹，尚心掉不自禁。"凡虏所以夸耀中国者，多此类。中国之人不测也，故或至于震惧而失辞，以为夷狄笑。呜呼！何其不思之甚也！昔者奉春君使冒顿⑯，壮士健马皆匿不见，是以有平城之役。今之匈奴，吾知其无能为也。孟子曰："说大人，则藐之⑰。"况与夷狄！请以为赠。

【注释】

①始：才，刚刚。②先府君：对已故父亲的尊称。③啖：吃，此处为使

动用法。④狎：亲近，亲密。⑤废：荒废，停止。⑥恨：遗憾。⑦乃：才。
⑧摧折：摧毁，折断，此处指痛改前非。⑨及：等到。⑩大斾（pèi）：
一种末端呈燕尾状的大旗。⑪慨然：感情激昂貌。⑫安：怎么。⑬折
冲：使敌方的战车折返，意谓抵御、击退敌人。⑭摩：擦，蹭，接触。
⑮怛然：吃惊的样子。⑯冒顿（mò dú）：汉初匈奴族一个单于的名字。
⑰藐：藐视，看不起。

【译文】

　　昌言参加进士考试的时候，我才刚刚几岁，还没开始学习。回忆当
年我跟一群孩子在先父身边嬉戏玩耍，昌言在旁边拿来枣、栗子给我
吃。我们两家住得很近，又因为是亲戚，所以彼此十分亲近。昌言参加
进士考试，一天比一天有名。后来我渐渐长大，也略微知道要读书，学
习断句、对对子、四声格律，结果没有学成就荒废了。昌言听说我放弃
了学习，虽然没有说我什么，而察看他的意思，他是十分遗憾的。后来
过了十多年，昌言考取了进士，考了第四名，便四处去做官，我们之间
也就没了音讯。我渐渐地长大，才渐渐能够感到后悔了，于是痛改前非
再次学习。又过了几年，我游历京城，在汴京遇见了昌言，我们互相问
候，诉说平生以来的欢乐。我拿出十多篇文章，昌言看了很高兴，并且

夸我文章写得好。我开始学习晚，又没有老师指导，虽然天天练习写文章，但心中还是很自惭形秽。等听到昌言的话后，我于是很高兴。到现在又十多年过去了，我又来到了京城，而昌言已经任两制的官职，他作为朝廷使者，要出使到万里以外的那些强悍不屈服的契丹朝廷，要树立大旌旗，跟随的骑士多达几百人，送行的车辆有上千辆，走出京城大门，情绪慷慨激昂。我暗自回想小时候，见到昌言在先父身旁，那时怎么会料想到他会走到这一步呢？一个人富贵起来并不值得奇怪，而我对昌言的富贵特别有感触哇！大丈夫活着不去当将军，能够当名使者，用口舌辞令在外交上战胜敌人，也已经足够了。

前些年彭任跟随富弼公出使契丹回来，曾对我说："出了国境之后，住宿在驿亭。听到披甲战马几万骑飞驰而过，宝剑和长矛互相撞击发出声音，整夜都不停止，跟随的使臣惊慌失色。等到天亮了，看见道路上的马蹄印，心中的惊慌还很难平息。"大凡契丹用来向中原炫耀武力的手段，大多都是这类情况。中原去的使者没有猜透他们的用意，因而有的人甚至震惊害怕到说不出话来，让外族人嗤笑。唉！这是多么没有思考力呀！古代奉春君刘敬出使去见冒顿，壮士大马都藏起来不让看见，因此才有平城的战役。现在的匈奴（契丹），我是深知他们没有什么能力有所作为的。孟子说："面对诸侯国君谈话，就要藐视他。"更何况对待外族呢！请把上述的话当作临别赠言吧。

名二子说

　　轮、辐、盖、轸①，皆有职乎车②；而轼独若无所为者③。虽然④，去轼，则吾未见其为完车也。轼乎，吾惧汝之不外饰也。天下之车莫不由辙⑤，而言车之功者，辙不与焉。虽然，车仆马毙⑥，而患亦不及辙。是辙者，善处乎祸福之间也。辙乎，吾知免矣。

【注释】

①辐：车辐，轮中的直木，用来支撑车轮。盖：车盖。轸（zhěn）：车箱底部后面的横木。②职：职责，作用。③轼：车前的横木。④虽然：虽然这样。⑤辙：车走过的印迹。⑥仆：仆倒，倾覆。

【译文】

不管是车轮、车辐、车盖还是车后面的横木，它们对于车子都是有作用的，然而只有车前的横木用处不大。虽然这样，但是如果去掉车子前面的横木，我不认为这是一辆完整的车。车前的横木哇，我很担心你这样不注重自己的外在表现。天下的车没有不留下车辙的，然而人们往往说的都是车的功劳，辙和这些功劳是没有任何关系的。虽然这样，可是一旦车子发生了翻倒的祸患，马倒毙在地，而这个祸患是不会波及车辙的。这就是辙，在祸与福之间能够处理得很好。辙呀，我知道你可以给自身免除祸害的。

传统文化小知识

三教九流

"三教"指儒教、道教、佛教。"九流"最早出现在《汉书·艺文志》中，指儒家、道家、阴阳家、法家、名家、墨家、纵横家、杂家、农家。后来"三教九流"泛称宗教、学术上的各种流派或江湖上各种行业的人。

曾 巩

曾巩（1019年—1083年），字子固，南丰（今属江西）人，嘉祐二年（1057年）进士。北宋政治家、散文家，"唐宋八大家"之一，为"南丰七曾"（曾巩、曾肇、曾布、曾纡、曾纮、曾协、曾敦）之一。在学术思想和文学事业上贡献卓越。历任馆阁校勘、集贤校理、实录检讨官，官至中书舍人。

曾巩天资聪慧，记忆力非常强，幼时读诗书，脱口能吟诵，史称巩"十二岁能文，语已惊人"。十八岁时，赴京赶考，与随父在京的王安石相识，并结成挚友。二十岁入太学，上书欧阳修并献《时务策》。欧阳修见其文笔独特，非常赏识。他完全接受了欧阳修先道而后文的古文创作主张，而且比欧阳修更着重于道。因此，曾巩的散文在"唐宋八大家"中是情致和文采都较少的一家。但他的文章擅长议论，他的政论文语言质朴，立论精辟，说理曲折尽意，如《寄欧阳舍人书》《赠黎安二生序》《王平甫文集序》等都纡徐委备，近似欧阳修文。记叙文亦常多议论，如《宜黄县县学记》《墨池记》都于记叙中纵谈古今。曾巩亦能诗，今存诗四百余首，以七绝成就较高，但为文所掩，不大受人重视。

熙宁五年（1072年）后，他历任齐州、襄州、洪州等知州，为政廉洁奉公，勤于政事，关心民生疾苦。他根据王安石的新法宗旨，结合实际情况加以实施，致力于平反冤狱、打击豪强、救灾防疫、疏河架桥、废除苛捐杂税等，深受群众拥戴。元丰三年（1080年），改任沧州（今属河北省）知州，途经京城开封时，得宋神宗召见。宋神宗对其"节约为理财之要"的建议大为赞赏，曾巩留任为三班院勾判。元丰四年，朝廷认为"曾巩史学见称士类，宜典五朝史事"，任为史官修撰，管勾编修院，判太常寺兼礼仪事。元丰五年，拜中书舍人。同年九月，他遭母丧，去官，次年，病逝于江宁府（今南京），后葬于南丰源头崇觉寺右。南宋理宗时追谥他为"文定"，人称"南丰先生"。

战国策目录序

刘向所定《战国策》三十三篇,《崇文总目》称第十一篇者阙①。臣访之士大夫家,始尽得其书②,正其误谬③,而疑其不可考者④,然后《战国策》三十三篇复完⑤。

叙曰:向叙此书,言:"周之先,明教化⑥,修法度⑦,所以大治⑧;及其后,谋诈用,而仁义之路塞,所以大乱。"其说既美矣⑨。卒以谓"此书战国之谋士度时君之所能行,不得不然"。则可谓惑于流俗,而不笃于自信者也⑩。

夫孔孟之时,去周之初已数百岁⑪。其旧法已亡,旧俗已熄久矣。二子乃独明先王之道⑫,以谓不可改者,岂将强天下之主后世之所不可为哉⑬?亦将因其所遇之时,所遭之变,而为当世之法,使不失乎先王之意而已。

二帝、三王之治,其变固殊⑭,其法固异,而其为国家天下之意,本末先后,未尝不同也。二子之道如是而已。盖法者,所以适变也,不必尽同;道者,所以立本也,不可不一，此理之不易者也。故二子者守此，岂好为异论哉？能勿苟而已矣⑮。可谓不惑于流俗而笃于自信者也。

战国之游士，则不然。不知道之可信，而乐于说之易合。其设心注意⑯，偷为一切之计而已⑰。故论诈之便，而讳其败⑱；言战之善，而蔽其患⑲。其相率而为之者，莫不有利焉，而不胜其害也；有得焉，而不胜其失也。卒至苏秦、商鞅、孙膑、吴起、李斯之徒，以亡其身，而诸侯及秦用之者，亦灭其国。其为世之大祸明矣，而俗犹莫之寤也⑳。惟先王之道，因时适变，为法不同，而考之无疵㉑，用之无弊。故古之圣贤，未有以此而易彼也。

或曰："邪说之害正也，宜放而绝之㉒。则此书之不泯㉓，其可乎？"对曰："君子之禁邪说也，固将明其说于天下，使当世之人，皆知其说之不可从，然后以禁则齐㉔；使后世之人，皆知其说之不可为，然后以戒则明。岂必灭其籍哉？放而绝之，莫善于是。是以孟子之书，有为神农之言者，有为墨子之言者，皆著而非之。至此书之作，则上继《春秋》，下至楚、汉之起，二百四十五年之间，载其行事，固不可得而废也㉕。"

此书有高诱注者二十一篇，或曰三十二篇。《崇文总目》存者八篇，今存者十篇。

【注释】

①阙：通"缺"，缺少。②始：才。③正：纠正，勘正。④考：考据。⑤复：又，重新。⑥明：明确。⑦修：整治。法度：制度，规矩。⑧治：安定，太平。⑨美：好，善。⑩笃：坚定，执着。⑪去：距离。⑫乃：竟然。⑬岂：哪里。⑭殊：不同。⑮苟：随便，马虎。⑯设心：用心筹划办法。⑰偷：投机取巧。⑱讳：避讳，避而不谈。⑲蔽：遮掩，掩盖。⑳寤：通"悟"，醒悟。㉑疵：瑕疵。㉒放：放弃。绝：断绝。㉓泯：泯没，消失。㉔齐：完全，彻底。㉕固：本来。

【译文】

刘向编订的《战国策》共三十三篇，《崇文总目》称（现在）缺失了第十一篇。我走访了一些士大夫家，才得到了全书，校正了书中的谬误，对不可考据的文章发起了疑问，此后《战国策》三十三篇就又完整了。

叙中说：刘向给此书作序，说："周的祖先，明确了教化，修整了法度，所以天下得到大治；到后来，采用权谋狡诈的措施，仁义的道路阻塞了，所以出现了大乱。"这个说法是很正确的。但最后却说"这本书是战国时期的谋臣策士揣摩当时的君主能够做得到的事情，才不得不这样说"。有这种说法就可以说是被流俗所迷惑，而不执着于自己的学说了。

孔孟所处的时代，距离西周初年已经几百年。文王武王用过的法令制度已经散失，原先传承的风俗薪火已经熄灭很久了。这二人竟特别阐发先王的治国体系，告诉我们（仁义）是不可变更的，哪里是要迫使天子及其后人做不能做的事呢？也不过是要根据他们遇到的时代特点，以及与以前不同的情形，来制定当代的法令制度，使之不违背先王的旨意罢了。

炎黄二帝、尧舜禹三王治理天下，他们的变化固然不同，他们的法制固然相异，但是他们治理国家天下的基本原则，什么是本，什么是末，什么先做，什么后做，都是一样的。孔孟的学术门径就是这样。法令，是用来适应变化的，不一定完全相同；王道，是用来建立国家根本的，不能不保持一致，这是不可改变的真理。所以孔孟捍卫这个，哪里是喜欢发表不同见解呢？只是不肯无原则地附和、取悦世人罢了。（他们）确实可以称得上是不被世俗迷惑而坚于自信的人哪。

战国的游士却不这样，不懂得王道可信，只是为他们的说法容易迎合国君的心意而欢喜。他们筹划办法、集中精神，只是把投机取巧当作一切谋略的核心罢了。所以他们论述诈谋的便利，却避而不谈不成功的方面；大谈交战的好处，却隐瞒它的祸端。那些一个跟着一个施行的，没有不是在诈谋中获利，又难于承受它的祸害；在交战中得胜，又难于承受它的损失的人。最后，苏秦、商鞅、孙膑、吴起、李斯这些人因此而丧身，而任用他们的诸侯和秦朝也都灭亡了。这些人是世上的大祸害，很清楚了，可是世俗之人却仍然执迷不悟。只有先王的治国体系，能够顺应时代变化，（虽然根据它）制定的法令制度不同，可是验证起来没有瑕疵，使用起来也不用担心滋生流弊。所以古代的圣贤，没有拿"王道"来换取"诈谋"的。

有人说："邪说会妨害正道，应

当完全抛弃它、彻底禁绝它。那么，这部书不加销毁行吗？"（我的）回答
是："君子禁绝邪说的方法，本来就是要向天下人阐明其说法，让当今的
人都知道这种学说不能采纳，这以后禁止就会完全彻底；让后世的人都知
道这种学说不能实施，这以后提防就很清楚明白。哪里一定要毁灭这些
书呢？摒弃而杜绝邪说，没有比这办法更高明的了。因此孟子的书中，有
记载神农的言论的，有记载墨子的言论的，都是记载后而否定它的。至于
说到这本书的述作，上和《春秋》相接，下到楚、汉之争的开始，记载了
二百四十五年间各国纵横家的事迹，本来就不能废止。"

这本书高诱注释有二十一篇，也有的说是三十二篇。《崇文总目》记
载的只存有八篇，现在保存有十篇。

赠黎安二生序

赵郡苏轼，予之同年友也。自蜀以书至京师遗予[1]，称蜀之士，曰黎生、安生者。既而黎生携其文数十万言[2]，安生携其文亦数千言，辱以顾予[3]。读其文，诚闳壮隽伟[4]，善反复驰骋[5]，穷尽事理；而其材力之放纵[6]，若不可极者也。二生固可谓魁奇特起之士[7]，而苏君固可谓善知人者也。

顷之[8]，黎生补江陵府司法参军。将行，请予言以为赠。予曰："予之知生，既得之于心矣，乃将以言相求于外邪？"黎生曰："生与安

生之学于斯文，里之人皆笑以为迂阔⑨。今求子之言，盖将解惑于里人。"予闻之，自顾而笑。

夫世之迂阔，孰有甚于予乎⑩？知信乎古，而不知合乎世；知志乎道，而不知同乎俗。此予所以困于今而不自知也⑪。世之迂阔，孰有甚于予乎？今生之迂，特以文不近俗⑫，迂之小者耳，患为笑于里之人。若予之迂大矣，使生持吾言而归，且重得罪，庸讵止于笑乎⑬？

然则若予之于生，将何言哉？谓予之迂为善，则其患若此；谓为不善，则有以合乎世，必违乎古，有以同乎俗，必离乎道矣。生其无急于解⑭里人之惑，则于是焉必能择而取之。

遂书以赠二生，并示苏君，以为何如也？

【注释】

①遗（wèi）：赠送。②携：拿着，带着。③辱：谦辞，表示屈尊，屈驾。④诚：的确，确实。闳壮隽伟：形容文章写得气势恢宏，文采不凡。⑤善：善于。⑥放纵：奔放不羁。指文章、才情等恣肆奔放。⑦魁奇：杰出，特异。⑧顷之：不久以后。⑨里：乡邻，同乡邻里。迂阔：迂腐而不切合实际。⑩孰：谁。⑪所以：表示原因。⑫特：只是，仅仅。⑬庸讵（jù）：岂，怎么。⑭解：解除，解开。

【译文】

赵郡的苏轼，他是和我同年科考的好友。他从蜀地写信寄到京城送给我，对蜀地的学士黎生、安生大加赞扬。这之后不久黎生带着他写的几十万字的文章，安生也带着他的几千字的文章，屈尊前来探望我。我读了他们的文章，确实觉得文章气势恢宏，风格雄伟，善于反复辨析，把事理说得很透彻清楚；他们的才情、笔力恣意奔放，好像是不可估量的。他们二人确实可以称得上是杰出而特异的人才，而苏轼也本来就是善于识别人才的人。

不久以后，黎生到江陵府补任司法参军。他临别之时，请我写几句话作为赠言。我说："我对你的了解，已经放在心里了，还需要用外在言辞表达出来吗？"黎生说："我和安生学习古文，乡邻们都笑话我们，认为我们迂腐而不切合实际。现在我请您写几句话，是想解除乡邻们的看法。"我听了这话，再想想自己，就忍不住笑了起来。

世上迂阔的人，有谁能比得过我呢？只知道尊奉古训，却不懂得迎合当世；只知道立志于圣贤之道，却不懂得随同世俗。这就是我困顿至今却自己还不明白的原因哪。世人的迂阔，有谁能比得过我呢？现在你们的迂阔，仅仅是因为文章不合世俗，这不过是小的迂阔罢了，还担心被乡邻嘲笑。像我这样的迂阔可就很大了，如果你们拿了我的话回去，恐怕会得到更多的责怪，怎么会只是讥笑呢？

既然这样，那么我将对你们说些什么好呢？说我的迂阔是好的，可是它的祸害却是这样；说它不好，那么虽然可以迎合世俗，但一定会违背古训，有迎合世俗的地方，就一定背离圣贤之道了。你们还是不要急着除去乡邻的看法吧，这样就一定能够在古文、时文、道、世俗这些方面作出选择。

我于是写了这篇序言赠给二位，并且拿给苏君看，你们认为怎么样呢？

寄欧阳舍人书

巩顿首再拜，舍人先生：去秋人还，蒙赐书及所撰先大父墓碑铭①，反复观诵，感与惭并②。

夫铭志之著于世③，义近于史④，而亦有与史异者。盖史之于善恶无所不书，而铭者，盖古之人有功德、材行、志义之美者⑤，惧后世之不知，则必铭而见之⑥，或纳于庙，或存于墓，一也。苟其人之恶，则于铭乎何有？此其所以与史异也。其辞之作，所以使死者无有所憾⑦，生者得致其严⑧。而善人喜于见传⑨，则勇于自立；恶人无有所纪⑩，则以愧而惧。至于通材达识，义烈节士，嘉言善状，皆见于篇，则足为后法⑪。警劝之道⑫，非近乎史，其将安近？

及世之衰，为人之子孙者，一欲褒扬其亲，而不本乎理⑬；故虽恶人，皆务勒铭⑭，以夸后世。立言者既莫之拒而不为，又以其子孙之所请也，书其恶焉，则人情之所不得⑮，于是乎铭始不实。后之作铭者，常观其人。苟托之非人，则书之非公与是⑯，则不足以行世而传后。故千百年来，公卿大夫至于里巷之士，莫不有铭，而传者盖少。其故非他，托之非人，书之非公与是故也。

然则孰为其人，而能尽公与是欤？非畜道德而能文章者⑰，无以为也。盖有道德者之于恶人⑱，则不受而铭之，于众人则能辨焉。而人之行，有情善而迹非，有意奸而外淑⑲，有善恶相悬而不可以实指，有实大于名，有名侈于实⑳。犹之用人，非畜道德者，恶能辨之不惑，议之不徇㉑？不惑不徇，则公且是矣！而其辞之不工㉒，则世犹不传，于是又在其文章兼胜焉。故曰：非畜道德而能文章者，无以为也。岂非然哉？

然畜道德而能文章者，虽或并世而有，亦或数十年或一二百年而有之。其传之难如此，其遇之难又如此。若先生之道德文章，固所谓数百年而有者也。先祖之言行卓卓㉓，幸遇而得铭，其公与是，其传世行后无疑也。而世之学者，每观传记所书古人之事，至其所可感，则往往盡然不知涕之流落也㉔，况其子孙也哉？况巩也哉？其追睎祖德㉕，而思所以传之之由，则知先生推一赐于巩㉖，而及其三世。其感与报，宜若何而图之？

抑又思㉗，若巩之浅薄滞拙，而先生进之；先祖之屯蹶否塞以死㉘，而先生显之。则世之魁闳豪杰不世出之士㉙，其谁不愿进于门？潜遁幽抑之士㉚，其谁不有望于世？善谁不为，而恶谁不愧以惧？为人之父祖者，孰不欲教其子孙？为人之子孙者，孰不欲宠荣其父祖㉛？此数美者，一归于先生。既拜赐之辱，且敢进其所以然。所谕世族之次，敢不承教而加详焉㉜？愧甚，不宣㉝。巩再拜。

【注释】

①先大父：已离世的祖父。②并：一起，兼。③著：显著，著称。④义：意义，作用。⑤功德、材行、志义：功勋道德、才能品行、志向道义。材，同"才"，才能。⑥铭：用作动词，铭志。⑦所以：表凭借、依靠。译作"用来……的"。⑧得致其严：能表达他的尊敬。致，表达。严，尊敬。⑨见传：得到流传。⑩纪：记载。⑪法：准则。⑫道：意义，作用。⑬本：依据，根据。⑭勒：刻，雕刻。⑮得：适合，符合。⑯公：公正，不徇私。是：正确，不昧理。⑰畜道德：即道德高尚。畜，积蓄。⑱盖：因为，推导原因的发语词。⑲淑：好的，善。⑳侈：超过。㉑不徇：不徇私情。㉒工：精，精巧。㉓卓卓：形容言行高尚。㉔歔（xī）然：悲伤痛苦的样子。㉕睎（xī）：仰慕。㉖推一赐：给予一次恩赐。㉗抑：但是，

可是，表转折。㉘屯蹶：难前进，不顺利。否塞：时运不通，境遇不好。㉙魁闳：高大，俊伟。㉚潜遁幽抑：隐居不得志。潜遁，隐逸。幽抑，不显扬。㉛宠荣：荣耀光显。㉜详：审核，审查。㉝不宣：不尽。古代书信的套语。

【译文】

曾巩叩头再次拜上，舍人先生：去年秋天派去向您请求写碑志的人回来了，承蒙您赐我的信和您所撰写的先祖父的神道碑铭，反复拜读，感激和惭愧之情一起涌上心头。

说到铭志之所以能够著称后世，是因为它的意义与史传相接近，但也有与史传不相同的地方。大概史书对于一个人的善恶无所不写，而碑铭大概是古人中那些功勋道德卓著、才能品行出众、志向道义高尚的人，惧怕后代人不知道，便一定要写一篇碑铭来显扬，或把它放置在祠堂中，或把它竖立在坟墓内，其意义都是一样的。如果是个坏人，那有什么可铭刻的呢？这就是碑铭与史书不同的地方。碑铭的写作，是用来使死去的人没有什么恨憾，使活在世上的人能表达他们的敬意的。行善之人喜欢自己的善行善言流传后世，就积极建立功业；恶人没有什么可记，就会感到惭愧和恐惧。至于博学多才、见识通达的人，忠义英烈、节操高尚之士，他们的美善言行，都能一一表现在碑铭里，这就足以成为后人的楷模。铭文警世劝诫的作用，不与史传相近，那么又与什么相近呢？

到了世道衰败，作为人的子孙，都一心想褒美称扬他故去的亲人，而不再根据事理；所以即使是行为丑恶的人，都力求刻石立铭，用来向后代夸耀。那些写铭文的人既没有拒绝去写，又因为其子孙的请求，如果只写死者的恶行，就在情面上过不去，因此铭文便开始不真实了。后代想为亲人写碑铭的人，应当首先看一下作者的为人。假若所托的人不合适，那写出来的东西就会失去公平和真实，那么铭文便不会在世上流传下去。所以千百年来，尽管上自公卿大夫，下至里巷小民，死后都有碑铭，但流传于世的很少。这里没有别的原因，正是请托了不适当的人，撰写的铭文不公正、不正确的缘故。

既然这样，那么，谁是撰写碑铭而能尽到公正和正确的合适人选呢？不是有很高的道德修养而又善于写文章的人，不能担负这一工作。具有很高道德修养的人，不会接受给恶人写碑铭的差使，对于普通人也能分辨清楚。而人们的行为，有心地善良而事迹不见得好的，有内心奸诈而外表贤淑的，有善恶相差很大不能具体指明的，有实绩高于名声的，有名声超过实绩的。好比用人，如果不是道德高尚的人，怎么能辨别清楚而不被迷惑，怎么能议论公允而不徇私情？能不受迷惑、不徇私情，就是公正和实事求是了！但是倘若文章写得不好，那么还是不能流传于世的，因此能流传下去的，又在于道德和文才都备于一身了。所以说：不是有很高的道德修养而又善于写文章的人，不能担负这一工作。难道不是这样吗？

但是道德高尚而又善写文章的人，虽然有时会同时出现，但也许有时几十年甚至一二百年才有一个。铭文的流传如此之难，而遇到能很好地写铭文的人又更难了。像先生您的道德和文才，本来就是几百年才会出现的。先祖父的言语行为卓越明显，幸而遇到您，才得以把他的公正与真实情况写成铭文，这碑铭能流行于当代并流传到后代是毫无疑问的了。而世上的读书人，每每看到传记中所记古人的事迹，到了感人的地方，就往往极为伤心，在不知不觉中流下了眼泪，何况读的人是他的子孙呢？更何况是我曾巩呢？从我自己追念仰慕先祖的德行，到虑及铭文流传于世的根由，就知道先生您将碑铭赐给我一次，将会使我家祖孙三代蒙受恩惠。这感激与报答之情，我应该怎样来表达呢？

可是我又想到，像我这样浅薄迟钝，而先生加以奖励提携；像先祖父这样命途多舛、穷困潦倒而死去的人，先生还写了碑铭来彰扬他。那么，世上的雄伟豪杰及经世没能显扬自己的读书人，哪个不愿投于先生的门下呢？避世隐居潜居山林的读书人，哪个不希望声名流传于世呢？

好事谁不想做，而做恶事谁不感到羞愧恐惧？当父亲、祖父的，谁不想教育好自己的子孙？做子孙的，谁不想使自己的父祖荣耀显扬？这种种美德，应当全归于先生。我荣幸地得到了您的恩赐，并且冒昧地向您陈述自己感激的原因。来信所论及的我的家族世系，我怎敢不听从您的教诲而加以研究审核呢？十分惭愧，我的心意难以全部表达出来。巩再次拜上。

秃秃记

秃秃，高密孙齐儿也。齐明法①，得嘉州司法。先娶杜氏，留高密。更绐娶周氏②，与抵蜀。罢归，周氏恚齐绐③，告县。齐赇谢得释④。授歙州休宁县尉，与杜氏俱迎之官⑤，再期，得告归。周氏复恚，求绝⑥，齐急曰："为若出杜氏⑦。"祝发以誓⑧。周氏可之⑨。

齐独之休宁⑩，得娼陈氏，又纳之。代受抚州司法，归间周氏⑪，不复见，使人窃取其所产子⑫，合杜氏、陈氏，载之抚州。明道二年正月至。是月，周氏亦与其弟来，欲入据其署⑬，吏遮以告齐⑭。齐在宝应佛寺受租米，趋归⑮，捽挽置庑下⑯，出伪券曰⑰："若佣也⑱，何敢尔！"辨于州，不直⑲。周氏诉于江西转运使，不听。久之，以布衣书里姓联诉事，行道上乞食。

萧贯守饶州，驰告贯。饶州，江东也，不当受诉⑳。贯受不拒，转运使始遣吏祝应言为覆㉑。周氏引产子为据，齐惧子见事得，即送匿旁方政舍。又惧，则收以归，扼其喉，不死。陈氏从旁引儿足㉒，倒持之，抑其首瓮水中㉓，乃死，秃秃也。召役者邓旺，穿寝后垣下为坎㉔，深四尺，瘗其中㉕，生五岁云。狱上更赦，犹停齐官，徙濠州㉖，八月也。

庆历三年十月二十二日，司法张彦博改作寝庐，治地得坎中死儿，验问知状者㉗，小吏熊简对如此。又召邓旺诘之㉘，合狱辞，留州者毕是，惟杀秃秃状盖不见。与予言而悲之，遂以棺服敛之㉙，设酒脯奠焉。以钱与浮图人升伦，买砖为圹㉚，城南五里张氏林下瘗之，治地后十日也。

呜呼！人固择于禽兽夷狄也㉛。禽兽夷狄于其配合孕养，知不相祸也，相祸则其类绝也久矣。如齐何议焉㉜？买石刻其事，纳之圹中，以慰秃秃，且有警也。事始末，惟杜氏一无忌言。二十九日，南丰曾巩作。

【注释】

①明法：即明法科，汉、唐、宋各代察举人才及科举取士的科目名称。②绐（dài）：欺诈，哄骗。③恚（huì）：怨恨，愤怒。④赀（zī）：小罚少量钱财赎罪。⑤俱：一起。⑥绝：断绝关系，此处指离婚。⑦出：遗弃，休弃。⑧祝发：断发。⑨可：允可，答应。⑩之：往，到。⑪间：间隔，隔开，分离。⑫窃：偷偷地。⑬据：占据。⑭遮：遮拦，阻挡。⑮趋：小步快跑。⑯捽（zuó）：揪住。庑：堂下周边的廊屋。⑰伪：假造的。⑱若：你。⑲不直：没有得到公平审理。⑳受：接受。㉑始：才。覆：审察，查核。㉒引：拉，拽。㉓抑：按住，往下压。㉔垣：本义为矮墙，也泛指墙。坎：墓穴，墓坑。㉕瘗（yì）：掩埋，埋葬。㉖徙：流放。㉗状：情形，情况。㉘诘：责备，质问。㉙敛：通"殓"，收殓。㉚圹（kuàng）：墓穴。㉛择：挑选出来，此处指不同。㉜议：评价，评说。

【译文】

秃秃，是高密人孙齐的儿子。孙齐考取了明法科，因而获得了嘉州司法参军一职。他在这之前已经娶了杜氏为妻子，把杜氏留在了家乡高密。孙齐隐瞒了这件事，把周氏骗娶回家，并与周氏一起到蜀中赴任。任期满了之后，他们又一块儿回高密，周氏这才知道孙齐已有妻室，怨恨孙齐欺骗她，于是告到县里。孙齐送了些钱财给县官，说了些好话，事情便算了结了。孙齐又被任命为歙州休宁县县尉，带着杜氏一起去上任。过了两年，孙齐请假回老家被批准，周氏还为这事愤恨不已，要求断绝关系。孙齐急了，说："为了你，我与杜氏离婚！"并且剪下头发，立下誓言，周氏才答应了他。

　　孙齐假满后单独一人到休宁县任上，遇到妓女陈氏，又娶她为妻。孙齐任期结束，县尉另有人替代，他接受了抚州司法参军的任命，回高密就与周氏隔离，不再与她见面，却派人偷偷地将她生的儿子抱来，同杜氏、陈氏一起乘车到抚州，在明道二年正月时到任。这个月，周氏也与她弟弟来到抚州，打算进入并占据孙齐的官署，被吏人拦住，并向孙齐报告了这件事。孙齐正在宝应佛寺里收租米，听说之后立刻跑回去，揪起周氏放到走廊上，拿出假造的文书说："你是我的佣人，怎么敢这样胡作非为！"于是他们一起到州里去辩理，周氏没能申冤。周氏上诉到江南西路转运使，结果官府也不给她申辩的机会。过了很长时间，周氏没有办法，只好用布衣写上自己的籍贯姓氏和几次告状的经过，在路上乞讨要饭。

　　（这时）萧贯任饶州知州，周氏到他那里去申诉。饶州属江南东路，按规定不能接受她的诉状，但萧贯没有拒绝，仍然受理了此案。转运使这才派公吏祝应言前往调查，周氏拿她所生的儿子作为证据。孙齐害怕儿子被发现真相败露，就将儿子藏到附近方政的家里。随后他仍怕被发现，又将儿子带回家来掐他的喉咙，孩子没有死。陈氏就从旁边拉住小孩的双脚，倒提起来，把头按进一大瓮水中，小孩儿才死，这个孩子就是秃秃。孙齐于是叫来差役邓旺，让他在寝室后面的墙下挖了一个坑，有四尺深，他将尸体埋在里面，秃秃这年仅仅五岁。萧贯将孙齐的罪案报上去，恰好遇到大赦，但还是依法削夺了孙齐的官职，将他流放到濠州去管制起来，这时是明道二年八月。

　　庆历三年（1043年）十月二十二日，抚州司法参军张彦博改建卧室，挖地时发现了坑中的死孩子，询问知道情况的人，有个叫熊简的小吏回答如上。参军又叫来邓旺盘问，又复核了当年办案的供词，凡是保存在州里的供词上都这么说，只是没有看见杀死秃秃经过的材料。张彦博向我说起这件事，为秃秃的惨死而伤痛，于是用棺材丧服收殓了孩子的骸骨，并设置酒肉祭奠。他又出钱给僧人升伦，叫他买砖砌成墓穴，把孩子的遗骨埋葬在城南五里处一家姓张的树林下，时间是挖得遗骨后的第十天。

啊！人原本就与禽兽野蛮人有差异。禽兽野蛮人对与他交配生育的，知道不互相祸害，如果相互祸害，那么他们的种类早就绝迹了。像孙齐这样的人该怎样评判呢？我买来一块石碑，把这件事刻在石碑上，放到坟中，用来祭奠秃秃，并且以此告诫世人。整件事，只有杜氏全没有一句违忌的话。二十九日，南丰曾巩作。

墨池记

　　临川之城东，有地隐然而高，以临于溪，曰新城。新城之上，有池洼然而方以长①，曰王羲之之墨池者，荀伯子《临川记》云也。羲之尝慕张芝②，临池学书，池水尽黑，此为其故迹，岂信然邪③？

　　方羲之之不可强以仕，而尝极东方④，出沧海⑤，以娱其意于山水之间，岂其徜徉肆恣⑥，而又尝自休于此邪？

　　羲之之书晚乃善，则其所能，盖亦以精力自致者，非天成也。然后世未有能及者，岂其学不如彼邪？则学固岂可以少哉！况欲深造道德者邪？

　　墨池之上，今为州学舍⑦。教授王君盛⑧恐其不章也⑨，书"晋王右军墨池"之六字于楹间以揭之⑩，又告于巩曰："愿有记。"推王君之心，岂爱人之善，虽一能不以废⑪，而因以及乎其迹邪⑫？其亦欲推其事以勉其学者邪？夫人之有一能，而使后人尚之如此，况仁人庄士之遗风馀思⑬，被于来世者何如哉！

庆历八年九月十二日，曾巩记。

【注释】

①洼然：低陷的样子。②张芝：字伯英，东汉著名书法家，善草书。③岂信然邪：难道是真的吗？④极：至，达。⑤出沧海：泛舟东海。⑥徜徉（cháng yáng）肆恣：纵情遨游。⑦州学舍：指抚州州府的学舍。⑧教授：官名，主管学政和教育所属生员。⑨章：同"彰"，显露。⑩楹：厅堂前部的柱子。揭：标明。⑪不以废：不肯让它埋没。⑫"而因"句：因而爱及他的遗迹吗？⑬仁人庄士：有道德修养、为人楷模的人。遗风馀思：留下来的风范，传下来的思想。

【译文】

临川郡城的东面，有块缓缓突起的高地，下临溪水，名叫新城。新城上面，有一口低洼的长方形水池，称为王羲之的墨池，这是南朝宋人荀伯子在《临川记》里所记述的。王羲之曾经仰慕东汉书法家张芝，在此池边练习书法，池水都因洗笔变黑了，这就是他的故迹。难道是真的吗？

当王羲之不再勉强自己做官的时候，他曾游遍东方各地名胜古迹，出游东海，在山水之间愉悦身心，难道当他逍遥遨游尽情游览的时候，又曾经在此地休息过吗？

王羲之的书法到了晚年才完善精妙，看来他之所以能有这么深的造诣，是他刻苦用功所达到的结果，而不是天才所致。但后世没有能赶得上王羲之的，难道是他们所下的学习功夫不如王羲之吗？那么学习的功夫怎么可以少花呢！更何况对于想要在道德方面取得很高的成就的人呢？

墨池旁边，现在是抚州州学的校舍。教授王盛深怕关于墨池的事迹被湮没而无法使后人了解，就写了"晋王右军墨池"这六个大字，悬挂在门前两柱之间标明它，又对我说："希望有篇叙记文章。"我推测王先生的心意，莫非是因为爱好别人的长处，即使是一技之长也不肯让它埋没，因此就连他的遗迹一并重视起来吗？或者是推广王羲之临池苦学的事迹来勉励这里的学生吗？人有一技之长，尚且使后代人尊崇到这般地步，更不用说仁人君子们留下来的风尚和美德会怎样地影响到后世人呢！

庆历八年九月十二日，曾巩作记。

《读·品·悟》

王羲之的书法历来被人称颂，但他在书法上的成就却得来不易，若非日积月累、勤学苦练，是无法有如此大的成就的。人要想有一技之长尚且要付出如此多的汗水和努力，那么要想在思想道德修养方面有所成就，就更应该每时每刻严格要求自己，并经过长时间沉淀，唯有如此，方能有所收获。

宜黄县县学记

古之人，自家至于天子之国，皆有学，自幼至于长，未尝去于学之中①。学有《诗》《书》、六艺、弦歌、洗爵、俯仰之容、升降之节②，以习其心体③、耳目、手足之举措；又有祭祀、乡射、养老之礼，以习恭让；进材、论狱、出兵、授捷之法，以习其从事。师友以解其惑，劝惩以勉其进④，戒其不率。其所为具如此，而其大要，则务使人人学其性，不独防其邪僻放肆也⑤。虽有刚柔缓急之异，皆可以进之中，而无过不及。使其识之明，气之充于其心，则用之于进退语默之际，而无不得其宜；临之以祸福死生之故，无足动其意者。为天下之士，为所以养其身之备如此，则又使知天地事物之变，古今治乱之理，至于损益废置、先后始终之要，无所不知。其在堂户之上，而四海九州之业、万世之策皆得，及出而履天下之任⑥，列百官之中，则随所施为，无不可者。何则？其素所学问然也⑦。

盖凡人之起居、饮食、动作之小事，至于修身为国家天下之大体，皆自学出，而无斯须去于教也。其动于视听四支者，必使其洽于内⑧；其谨于初者，必使其要于终。驯之以自然，而待之以积久。噫！何其至也。故其俗之成，则刑罚措；其材之成，则三公百官得其士；其为法之永，则中材可以守；其入人之深，则虽更衰世而不乱。为教之极至此，鼓舞天下，而人不知其从之，岂用力也哉！

及三代衰，圣人之制作尽坏，千馀年之间，学有存者，亦非古法。人之体性之举动，唯其所自肆，而临政治人之方，固不素讲。士有聪明朴茂之质，而无教养之渐，则其材之不成固然。盖以不学未成之材，而为天下之吏，又承衰弊之后，而治不教之民。呜呼！仁政之所以不行，贼盗刑罚之所以积，其不以此也欤⑨？

宋兴几百年矣。庆历三年，天子图当世之务⑩，而以学为先，于是天下之学乃得立。而方此之时，抚州之宜黄犹不能有学。士之学者皆相率而寓于州⑪，以群聚讲习。其明年，天下之学复废，士亦皆散去。而春秋释奠之事以著于令，则常以庙祀孔氏，庙不复理。皇祐元年，会令李君详至⑫，始议立学⑬。而县之士某某与其徒皆自以谓得发愤于此，莫不相励而趋为之。故其材不赋而美⑭，匠不发而多。其成也，积屋之区若干，而门序正位，讲艺之堂、栖士之舍皆足。积器之数若干，而祀饮寝食之用皆具。其像孔氏而下，从祭之士皆备。其书经史百氏、翰林子墨之文章，无外求者。其相基会作之本末，总为日若干而已。何其周且速也！当四方学废之初，有司之议，固以谓学者人情之所不乐。及观此学之作，在其废学数年之后，唯其令之一唱，而四境之内响应，而图之，如恐不及⑮。则夫言人之情不乐于学者，其果然也与⑯？

宜黄之学者，固多良士。而李君之为令，威行爱立，讼清事举，其政又良也。夫及良令之时，而顺其慕学发愤之俗，作为宫室教肄之所，以至图书器用之须，莫不皆有，以养其良材之士。虽古之去今远矣，然圣人之典籍皆在，其言可考，其法可求，使其相与学而明之。礼乐节文之详⑰，固有所不得为者，若夫正心修身，为国家天下之大务，则在其进之而已。使一人之行修，移之于一家，一家之行修，移之于乡邻族党⑱，则一县之风俗成，人材出矣。教化之行，道德之归，非远人也，可不勉与？县之士来请曰："愿有记。"其记之。十二月某日也。

【注释】

①去：离开，远离。②爵：酒器。升降之节：上前和退下的礼节。③习：习惯，习以为常。④勉：勉励。⑤独：仅仅，只。⑥履：履行，担任。⑦素：平时。⑧洽：融洽，协调。⑨以：因为。⑩图：图谋，谋求。⑪相率：相继，一个接一个。⑫会：适逢，遇上。⑬始：才。⑭羡：有余，剩余。⑮不及：赶不上。⑯果然：真的这样。⑰详：周全，完备。⑱族党：同族，亲族。

【译文】

　　古代先人，从家庭居住的地方到天子的京都，都设有学校。他们从小到大，从未从学习状态中脱离开过。学习的内容有《诗》《书》和礼、乐、射、御、书、数这六项技能，并演奏和朗诵各地采集的诗歌，（学习）先清洗酒具再向客人敬酒的酬答礼仪，低头和抬头的姿势，进来和退下的步法，以此来使他们身心、耳目和手脚这一整套符合规范的动作形成习惯；又有祭祀、乡射、养老这一系列典礼，以此来使他们具有端庄严肃、谦逊推让的品德并形成习惯；还有选用优秀人才、辨别轻重审断案件、出兵祝胜、胜利归来献捷的具体做法，以此来使他们对将来要担任的职事形成习惯。通过老师和同学来解答他们的疑难问题，依靠奖惩措施来勉励他们不断进步，让他们对不遵从教诲的做法引起警惕。古代所设计的施教内容、方法与学规虽然如此，但它的要旨，还是在于一定要让人人在自己的善良本性上自觉地来体悟、陶冶和提高，不只是阻止他们邪僻放肆呀！学生尽管有着性情上的刚强或柔弱、缓慢或急躁的不同，却都能进入不偏不倚的境地，不再存有过分或不及的倾向。使他们在内心深处见识洞明，正气旺盛，这样，一旦运用到前进、退避、是否要表态的时候，就没有得不到最合适的处理的；一旦把祸福死生的利害关系放在他们面前，也没有能够动摇他们的意志的。既然要让他们成为天下的士子，对他们进行身心培养的完备程度竟然到了这样的程度，接着又让他们知道天地事物的变化，古今治乱的道理，一直到典章制度减裁增补、废止创设、先行与后续、起始与终结的关键点，没有哪一处是不明白的。他们立身于堂室门户之上，可有关四海九州的统辖大业、长远保持和巩固政权的策略，却在心里全都明白清楚，等到步入仕途，承担起天下大任，位居百官之列，就会按照所施行的事项，没有哪一项是应付不了的。为什么呢？这是他们平常学习请教所获得的东西造成的。

一般情形下，凡是人们作息、饮食、日常活动等小事，一直到修养好身心，掌握治理国家的要领，都是从学习中获得的，是片刻也不能离开教导的。在耳目四肢要做的那些事情，一定要让它同内心和谐；在最开始的时候就谨慎对待的那些方面，就一定要贯彻到底。要自然地使他们循序渐进，用积久而成来等待他们完全合格。啊！这教得多么彻底呀。因此它作为风俗一旦形成，刑罚就被搁置起来了；那种人才培养完成，三公百官就可以有足够能胜任的士子了；它成为法则并坚持下去，中等水平的人就可以安分守己；它深入人心，即使经历衰败的时代，社会也不会发生动乱。进行教导能达到这般极致的程度，鼓舞全天下，但是人们却感觉不到自己是在跟它走，这哪里还要动用强力呢！

传统文化小知识

卿大夫　卿大夫最初是西周时期分封制度下的一个分封级别。秦统一六国之后，由于分封制已经被郡县制所取代，卿大夫这一封建领主也便不再存在。"卿大夫"这个词分裂为"卿"和"大夫"，均是官职名称。秦汉朝廷"三公"之下设"九卿"，如大理寺卿、太常寺少卿等。而"大夫"也是古代高级官员的称呼，秦汉之际的中央要职中便有御史大夫、谏议大夫等官职。

到夏、商、周三代衰落之后，圣人创设的教育制度全被毁坏了。一千多年的时间里，学校教育还有保留下来的，也已经不是古代的良好制度了。世人体现性情的举动，只管放任跟从他本人的意愿；而做官当权、治理百姓的方法，根本就不在平时要求了。士子具备聪明和朴实厚道的资质，却没有教导培养的循序渐进的过程，那么他不能成人才，就是理所应当的了。拿那些没有真正学习、还没培养好的人才去做天下各地的官吏，又承接在世道衰颓凋散之后，强去治理还不曾获得教化的百姓。唉！仁政得不到推行，贼寇强盗和国家刑罚长期消灭不掉的原因，这难道不是因为以上那些吗？

大宋兴起已经有好几百年了。庆历三年（1043年），天子谋求当世的要务，把兴学放在了首位，在这时，天下各地的学校都得到设立。可正在这个时候，抚州管辖的宜黄县仍然不具备建立学校的条件。士子中求学的人，都一个个寄宿在抚州州学里，大家聚集在一起，讲论研习。第二年，天下各个地方的学校又一次被废止了，士子也都渐渐离去。但是春秋两季祭奠先圣先师的大事，因在法令上要求永远遵守执行，就常借孔庙祭祀孔老夫子，孔庙又不再作修整。皇祐元年（1049年），恰好遇到县令李详到任，才第一次商量设立学校。而县中士子某某和他的追随者，都认为能在这时获得机会发愤求学，没有谁不相互激励而趋向振兴地方的文教事业。因此，所需物资不用摊派还有剩余，工匠不用去征调还超额很多。县学建成，累计起来，房屋建筑区有很多处，而门墙和先圣祭室、讲诵经典的厅堂，供士子住宿的房间，一样也不少。各种器物加在一起有若干件，而祭祀、饮水、睡觉、吃饭的用品，全都一件也不少。校内的雕像与画像，从孔老夫子以下，直到陪从受祭的贤士，全都一个也没丢失。需要的图书，无论经典史籍、诸子百家，还是文人墨客的文章，都不用向外边寻求了。它选好基址，并一起开始施工，从开始到结束总共才用了若干天。这是多么完备又迅速哇！正当各地学校刚废止时，朝廷主管部门经讨论坚持认为，设立学校，是人们全都不感兴趣的事。直到参观了宜黄县学的修建，恰好是在那次废止学校才过了几年之后，只不过该县县令一提倡，全县境内就群起响应，并且谋划实施这件大事，好像害怕自己赶不上一般。从这件事来看，当初说人们普遍对办学校不感兴趣的人，他那种说法真的对吗？

（到）宜黄县求学的人，本来就有很多优秀的士子。而李详担任这个县的县令，权威得到落实，仁德得到树立，争执和上诉案件得到平息，政事很有改进，他所实行的县政又很好。趁有贤才的县令在任，又随顺当地向往求学、发愤用功的习俗，修建成在学官堂室教诲研习的地方，再依靠图书、器物、用具的必需品全都应有尽有，来培养那本来属于良才的士子。尽管古代离现在已经很遥远了，然而圣人的典籍都还保存着，他们讲过的那些话仍可以考察，他们制定的那些法则仍可以追求使用，让士子一起学习并明确它们。其中礼乐方面各种仪式的周全规定，固然存在着不能再全部照办的东西。至于让内心纯正，修好自身，担负起治理国家的重任，就在于如何让士子们向着这些目标前进了。先让一个人的品行得到修明，推广到一家去；一家品行得到修明，再推广到乡里邻居、同一族的亲戚那里去，这样，整个县的风气就形成了，人才就涌现出来了。教化的推行，道德的归属，并没有远离世人，能不劝勉他们吗？宜黄县的士子来请求说："希望有篇记文（来记述这件事）。"所以我就写了这篇记。作于十二月的某一天。

学舍记

予幼则从先生受书，然是时，方乐与家人童子嬉戏上下①，未知好也②。十六七时，窥六经之言与古今文章，有过人者，知好之，则于是锐意欲与之并③。

而是时，家事亦滋出④。自斯以来，西北则行陈、蔡、谯、苦、睢、汴、淮、泗，出于京师；东方则绝江舟漕河之渠⑤，逾五湖⑥，并封、禺、会稽之山，出于东海上；南方则载大江⑦，临夏口而望洞庭，转彭蠡，上庾岭，繇浈阳之泷，至南海上。此予之所涉世而奔走也⑧。蛟鱼汹涌湍石之川⑨，巅崖莽林貙虺之聚⑩，与夫雨旸寒燠风波雾毒不测之危⑪，此予之所单游远寓⑫，而冒犯以勤也。衣食药物，庐舍器用，箕箸碎细之间⑬，此予之所经营以养也⑭。天倾地坏，殊州独哭，数千里之远，抱丧而南，积时之劳，乃毕大事⑮，此予之所遭祸而忧艰也⑯。太夫人所志⑰，与夫弟婚妹嫁，四时之祠⑱，属人外亲之问，王事之输⑲，此予之所皇皇而不足也⑳。予于是力疲意耗，而又多疾，言之所序，盖其一二之粗也。得其闲时，挟书以学㉑，于夫为身治人，世用之损益，考观讲解㉒，有不能至者。故不得专力尽思，琢雕文章，以载私心难见之情，而追古今之作者为并，以足予之所好慕，此予之所自视而嗟也㉓。

今天子至和之初，予之侵扰多事故益甚，予之力无以为，乃休于家，而即其旁之草舍以学。或疾其卑㉔，或议其隘者，予顾而笑曰："是予之宜也。予之劳心困形，以役于事者㉕，有以为之矣。予之卑巷穷庐，冗衣砻饭㉖，芑苋之羹㉗，隐约而安者，固予之所以遂其志而有待也。予之疾则有之，可以进于道者，学之有不至。至于文章，平生所好慕，为之有不暇也。若夫土坚木好高大之观，固世之聪明豪隽挟长而有恃者所得为，若予之拙，岂能易而志彼哉？"遂历道其少长出处㉘，与夫好慕之心，以为《学舍记》。

【注释】

①方：正是……的时候。②好：爱好。③锐意：意志坚决而专一。并：并驾齐驱。④滋：滋生，发生。⑤绝：横渡。⑥逾：越过。⑦载：乘船而过。⑧涉世：踏入社会。⑨川：河流。⑩貙虺（chū huǐ）：这里泛指猛兽。貙是兽名，像狸。虺是毒蛇。⑪雨旸（yǔ yáng）：雨天和晴天。寒燠（hán yù）：冷热，严寒和酷暑。⑫寓：寓居。⑬筥（jǔ）：圆底的竹筐。⑭经营：操办，操持。⑮毕：完成，结束。⑯遘（gòu）：遭遇。⑰志：遗愿。⑱祠：祭祀。⑲王事之输：王命差遣捐纳缴租等公事。⑳皇皇：通"遑遑"，匆忙，忙碌。㉑挟：拿起。㉒考：考究，探究。㉓嗟：叹息。㉔疾：弊病，缺点，此处用作动词，嫌弃的意思。㉕役：役使。

㉖砻（lóng）：磨稻谷去壳的工具，此处指用砻粗略加工。㉗苣苋（qǐ xiàn）：此处泛指野菜。㉘历道：一一述说。

【译文】

我从小就跟随老师读书，然而这时候，正把和家人小孩儿们打闹、玩耍作为乐趣，我对读书还不知道爱好。十六七岁时，发现六经中的话与古今作家的文章，有超出一般人的见解，才懂得读书，从那儿之后（自己便）意志坚决专一，希望将来能与古今作家并驾齐驱。

然而这时候，家中不幸的事也发生了。从那儿以后，西北方向我到过陈州、蔡州、谯县、苦县，睢水、汴水、淮水、泗水流域，到达京师开封；向东我渡过大江，坐船到运河，越过太湖，沿着封山、禹山、会稽山，到达东海；向南我乘船沿长江往上游去，到达夏口，在远处能看见洞庭湖，又转向彭蠡，攀上大庾岭，从浈阳到泷水，一直到达南海的边上。这就是我踏进社会并四处奔走的情形。那蛟鱼潜藏、波涛汹涌、水流湍急的大河，那高大的山岩、连成片的林野，以及猛兽毒蛇聚居的地方，加上日晒雨淋，寒冷异常，酷夏难耐，江河中的风波和浓雾瘴毒，到处充满无法意料的危机，这就是我一个人漂泊、客居远方遇

到的种种艰辛。家中的衣服食物和各种药品，房屋用具，以及簸箕篾筐之类烦琐的小事，都是我不得不操办好用来养活亲人的。那年在南京，父亲突然生病去世，我一下子好像觉得天倾地裂，独在异乡痛哭流涕，从几千里之外的地方，运载父亲的灵柩回南方，又经过长时间的操劳，才终于完成安葬之事，这就是我遭遇祸患而失去父亲的情形。母亲生前的遗愿，以及弟弟娶亲，妹妹出嫁，一年四季的祭祀，内外亲属的问候庆吊，向官府缴纳租税，这些就是我整天忙碌不停还办不完的。我因此被弄得疲惫不堪，又加上体弱多病，可以用语言表达的，仅仅是其中一两点大致的情况。一获得一点儿闲暇时间，我就拿起书来学习，对于怎样立身治民，对社会现存的一切什么样的应当增加、什么样的应当减损，在很多方面我都没能好好考究观察、讨论分析。因此也就不能专心地揣摩文章，用以表达个人心中难于表现的情志，从而去追赶古今的作家，取得可以和他们相比较的成就，来满足我的爱好和向往之心，这就是我反省自己而深切感到叹息的事。

　　当今皇帝至和初年，我遭受的干扰和事故更多更频繁，（靠）我自己的力量实在无法应对，于是只好在家休息，到房子旁边的草屋里去读书。有人嫌弃这屋太低矮，也有人说它太窄小，我回头笑着对他们说："这对我来说非常合适。我多年劳心费神、身体疲惫，而被家事役使四处奔走，打算有所作为。我住在小巷陋室，衣着破旧，饮食粗淡，喝野菜汤，虽然穷困然而仍旧安心，自然是想实现自己的志向而等待机会。我所遗憾的事也是有的，那就是本来可以掌握圣贤们的大道，可是学问还不够。至于文章，是我平生的爱好和向往，倒是经常写作而没有闲下来过。至于那建筑坚固、木材美好、高大壮观的屋舍，本来就是世上那些聪明豪俊、有优越条件和有强大势力可以依靠的人才能够住得起的，像我这样愚昧拙朴的人，怎么能改变自己的志向而去想它呢？"于是我一一叙述了自己从年幼到长大成人的经历，以及我的爱好和向往之心，撰写了这篇《学舍记》。

道山亭记

闽，故隶周者也①，至秦，开其地，列于中国②，始并为闽中郡。自粤之太末，与吴之豫章，为其通路。其路在闽者，陆出则阸于两山之间③，山相属无间断，累数驿乃一得平地④，小为县，大为州，然其四顾亦山也。其途或逆坂如缘𬱖⑤，或垂崖如一发，或侧径钩出于不测之溪上，皆石芒峭发⑥，择然后可投步。负戴者虽其土人⑦，犹侧足然后能进。非其土人，罕不踬也⑧。其溪行，则水皆自高泻下，石错出其间，如林立，如士骑满野，千里下上，不见首尾。水行其隙间，或衡缩蟉糅⑨，或逆走旁射，其状若蚓结，若虫镂，其旋若轮⑩，其激若矢。舟溯沿者⑪，投便利，失毫分，辄破溺。虽其土长川居之人，非生而习水事者，不敢以舟楫自任也。其水陆之险如此。汉尝处其众江淮之间而虚其地⑫，盖以其陋多阻⑬，岂虚也哉？

福州治侯官，于闽为土中，所谓闽中也。其地于闽为最平以广⑭，四出之山皆远，而长江在其南，大海在其东，其城之内外皆涂⑮，旁有沟，沟通潮汐，舟载者昼夜属于门庭⑯。麓多美木⑰，而匠多良能，人以屋室巨丽相矜⑱，虽下贫必丰其居⑲，而佛、老子之徒，其宫又特盛⑳。城之中三山，西曰闽山，东曰九仙山，北曰粤王山，三山者鼎趾立。其附山，盖佛、老子之宫以数十百，其瑰诡殊绝之状㉑，盖已尽人力。

光禄卿、直昭文馆程公为是州，得闽山嶔崟之际㉒，为亭于其处，其山川之胜，城邑之大，宫室之荣，不下簟席而尽于四瞩㉓。程公以谓在江海之上，为登览之观，可比于道家所谓蓬莱、方丈、瀛州之山，故名之曰"道山之亭"。闽以险且远，故仕者常惮往，程公能因其地之善，以寓其耳目之乐㉔，非独忘其远且险㉕，又将抗其思于埃壒之外㉖，其志壮哉！

程公于是州以治行闻㉗，既新其城㉘，又新其学，而其余功又及于此。盖其岁满就更广州㉙，拜谏议大夫，又拜给事中、集贤殿修撰，今为越州，字公辟，名师孟云。

【注释】

①故：原来，以前。②中国：中原。③阸（ài）：隔断。④累：连续，接连。⑤逆坂如缘絙（gēng）：迎着山坡像攀援着粗绳子而上。逆，迎着，顶着。⑥峭发：陡峭突出。⑦虽：即使。⑧踬（zhì）：跌倒。⑨衡缩蟉（liú）糅：水势曲折奔流。衡缩，纵横交错。蟉，曲折。⑩旋：旋涡。⑪溯：逆流而上。⑫处：安置，安排。⑬盖：表示原因。⑭以：而，表示并列。⑮涂：同"途"，道路。⑯属：集中，聚集。⑰麓：山脚。⑱矜：夸耀。⑲丰：使……宽敞。⑳宫：寺庙，庙宇。㉑瑰诡：奇伟怪异。㉒嶔釜（qīn yín）：山势高耸的样子。㉓簟席：竹席。㉔寓：寄托。㉕独：仅仅，只。㉖埃壒（ài）：凡尘，世俗。㉗治行：犹言政绩。㉘新：使……崭新，此处指新修了城墙。㉙岁满：任期结束。更：改任。

【译文】

福建，原来隶属于周朝，到秦时，开辟了这方土地，列入中原，到这个时候才合为闽中郡。这个地方的范围从越国的太末到吴地的豫章，是自中原通向它的必经之路。但是这通道到了闽地，陆路就被阻塞在两山当中，而山相连没有间断，接连过了几个驿站才能见到一块平地，小的作为县，大的作为州，然而州、县（城）的四面望去也都是山。通往它的道路就像沿着山攀爬的粗绳子一样，有的像垂直挂在山崖的头发，有的小路就蜿蜒在深不可测的溪流边上，（路旁）峭壁上经常还能看见石刃斜刺出来，一定要看清楚脚下的路才能开始下步。那些背着、顶着东西的人要想走路，即使他们是当地居民，也还是要侧着脚万分小心地往前走。不是当地居民的人几乎没有不被绊倒的。如果走水路的话，那些水都是从高处倾泻下来的，水中的岩石交错相生，如树木竖立，如兵马遍布野外，上下千里，见不到头尾。水流在怪石的空隙间穿行，有的弯曲盘绕地流淌，有的逆着地势从旁边喷出，它们的形状像蚯蚓盘结，像虫形雕刻，旋涡像轮子，水流激射如箭。船逆流而上或顺流而下时，都要充分利用好水势，要是有一点儿疏忽，马上就会船毁沉溺。就算是本地人，要不是从小就练习水性，还是不敢胜任水上行船的职业的。闽地水陆两路都是如此艰难。汉代曾经把人民迁徙到江淮之间，让这个地方空着，大概因为这地方险狭多阻，难道这是虚假的传言吗？

福州的州治所设立在侯官，对闽地来说是位于这个地方的中部，因此就叫闽中。这个地方是闽地最平坦宽广的地方，四周离山还很远，而闽江就位于它的南边，它的东边就是大海。城内外都有路，路旁有小河，小河可以沟通大海，船载的人和货物昼夜都可以聚集在家门。山脚多大树，工匠中有很多是手艺精湛的。人们竞相夸耀自己房屋的大且华丽，即使是下等贫苦的人也一定要使自己的住宅宽敞。而佛教、道教之徒，他们的庙宇又特别华丽。城中还有三座山，位于西边的叫闽山，位于东边的叫九仙山，位于北边的叫粤王山，这三座山像构成了一座鼎一样。沿着山势，佛教、道教的庙观有数十上百处，它那宏伟奇异绝然不同的形状，也许已经用尽了人工之力。

光禄卿、直昭文馆程公主持福州的政务，在福州的高耸地方，建了一座亭子，这里的山水胜景，城池的宏大，宫室的繁荣，不用走离竹席就尽可观望四面景色。程公认为这里位于江海之上，可以作为登山四望的地方，可以和道家所说的蓬莱、方丈、瀛州三座仙山相提并论，因此为它起名叫"道山之亭"。闽地由于道路险远，所以做官的常怕到此任职，程公能够依照这地方的长处筑亭，用来寄托他耳目的欢乐，不仅仅忘掉了它路远而险峻，又让他的思想高出凡尘，他的志向多么壮阔呀！

程公在这个州府因政绩突出而闻名，他既改造了城墙，又革新了学府，并且利用公事之余又办到了建亭这件事。一年之后，他就到了广州做知府，随后又担任谏议大夫，接着被任命为给事中、集贤殿修撰，他现在担任越州知府，他的字是公辟，名字叫师孟。

越州赵公救灾记

　　熙宁八年夏，吴越大旱。九月，资政殿大学士、右谏议大夫、知越州赵公①，前民之未饥②，为书问属县："灾所被者几乡③？民能自食者有几？当廪于官者几人④？沟防构筑可僦民使治之者几所⑤？库钱仓粟可发者几何？富人可募出粟者几家？僧、道士食之羡粟书于籍者⑥其几具存？"使各书以对，而谨其备。

　　州县吏录民之孤老疾弱、不能自食者二万一千九百馀人以告。故事⑦，岁廪穷人，当给粟三千石而止。公敛富人所输⑧，及僧、道士食之羡者，得粟四万八千馀石，佐其费⑨。使自十月朔⑩，人受粟日一升，幼小半之。忧其众相蹂也⑪，使受粟者男女异日，而人受二日之食。忧其且流亡也，于城市郊野为给粟之所，凡五十有七，使各以便受之，而告以去其家者勿给。计官为不足用也，取吏之不在职而寓于境者⑫，给其食而任以事。不能自食者，有是具也⑬。能自食者，为之告富人，无得闭粜⑭。又为之出官粟，得五万二千馀石，平其价予民。为粜粟之所，凡十有八，使籴者自便如受粟。

又僦民完城四千一百丈，为工三万八千，计其佣与钱，又与粟，再倍之。民取息钱者[15]，告富人纵予之[16]，而待熟，官为责其偿。弃男女者，使人得收养之。

明年春，大疫。为病坊[17]，处疾病之无归者。募僧二人，属以视医药饮食[18]，令无失所恃。凡死者，使在处随收瘗[19]之。

法[20]，廪穷人，尽三月当止，是岁尽五月而止。事有非便文者，公一以自任，不以累其属。有上请者，或便宜[21]，多辄行。公于此时，蚤夜惫心，力不少懈[22]，事细巨必躬亲。给病者药食，多出私钱。民不幸罹旱疫[23]，得免于转死；虽死，得无失殓埋，皆公力也。

是时，旱疫被吴越，民饥馑疾疠，死者殆半，灾未有巨于此也。天子东向忧劳，州县推布上恩，人人尽其力。公所拊循[24]，民尤以为得其依归。所以经营绥辑[25]，先后终始之际，委曲纤悉[26]，无不备者。其施虽在越，其仁足以示天下；其事虽行于一时，其法足以传后。

盖灾沴之行，治世不能使之无，而能为之备。民病而后图之，与夫先事而为计者，则有间矣；不习而有为，与夫素得之者，则有间矣。予故采于越，得公所推行，乐为之识其详，岂独以慰越人之思？将使吏之有志于民者，不幸而遇岁之灾，推公之所已试，其科条可不待顷而具㉗。则公之泽岂小且近乎？

公元丰二年，以大学士加太子少保致仕，家于衢。其直道正行在于朝廷、岂弟之实在于身者，此不著。著其荒政可师者㉘，以为《越州赵公救灾记》云。

【注释】

①知：主管。②前：在……之前。③被：遭受，遭遇。④廪：官方供给粮食。⑤僦（jiù）：雇用。⑥羡：多余。⑦故事：按照老规矩。⑧敛：征收，征敛。⑨佐：辅助，补助。⑩朔：农历每月初一。⑪蹂：践踏。⑫寓：寄居，居住。⑬具：完备，具备。⑭粜：卖出谷物。和下文的"籴"相对。⑮息：利息。⑯纵：尽情，大胆。⑰病坊：收容病人的地方。⑱属：通"嘱"，嘱咐，托付。⑲瘗（yì）：埋葬。⑳法：按照法令。㉑便宜：方便合适，便利。㉒少：稍微，稍稍。㉓罹：遭受，遭遇。㉔拊循：亦作"拊巡"，安抚，抚慰。㉕绥辑：安顿。㉖纤悉：详细解释，细微详尽。㉗具：具备，拥有。㉘师：学习，效法。

【译文】

熙宁八年（1075年）夏天，吴越一带遭遇严重旱灾。这年九月，资政殿大学士、右谏议大夫、越州知州赵公，在百姓还没有遭到饥荒威胁的时候，他就给所属各县下达文件，询问："有多少个乡遭受了灾害？有多少户百姓能够养活自己？还有多少人要靠官府提供救助？可以雇用民工修筑沟渠堤防的工程有多少？仓库里的钱粮还可以发放多少？有多少富户可以征募粮食？和尚、道士那里存了多少多余的粮食？"他让各县呈文上报，并且谨慎地作好准备。

州县官吏一一登记，报告上说全州孤儿、老人、重病者、体弱者没有生活能力的一共有二万一千九百多人。按照老规矩，官府每年发给穷人救济，应当发到三千石粮米就停止。赵公征收富户人家上缴的，以及僧人、道士吃余下的粮米，共得谷物四万八千多石，就用它来补助那救济的费用。规定从十月初一开始，每人每天领救济粮一升，幼小的孩子每天领半升。赵公担心人多，领粮食的时候容易出现踩踏的事情，他又给男人和女人规定了不同的领粮食的日子，而且每人一次可以领两天的口粮。他又担心乡民将流离失所，就在城镇郊外设置了发粮点共五十七处，让各人就便领粮，并通告大家，离开自家的不发给粮食。估计到办理发粮的官吏不够用，便选取没有任职并住在越州境内的官吏，供给他们粮食并把事情委任给他们。对于那些不能养活自己的人，就用这些措施来解决困难。对那些有能力买粮食的人，就告诉富人们不能不卖给他们粮食。又为他们调出官仓里的粮食五万二千余石，按平常的价格卖给百姓。设置十八处卖粮点，使百姓买粮食就像领救济粮一样方便。

他又雇用民工修补城墙四千一百丈，利用工时三万八千个，还给这些雇工发工钱，并给他们两倍的粮食。老百姓中有愿意出利息借债的，官府就劝说富贵人家尽量把钱借出去，等到有了收成，官府会出面为债主讨回借款。被抛弃的男女孩童，都让人收养他们。

第二年春天，瘟疫很严重。官府设立病院，安置无家可归的病人。招募两位僧人，委托他们照料病人的医药和饮食，让那些病人不失去依靠。凡是死去的人，让所在地随时将其收殓埋葬。

按照规定，遇到灾荒年只能给穷人发放三个月的救济粮，而这一年却发了五个月。凡是不合公文规定需要处理的事情，赵公都揽到自己的身上，不想使下属们受到牵连。下面的人向他请示的事情只要有利于救灾，他就立即批准施行。赵公在这段时间，早晚操劳，身心疲惫，也没有丝毫懈怠，事情无论大小都一定亲自处理。给病人吃药吃饭的开销，多是他自己出的费用。百姓不幸遭遇上旱灾和瘟疫，能够避免在逃亡、流浪中死去；即使死了，也不会无人收敛埋葬，都是靠赵公的力量。

这时，旱灾瘟疫遍及吴越一带，百姓遭受饥荒瘟病，死去的将近一半，灾情没有比这更大的了。天子为此忧劳，州县推广布施皇上的恩德，人人都尽自己的能力。赵公对百姓采取各种措施进行抚慰，百姓都觉得自己有了依靠和归宿。赵公对于用来筹划安顿民众的事，各件事的轻重缓急以及如何开始和结束等方方面面的工作，都非常周到细致，考虑周全。他的施政虽然只在越州，他的仁爱却足够昭示天下；他的措施虽然只是在短时间内实行，他的方法却足够传给后人。对于灾害的发生，即使在太平时期也是没办法避免的，只是能够预先对其作些防备。等老百姓受了灾，陷入困境之后再来想办法，和事先就谋划好是有很大的差别的。不经过学习就去办事情，和平时注意学习、积累经验，也是有很大差别的。我特意到越地采访，知道了赵公推行的一套办法，并高兴地把它详细记载下来，难道仅仅是用来安慰吴越人对赵公的思念之情吗？将使后来有心为民做事的官吏，在不幸遇到灾年的时候，能推行赵公

已经试行过的办法，那救灾的章程条例可以不费顷刻工夫就制定好，那么赵公的恩泽怎么能说是很小并且只影响眼前呢？

元丰二年（1079年），赵公被封为大学士兼太子少保，回到衢州安家。至于他正直善良的行为被朝廷所推崇、他自身为人又平易近人，这些实实在在的方面，这里就不再多说了。为了多写一些（饥荒）灾年的救济措施以供后人借鉴，我写了这篇《越州赵公救灾记》。

【读·品·悟】

在危机、灾难面前，代表政府的官员就是百姓的主心骨，如果他们能冷静应对，并制定出切实可行的措施，让人们能各司其职，各就其位，就不会出现混乱的场面，这才是渡过危机最重要的一步。

先大夫集后序

宋既平天下①，公始出仕②。当此之时，太祖、太宗已纲纪大法矣，公于是勇言当世之得失。其在朝廷，疾当事者不忠③，故凡言天下之要，必本天子忧怜百姓④、劳心万事之意，而推大臣、从官、执事之人⑤，观望怀奸，不称天子属任之心，故治久未洽。至其难言，则人有所不敢言者。虽屡不合而出⑥，其所言益切，不以利害祸福动其意也。

中华传统文化经典

始公尤见奇于太宗⑦，自光禄寺丞、越州监酒税召见，以为直史馆，遂为两浙转运使。未久而真宗即位，益以材见知。初试以知制诰，及西兵起⑧，又以为自陕以西经略判官。而公常激切论大臣，当时皆不悦，故不果用。然真宗终感其言，故为泉州，未尽一岁，拜苏州⑨，五日，又为扬州。将复召之也，而公于是时又上书，语斥大臣尤切，故卒以龃龉终⑩。

公之言，其大者，以自唐之衰，民穷久矣，海内既定，天子方修法度⑪，而用事者尚多烦碎，治财利之臣又益急⑫。公独以谓宜遵简易、罢管榷⑬，以与民休息，塞天下望⑭。祥符初，四方争言符应，天子因之，遂用事泰山⑮，祠汾阴，而道家之说亦滋甚，自京师至四方，皆大治宫观。公益诤，以谓天命不可专任，宜绌奸臣⑯，修人事，反复至数百千言。呜呼！公之尽忠，天子之受尽言，何必古人。此非传之所谓主圣臣直者乎？何其盛也！何其盛也！

公在两浙，奏罢苛税二百三十馀条。在京西，又与三司争论，免民租，释逋负之在民者⑰，盖公之所试如此……

公卒以龃龉终，其功行或不得在史氏记，藉令记之，当时好公者少，史其果可信欤？后有君子欲推而考之，读公之碑与其书，及余小子之序其意者，具见其表里，其于虚实之论可核矣。

公卒，乃赠谏议大夫。姓曾氏，讳某，南丰人。序其书者，公之孙巩也。至和元年十二月二日谨序。

【注释】

①既：已经。②出仕：出来做官。③疾：痛恨。④本：本着，从……出发。⑤推：推知。⑥出：古代指官被贬出朝廷。⑦见……于：表被动。⑧西兵：西夏。⑨拜：授官。⑩龃龉：不和。⑪方：正在。⑫急：急功近利。⑬宜：应该。⑭望：怨恨。⑮用事：祭祀。指中国古代帝王为祭拜天地而举行的活动。⑯绌：罢黜。⑰负：拖欠。

【译文】

宋朝平定天下之后，曾公才开始出来做官。当时，太祖、太宗已制定好治理国家的法度准则，曾公在这个时候敢于直言当时的过失。他在朝廷上痛恨当权者的不忠，所以凡是他谈论国家大事，一定从皇帝爱护百姓、劳心万事之意出发，而推知大臣、从官、执事等人持观望态度、心怀奸邪，和皇帝委任他们做官的初衷不能相称，所以国家治理很久还不能和谐融洽。至于曾公责难当世的言论，则常常是别人不敢说的。虽然多次因与当权派意见不合而贬官到外地，他的言论却更激切，不因为利害祸福就动摇自己的本意。

刚开始曾公特别被太宗称奇，他在任光禄寺丞、越州监酒税官时被召见，（太宗）让他任职直史馆，然后做两浙转运使。不久真宗即位，他更凭借才能被真宗赏识。最初试用他做知制诰，起草皇帝诏书，后来西夏进扰，又让他任陕西经略判官。但曾公常常言论激切地议论大臣，当权者都不高兴，所以终究没有采纳他的意见。但真宗终于被他的话感动，所以让他出任泉州知州，不到一年，（他）又任苏州知州，五天后又任扬州知州。将要再次召他还京时，曾公此时又向皇帝上书，言辞间斥责大臣尤其激切，所以，最后曾公在同朝廷意见不合中去世。

曾公的谏言，大的方面，认为自从唐朝衰亡以后，人民穷苦困顿已经很久了。国内安定下来以后，皇帝正修明法度，但掌权的人还是做事烦琐细碎，主管财利的大臣又更加急功近利，曾公独认为应该遵从简易、罢管榷，以便让人民休养生息，消除天下人的怨恨。祥符初年，各地争着报告符应之事，皇帝就着这种情况，于是到泰山祭祀，祭祀汾阴后土神，然而道教思想也更加泛滥，从京师到各地，都大造道观。曾公更加直言进谏，认为天命不会被独占，应该罢黜奸臣，修明人事，反复言说，达成百上千字。唉！曾公的尽忠，皇帝的纳谏，为什么一定要发生在古人身上呢？这不就是史书上所说的"皇帝圣明，人臣耿直"吗？多么兴盛的事呀！多么兴盛的事呀！

曾公在两浙为官时，上奏罢免苛税二百三十余项。在京为官时，又与三司争论，免除民租，放弃了收回民间的欠款，曾公为政大致如此……

曾公最终因与当政者意思不合而去世，他的功绩和品行有的没有载入史书，即使记了下来，当政者喜欢他的少，史书就果真可信吗？后代如果有人要推究考证他的行状，读他的碑文和书籍，以及我的这篇序，就会一五一十地看到他的一切，对那些真假评价就可以核实了。

曾公去世后，朝廷赐予他谏议大夫的称号。祖父姓曾，名某，南丰人。为他的书作序的，是他的孙子曾巩。至和元年（1054年）十二月二日谨序。

王安石

王安石（1021年—1086年），字介甫，号半山，谥文，封荆国公，世人又称王荆公。北宋抚州临川（今江西临川）人，中国历史上杰出的政治家、思想家、学者、诗人、文学家、改革家，"唐宋八大家"之一。北宋丞相、新党领袖。欧阳修称赞王安石："翰林风月三千首，吏部文章二百年。老去自怜心尚在，后来谁与子争先。"传世文集有《临川集》《临川集拾遗》等。其诗文各体兼擅，词虽不多，但亦擅长，且有名作《桂枝香》等。而王荆公最得世人传诵之诗句莫过于《泊船瓜洲》中的"春风又绿江南岸，明月何时照我还"。

王安石出生于临江（在今江西樟树），生活在地方官家庭，自幼聪颖，读书过目不忘。而且他从小随父宦游南北各地，更增加了社会阅历，开阔了眼界，目睹了人民生活的艰辛，对宋王朝"积贫""积弱"的局面有了一定的感性认识，青年时期便立下了"矫世变俗"之志。他进入仕途任地方官吏时，能够关心民生疾苦，多次上书建议兴利除弊，减轻人民负担。由于长时间接触并了解社会现实，他对北宋中期隐伏的社会危机有所认识，"慨然有矫世变俗之志"。

庆历二年（1042年）三月，王安石考中进士，授淮南节度判官。之后调任鄞县（今浙江鄞州知县），为人正直，执法严明，为百姓做了不少有益的事。组织民工修堤堰，挖陂塘，改善农田水利灌溉，便利交通。在青黄不接时，将官库中的储粮低息贷给农户，解决百姓度荒困难。嘉祐三年（1058年）冬，王安石改任三司度支判官。

嘉祐三年（1058年）《上仁宗皇帝言事书》，系统地提出了变法主张，他认为法度必须改革，以求其能"合于当世之变"，要求改变北宋"积贫积弱"的局面，抑制大官僚、大地主的兼并和特权，推行富国强兵政策。王安石认为变法的先决条件是培养人才，因此王安石改革科举制度，改革取士。废明经，设明法科。进士科不考诗赋考时务策，整顿太学，唯才是举，培养经世致用的人才。

熙宁九年（1076年）辞相后隐居，元祐元年（1086年）病逝于江宁（今江苏南京）钟山，谥号"文"，故世称王文公。

本朝百年无事札子

　　臣前蒙陛下问及本朝所以享国百年①、天下无事之故。臣以浅陋，误承圣问，迫于日晷②，不敢久留，语不及悉③，遂辞而退。窃惟念圣问及此，天下之福，而臣遂无一言之献，非近臣所以事君之义，故敢昧冒而粗有所陈。

　　伏惟太祖躬上智独见之明④，而周知人物之情伪⑤，指挥付托必尽其材，变置施设必当其务。故能驾驭将帅，训齐士卒，外以捍夷狄，内以平中国⑥。于是除苛赋，止虐刑，废强横之藩镇，诛贪残之官吏，躬以简俭为天下先。其于出政发令之间，一以安利元元为事⑦。太宗承之以聪武，真宗守之以谦仁，以至仁宗、英宗，无有逸德⑧。此所以享国百年而天下无事也。

　　仁宗在位，历年最久。臣于时实备从官，施为本末⑨，臣所亲见。尝试为陛下陈其一二，而陛下详择其可，亦足以申鉴于方今⑩。伏惟仁宗之为君也，仰畏天，俯畏人；宽仁恭俭，出于自然，而忠恕诚悫⑪，终始如一。未尝妄兴一役，未尝妄杀一人。断狱务在生之⑫，而特恶吏之残扰⑬。宁屈己弃财于夷狄，而终不忍加兵。刑平而公，赏重而信。纳用谏官御史，公听并观⑭，而不蔽于偏至之谗。因任众人耳目，拔举疏远，而随之以相坐之法。盖监司之吏以至州县，无敢暴虐残酷，擅有调发，以伤百姓。自夏人顺服，蛮夷遂无大变，边人父子夫妇，得免于兵死，而中国之人，安逸蕃息⑮，以至今日者，未尝妄兴一役，未尝妄杀一人，断狱务在生之，而特恶吏之残扰，宁屈己弃财于夷狄，而不忍加兵之效也。大臣贵戚、左右近习，莫敢强横犯法，其自重慎，或甚于闾巷之人，此刑平而公之效也。募天下骁雄横猾以为兵⑯，几至百万，非有良将以御之，而谋变者辄败；聚天下财物，虽有文籍，委之府吏，非有能吏以钩考⑰，而断盗者辄发；凶年饥岁，流者填道，死者相枕，而寇攘者辄得，此赏重而信之效也。大臣贵戚、左右近习，莫能大擅威福，广私货赂，一有奸慝⑱，随辄上闻；贪邪横猾，虽间或见用，未尝得久，此纳用谏官、御史，公听并观，而不蔽于偏至之谗之效也。自县令京官以至监司台阁，升擢之任⑲，虽不皆得人，然一时之所谓才士，亦罕蔽塞而不见收举者，此因任众人之耳目，拔举疏远，而随之以相坐之法之效也。升遐之日⑳，天下号恸，如丧考妣，此宽仁恭俭，出于自然，忠恕诚悫，终始如一之效也。

然本朝累世因循末俗之弊㉑，而无亲友群臣之议。人君朝夕与处，不过宦官女子；出而视事㉒，又不过有司之细故。未尝如古大有为之君，与学士大夫讨论先王之法，以措之天下也。一切因任自然之理势，而精神之运有所不加，名实之间有所不察。君子非不见贵，然小人亦得厕其间㉓；正论非不见容，然邪说亦有时而用。以诗赋记诵求天下之士，而无学校养成之法；以科名资历叙朝廷之位，而无官司课试之方。监司无检察之人，守将非选择之吏。转徙之亟㉔既难于考绩，而游谈之众因得以乱真。交私养望者多得显官，独立营职者或见排沮㉕。故上下偷惰取容而已，虽有能者在职，亦无以异于庸人。农民坏于徭役，而未尝特见救恤，又不为之设官，以修其水土之利。兵士杂于疲老，而未尝申敕训练，又不为之择将，而久其疆埸之权。宿卫则聚卒伍无赖之人，而未有以变五代姑息羁縻之俗㉖；宗室则无教训选举之实，而未有以合先王亲疏隆杀之宜。其于理财，大抵无法，故虽俭约而民不富，虽忧勤而国不强。赖非夷狄昌炽之时㉗，又无尧、汤水旱之变，故天下无事，过于百年。虽曰人事，亦天助也。盖累圣相继，仰畏天，俯畏人，宽仁恭俭，忠恕诚悫，此其所以获天助也。

伏惟陛下躬上圣之质，承无穷之绪㉘，知天助之不可常恃，知人事之不可怠终，则大有为之时，正在今日。臣不敢辄废将明之义，而苟逃讳忌之诛。伏惟陛下幸赦而留神，则天下之福也。取进止。

【注释】

①享国：享有国家。指在位掌权。②日晷：指按照日影移动来测定时间的仪器。这里指时间。③悉：详尽，周全。④伏惟：下对上的敬辞。⑤周：全面。⑥中国：指中原地区。⑦安利元元：使老百姓得到平安和利益。元元，老百姓。⑧逸德：失德。逸，通"佚"，亡失。⑨本末：原委，始末。⑩申鉴：引出借鉴。⑪悫（què）：诚恳。⑫断狱：审理和判

决案件。⑬吏之残扰：指官吏对老百姓的残害和骚扰。⑭公听并观：公开地多听多看。意思是多方面听取意见和观察情况。⑮安逸蓄息：休养生息。蓄息，繁殖万物，繁衍后代。⑯骁雄横猾：指勇猛强暴而奸诈的人。⑰钩考：探究考察。⑱奸慝（tè）：奸邪的事情。慝，奸邪，邪恶。⑲升擢：提升。⑳升遐：对皇帝死亡的讳称。此指仁宗去世。㉑因循末俗：沿袭旧俗。㉒视事：指临朝料理国政。㉓厕：参与。㉔转徙：调动官职。亟：频繁。㉕独立营职：不靠别人，勤于职守。㉖羁縻：这里指胡乱收编。㉗昌炽：昌盛。㉘绪：事业。这里指帝业。

【译文】

我日前承蒙陛下问到本朝立国百年、天下太平无事的原因。我因为浅薄无知，有误皇上下问，迫于时间短促，不能久留，话还来不及细说，于是当时就告辞退出。我私下里想到皇上问到这个问题，是天下人的福气，而我却没有一言半语献给皇上，这不是左右随侍之臣侍奉君主的正确态度，所以敢于不顾自己的身份地位向皇上陈述我不成熟的意见。

我认为太祖本身具有高超的智慧、独到的见解，能全面地了解人物的真情假意，指挥决策和付托重任，一定能人尽其材；改变设置，一定恰如事理。所以能够驾驭将帅，练好兵卒，靠他们对外抵抗外族进扰，对内平定中原。于是废除苛捐杂税，禁止酷刑，废除强横的藩镇势力，诛杀贪婪残暴的官吏，自身俭朴，为天下做出了榜样。太祖在制定政策发布命令的时候，一切以百姓能平安、得利为准则。太宗皇帝凭借着自己的军事天才继承了这些，真宗皇帝用谦恭仁德保持住了这些，一直到仁宗、英宗皇帝，都没有失德的地方。这就是立国百年天下却太平无事的原因。

仁宗在位，经历的年份最长，我在当时担任侍从官，所作所为，从头到尾，我都亲眼所见。现在尝试给陛下陈述其中之一二，陛下只要仔细地选择合适的，也就足够用来作为当今的借鉴了。我想仁宗作为一位君主，对上敬畏天命，对下敬畏人民；宽厚仁爱，谦恭俭朴，出于天性，忠恕诚恳，始终如一。没有随意兴办一项工程，没有随意杀过一个人。审理案件注重保全罪犯的生命，但却特别痛恨官吏的残暴扰民。宁愿委屈自己捐出钱财给夷狄，而终究不忍心将兵役负担加在百姓身上。刑罚公平，赏赐不仅厚重而且守信用。容纳重用谏官、御史，听取各方面的意见，而不被片面的谗言所蒙蔽。依靠众人的耳闻目睹，选拔举荐关系疏远的人才，而且伴随着连坐的法律。从监察官吏到州、县的官员，没有人敢暴虐残酷，擅自增加赋税徭役，来损害老百姓。从此西夏人表示顺服，少数民族于是就没有大的变乱，边境百姓人家的父子夫妇，能够避免死于战争，中原百姓平安闲逸地得到繁衍生息，才到今天这样平安无事的局面，这是不曾随便兴设一种工役，不曾胡乱地杀死一个人，断案务求给人生路，特别厌恨官吏残暴扰民，宁可委屈自己而把财宝给契丹、西夏，却始终不忍心用兵的效果呀。王公大臣、皇亲国戚、身边的近臣，没有人敢强横犯法，他们自重谨慎，有的甚至超过平民百姓，这是刑罚轻缓而公正的结果。招募天下骁雄强横奸诈之徒作为士兵，几乎达到百万，没有良将来统率他们，而阴谋叛乱的人很快就败露；聚集了全国的财物，虽然只有记录的簿册，将它们交给官府的办事员掌管，并没有派能力很强的人去查核，而欺骗盗窃的总是被发觉；歉收的年成、饥荒的岁月，流亡的人填满了道路，死去的人一个叠着一个，而抢劫的总是被抓获，这是赏赐厚重又讲信用的效果呀。国家重臣、皇亲国戚、皇帝身边亲近的人，谁也不能大胆地作威作福，广行贿赂，一旦出现奸诈邪恶的行为，随即就会被皇上知道；贪婪邪恶强横而又奸诈的人，即使有时候受到任用，也不会用得长久，这是接纳重用谏官、御史，兼听并考察各种意见，不被片面的谗言所蒙骗的效果呀。从县令、京官到监司、台阁，提拔任用，虽然不能全部称职，然而，闻名一时的所谓有才能的人，也很少有埋没不被任用的，这是信任大家的见闻，提拔选举与皇帝关系疏远的人，并且有举荐人才不实要连带受处分的规定的效果啊呀。仁宗皇帝升天的时候，天下的人民哀号恸哭，就像死了父母一样。这是他宽厚仁爱恭谨俭朴，完全出于天生的秉性，忠厚宽容诚恳实在，始终如一的效果呀。

可是我朝承袭朝朝代代流传下来的坏风俗和弊端，却没有皇亲和大臣谈论这个问题。和皇上朝夕相处的，不过是宦官宫女；出来处理政事，又不过是有关部门的琐事。不曾像古代大有作为的君王，和学士大夫们一道讨论先王的施政之法，将它实施于天下。一切任凭客观自然的发展，而主观的努力并不增加，声名与实效并不了解。君子不是不受尊重，可是小人也可以经过钻营跻身这个行列；正确的论断并不是不被采纳，然而不正确的怪论有时候也被采用。凭着写诗作赋博闻强记选拔天下的士人，而没有学校培养造就人才的方法；以科名贵贱资历深浅排列在朝中的官位，而没有官吏考核实绩的制度。各路的监司不是经过认真检验考察的人充任，各地的守将也不是经过选择对比而任用的。调动升迁很快，升迁调动之后又很难考核政绩，因而那些游说空谈的人得以以假乱真。鱼目混珠，结党营私，猎取名望的人，大多数得到了显要的职务，靠自己才能奉公守职的人，有时会遭到排挤。所以朝廷上下的人只是偷懒懈怠取悦讨好而已，即使有能人任职，也无法显示出和庸人的不同。农民受到了徭役的牵累，却不曾看到特别的救济抚恤，又不为他们设置官员，兴修农田水利。兵士夹杂有疲惫衰老的士卒，却不曾受到激励和训练，又不替他们选择合适的将领，却长期在外执掌边防重任。禁卫军聚集了军队中的无赖之徒，却没有改变梁唐晋汉周五代以来纵容笼络的坏习惯；宗室实际也没有执行教训选举，不符合古代圣王所定下的亲疏、尊卑标准。至于管理财政，基本上没有法度，所以虽然皇上俭朴节约而人民却不富足，虽然操心勤勉而国家却不强大。幸赖不是夷狄昌盛的时候，又没有尧、汤时代水涝旱灾的特殊情况，所以天下无事，超过百年。虽说是人努力的结果，也是天的帮助哇。大概是因为过去的一百年都是圣明的君主一个接着一个，抬头畏惧天，低头畏惧人，宽厚仁爱恭谨俭朴，忠厚宽容诚恳实在，所以获得了天的帮助哇。

陛下具有最圣明的素质，继承王业长治久安使之无穷，知道上天的资助不可永远依赖，知道人事不可始终怠惰，那么大有作为的时候，正在今日。我不敢随便放弃臣子应尽的职责，而只顾躲避独犯忌讳所遭到的惩罚。希望陛下能赦免我，并且对我所说的予以留心，那将是天下人的福气。听候陛下的裁决。

伯　夷

　　事有出于千世之前，圣贤辩之甚详而明，然后世不深考之①，因以偏见独识②，遂以为说，既失其本，而学士大夫共守之不为变者，盖有之矣③，伯夷是已④。

　　夫伯夷，古之论有孔子孟子焉，以孔孟之可信而又辩之反复不一，是愈益可信也⑤。孔子曰："不念旧恶，求仁而得仁，饿于首阳之下，逸民也⑥。"孟子曰："伯夷非其君不事，不立恶人之朝，避纣居北海之滨，目不视恶色，不事不肖⑦，百世之师也⑧。"故孔孟皆以伯夷遭纣之恶，不念以怨，不忍事之，以求其仁，饿而避，不自降辱，以待天下之清，而号为圣人耳。然则司马迁以为武王伐纣，伯夷叩马而谏，天下宗周⑨，而耻之⑩，义不食周粟，而为

《采薇》之歌。韩子因之⑪，亦为之颂，以为微二子⑫，乱臣贼子接迹于后世，是大不然也。

夫商衰而纣以不仁残天下，天下孰不病纣⑬？而尤者，伯夷也。尝与太公闻西伯善养老，则欲往归焉。当是之时，欲夷纣者，二人之心岂有异邪？及武王一奋，太公相之⑭，遂出元元于涂炭之中⑮，伯夷乃不与，何哉？盖二老，所谓天下之大老，行年八十余，而春秋固已高矣⑯。自海滨而趋文王之都，计亦数千里之远，文王之兴以至武王之世，岁亦不下十数，岂伯夷欲归西伯而志不遂，乃死于北海邪？抑来而死于道路邪⑰？抑其至文王之都而不足以及武王之世而死邪？如是而言伯夷，其亦理有不存者也。

且武王倡大义于天下，太公相而成之，而独以为非，岂伯夷乎？天下之道二，仁与不仁也。纣之为君，不仁也；武王之为君，仁也。伯夷固不事不仁之纣，以待仁而后出。武王之仁焉，又不事之，则伯夷何处乎？余故曰圣贤辩之甚明，而后世偏见独识者之失其本也。呜呼，使伯夷之不死，以及武王之时，其烈岂减

太公哉！

【注释】

①考：考察。②因：凭借。③盖：大概。④是：这样。⑤愈益：更加。⑥逸民：隐逸的人。⑦不肖：没有贤才。⑧师：榜样。⑨宗：尊奉，归顺。⑩耻：以……为耻，意动用法。⑪韩子：韩愈。⑫微：没有。⑬病：怨恨。⑭相：辅佐。⑮元元：百姓，平民。⑯固：本来。⑰抑：或许。

【译文】

有些事情发生在千百年以前，圣人贤才们已经把它们说得很详细并且明白了，然而后代的人不去深入地考察，凭借个人的偏见和单一的见识，就把这作为一种说法，这就导致失去事情的原本，而学士大夫们都一起信守这种说法不去改变，这种情况大概是有的呀，伯夷的事情就是这样。

伯夷，古代论述他的人有孔子和孟子，因为孔孟二人值得信赖而又反

传统文化小知识

大理寺　大理寺是我国南北朝到清代的中央司法审判机构。初设于北齐，隋时确立。寺指官署，其首长称大理寺卿，亦简称大理寺。大理寺的主官称卿，下设副职少卿、丞及其他员役，编制及名额，各代略有变更。大理寺的职责是审核刑狱案件。唐代，大理寺一度改称详刑寺，不久复名大理寺。宋代分左右寺，左寺复审各地方奏劾和疑狱大罪，右寺审理京师百官的刑狱。明清沿用，至清末改称大理院。明清两代的大理寺与刑部、都察院合称"三法司"。

复论说，他们的说法就变得更加可信了。孔子说："不念旧怨，求仁得仁，饿死在首阳山下，是道德高尚而隐逸的人。"孟子说："伯夷，不是他认可的君王他就不侍奉，不立于恶人的朝廷，躲避商纣王而居住在渤海边上，眼睛不看丑陋的颜色，不侍奉没有贤才的人，是百世的榜样。"所以，孔子孟子都认为他遇到了残暴的纣王，不记旧怨，又不愿违心侍奉，来求得他的仁义，甘心挨饿，退避隐居，也不愿意降低自己去受污辱，等到天下政治清明，于是他被称为圣人。然而，司马迁却认为武王伐纣时，伯夷勒住马而进谏，天下归顺周后，伯夷感到耻辱，坚持道义不吃周的粮食，而写了《采薇》这首歌。韩愈凭借这个说法，也写了篇《伯夷颂》，认为没有伯夷、叔齐这两个人，乱臣贼子会接连不断地在后世出现，这是很不正确的看法。

商朝衰落，纣王不讲仁义残害天下人，天下人谁不怨恨纣王呢？然而最怨恨纣王的，是伯夷。伯夷与姜太公曾经听说西伯侯善于奉养老人，就打算前往并归附他。在这个时候，想要消灭商纣的心情，他们二人难道会有不同吗？等到武王发动事变，姜太公辅佐他，然后把百姓从水火中拯救出来，伯夷却没参与进来，这是什么原因呢？原来伯夷、吕尚都是当时德重年高的人，八十多岁了，年龄本来就很大了。从海边跑到文王的邦都，计算起来也有几千里远，从文王兴起，到武王时代，时间也要有几十年，难道伯夷打算归附西伯侯的愿望还没实现，竟死在渤海边了吗？或许死在前往的路上吗了？也许是到了文王的邦都却没有等到武王的时代就死了吗？像这样来推论，像司马迁说的伯夷"叩马而谏"这种说法成立的道理也是不会存在的。

何况武王向天下人倡导大义，在太公辅佐下终于实现了，可唯独他不认为这是正义的，难道这个人就是伯夷吗？天下的大道有两种，仁义的和不仁义的。商纣作为国君，不仁义；武王作为国君，仁义。伯夷坚决不侍奉不仁义的商纣而等待仁义的君王，后来仁义的武王出现了，又不去侍奉他，那么伯夷是想有怎样的处境呢？所以我说圣贤们说得很清楚明白了，可是后世人心存偏见，靠个人的见识让事情失去了本来面目。唉，如果伯夷没有去世，等到武王的时代，建立的功业又怎么会比姜太公少呢！

读《孟尝君传》

世皆称孟尝君能得士，士以故归之[1]，而卒赖其力[2]，以脱于虎豹之秦。嗟呼！孟尝君特鸡鸣狗盗之雄耳[3]，岂足以言得士？不然，擅齐之强[4]，得一士焉，宜可以南面而制秦，尚何取鸡鸣狗盗之力哉？夫鸡鸣狗盗之出其门，此士之所以不至也[5]。

【注释】

①以故：因此。②卒：终于，最终。赖：依靠，凭借。③特：只不过，仅仅。④擅：依仗，凭借。⑤所以：……的原因。

【译文】

世人都称孟尝君可以招贤纳士，贤士因此归附他，而孟尝君终于依托他们的力量，从像虎豹一样残暴的秦国逃脱出来。唉！孟尝君只不过是一群鸡鸣狗盗之徒的领袖而已，哪里值得说得到了贤士？要不是这样，他完全可以凭借齐国的强大力量，得到一个真正的人才，（齐国）应当可以依靠国力成为天下霸主而制服秦国，还用得着鸡鸣狗盗之徒的力量吗？鸡鸣狗盗之徒出现在他的门庭上，这就是贤士不归附他的原因。

材 论

　　天下之患①，不患材之不众，患上之人不欲其众；不患士之不欲为，患上之人不使其为也。夫材之用，国之栋梁也，得之则安以荣，失之则亡以辱。然上之人不欲其众、不使其为者，何也？是有三蔽焉。其尤蔽者，以为吾之位可以去辱绝危，终身无天下之患，材之得失无补于治乱之数，故偬然肆吾之志②，而卒入于败乱危辱，此一蔽也。又或以谓吾之爵禄贵富足以诱天下之士，荣辱忧戚在我，是吾可以坐骄天下之士，而其将无不趋我者，则亦卒入于败乱危辱而已，此亦一蔽也。又或不求所以养育取用之道③，而谓谓然以为天下实无材，则亦卒入于败乱危辱而已，此亦一蔽也。此三蔽者，其为患则同。然而用心善而犹可以论其失者，独以天下为无材者耳。盖其心非不欲用天下之材，特未知其故也④。

　　且人之有材能者，其形何以异于人哉⑤？惟其遇事而事治⑥，画策而利害得⑦，治国而国安利，此其所以异于人者也。故上之人苟不能精察之⑧、审用之，则虽抱皋、夔、稷、契之智⑨，且不能自异于众，况其下者乎？世之蔽者方曰："人之有异能于其身，犹锥之在囊⑩，其末立见⑪，故未有有其实而不可见者也。"此徒有见于锥之在囊，而固未睹夫马之在厩也。驽骥杂处，其所以饮水食刍，嘶鸣蹄啮，求其所以异者盖寡。及其引重车，取夷路⑫，不屡策，不烦御，一顿其辔而千里已至矣⑬。当是之时，使驽马并驱方驾，则虽倾轮绝勒⑭，败筋伤骨，不舍昼夜而追之，辽乎其不可以及也，夫然后骐骥騕衰与驽骀别矣⑮。古之人君，知其如此，故不以为天下无材，尽其道以求而试之耳。试之之道，在当其所能而已⑯。

夫南越之脩簳⑰，镞以百炼之精金⑱，羽以秋鹗之劲翮⑲，加强弩之上而彉之千步之外，虽有犀兕之捍⑳，无不立穿而死者，此天下之利器，而决胜觌武之所宝也㉑。然而不知其所宜用，而以敲扑，则无以异于朽槁之挺也。是知虽得天下之瑰材杰智，而用之不得其方，亦若此矣。古之人君，知其如此，于是铢量其能而审处之㉒，使大者、小者、长者、短者、强者、弱者无不适其任者焉。其如是，则士之愚蒙鄙陋者，皆能奋其所知以效小事，况其贤能智力卓荦者乎㉓？呜呼！后之在位者，盖未尝求其说而试之以实也，而坐曰天下果无材，亦未之思而已矣。

或曰："古之人于材有以教育成就之，而子独言其求而用之者，何也？"曰："因天下法度未立之先，必先索天下之材而用之。如能用天下之材，则能复先生之法度。能复先王之法度，则天下之小事无不如先王时矣，况教育成就人材之大者乎？此吾所以独言求而用之之道也。"

噫！今天下盖尝患无材可用者。吾闻之，六国合从而辩说之材出，刘、项并世而筹画战斗之徒起，唐太宗欲治而谟谋谏诤之佐来㉔。此数辈者，方此数君未出之时，盖未尝有也。人君苟欲之，斯至矣。今亦患上之不求之、不用之耳。天下之广，人物之众，而曰果无材者，吾不信也。

【注释】

①患：担心，忧虑。②偃然：骄傲自得貌。③道：方法。④特：只，只是。⑤形：外貌。何以：以何，凭借什么。⑥治：处理好。⑦画策：出谋划策。⑧上之人：在上位的人，这里指统治者。⑨皋、夔、稷、契：皋，皋陶，姓偃，相传曾被舜帝任为管刑法的官。夔，尧舜时期的乐官。稷，是厉山氏的儿子，名农，能种植百谷。契，相传为舜帝的司徒官，主管教化，助禹治水有功，封于商，为商朝的祖先。⑩囊：口袋。⑪末：尖端。⑫夷：平坦的。⑬顿：整顿，这里指拉。⑭绝勒：断了马笼头。绝，断。勒，马笼头。⑮骐骥骁袅（yǎo niǎo）：好马。驽骀：劣马。⑯"试之之道"二句：意思是考查一个人的方法，在于让他们担任适合自己的工作。⑰脩靬（gǎn）：长的箭。⑱镞：箭头。⑲劲翮（jìng hé）：矫健的翅膀。⑳犀兕（xī sì）：犀牛。㉑覘武（dí wǔ）：尚武，显示武力。㉒审：谨慎，小心。㉓卓荦（zhuó luò）：超绝，特出。指才德超出常人，与众不同。㉔谟谋（mó móu）：谋划。

【译文】

天下所忧虑的事，不是忧虑人才不够多，而是忧虑统治者不希望人才众多；不是忧虑人才不为国效力，而是忧虑统治者不让他们效力。人才的作用，是用来作为国家的支柱，得到了，国家可以安定而繁荣，失去了则使国家灭亡且受外辱。然而统治者不希望能人多，不让官员有所作为，这是为什么呢？这里有三个偏见。其中最突出的偏见，就是认为自己身处高位，可以免除屈辱、断绝危害，一辈子也不会有忧患，人才的得失与否，与国家治乱的命运无关，所以安然自得，随着自己的心志办事，而最终使国家陷入失败混乱受辱的危机，这是一个偏见。又有人认为自己所赋予的官位财富可以吸引国家的能人，他们的光荣耻辱担心悲伤都是我说了算，我可以骄傲地看着国内的能人，而他们没有不趋附自己的，则也会最终使国家陷入失败混乱受辱的危机，这也是一个偏见。又有的人不探求培养和选用人才的方法，而是忧心忡忡地认为天下实在没有人才，那么最终同样也会陷入败亡混乱危险屈辱的境地，这也是一种偏见。这三种偏见，它们的危害是相同的。不过，当中的用心不是不好，而且还可以讨论失误的原因的，就是认为天下没有人才那种吧。他们心中并非不想任用天下的人才，只是不知道其中的原因罢了。

况且有才能的人，他的外表与一般人有什么不同呢？他们遇到事情能够处理好，出谋划策能够得到好处，治理国家能够使国家安定，这就是他们和别人不一样的地方。所以，在位者如果不仔细地考察他、慎重地任用他，那么即使具有如皋、夔、稷、契那样的才智，尚且不能使自己较一般人突出，何况是才智比不上他们的呢？世上目光短浅的人还说："一个人如果身怀不凡的能力，就像锥子放在布袋里一样，它的尖端立刻就能显露出来，所以没有怀才而看不出来的人哪。"这只是看到了锥子放在布袋里，却没看到马在马棚里的情景。劣马与良马混杂相处，一样地喝水吃草，嘶叫踩蹄子咬牙齿，从此之中寻找它们的不同是很少的。等到让良马拉沉重的车子，走平坦的道路，不用屡屡鞭策，不让人费力地驾驭，缰绳晃一晃，千里的路程已经走完了。当这时候，如果让劣马并驾齐驱，即使跑得车轮倾斜、缰绳断掉、筋累骨伤、昼夜不停追赶，还是远远地赶不上，这样良马和劣马才能分辨出来。古代的君主知道这种情况，所以不认为天下没有无才的人，于是就想尽办法来寻找并且考察试用他们罢了。试用人才的方法，就是让他们做适合他们的工作罢了。

南越长长的竹子做箭杆，用百炼的精钢做箭头，用秋鹗的劲翮做箭尾，搭在强弓上之后把弓拉满，能射到千步远的地方，即使是凶猛的犀牛，没有不立刻被射穿而死的，这是天下锐利的武器，武力决定胜负的法宝。但是如果使用不恰当，用它来敲打，那么和枯朽的棍棒就没有什么不同了。由此可以知道，即使得到天下奇异杰出的人才，如果不按正确方法使用，也和上述情形相似。古时候的君王明白这个道理，于是仔细估量他们的才能并且谨慎仔细地使用他们，使大小、长短、弱强的才能都能符合他们所担任的职责。既然这样，那么愚昧浅陋的人也能用尽他们所掌握的去做一些力所能及的小事，何况那些才德兼备、智力非凡的人呢？唉！后世在位的君王没有探究考察这个道理并且在现实中应用，反而说天下确实没有人才，这是没有好好想过罢了。

有人问："古时候的人是用教育的方法来造就人才的，然而你只说了人才的寻求和使用，这是怎么回事呢？"我说："在天下的法律制度还没设立时，就一定要先寻求天下的人才来使用。如果能使用天下的人才，那么就能恢复先王的法律制度。能够恢复先王的法律制度，那么天下的小事也会像先王那个时代了，何况是教育造就人才的大事呢？这就是我为什么只讲寻求和使用人才的方法。"

唉！如今天下忧患没有人才呀。我听说，六国实行合纵政策，而辩论游说的人才出现；刘邦、项羽并起争雄，而出谋献策、勇敢善战的人才涌现；唐太宗想要治理好国家，而多谋善议、敢于谏诤的人才来辅佐。这些人才，都是在那些名主还没出现之时所没有的。假如君王想要找人才，他们就来了。现在只忧虑统治者不去寻求人才、不用人才罢了。天下之大，人才众多，却说没有人才，我不相信这种说法。

《读·品·悟》

锥处囊中，锋芒立现；并驱千里，优劣明显。其实在很多时候，我们只是在某一方面比别人略微强一点点。如果真的是钢锥，再厚的布囊也裹不住锐利的锋芒。不断地学习，不断地提升自己，才能抓住施展身手的机会。

答司马谏议书

　　某启：昨日蒙教①，窃以为与君实游处相好之日久②，而议事每不合③，所操之术多异故也④。虽欲强聒⑤，终必不蒙见察⑥，故略上报，不复一一自辨。重念蒙君实视遇厚⑦，于反复不宜卤莽，故今具道所以⑧，冀君实或见恕也。

　　盖儒者所争⑨，尤在于名实。名实已明⑩，而天下之理得矣。今君实所以见教者，以为侵官、生事、征利、拒谏⑪，以致天下怨谤也⑫。某则以谓受命于人主，议法度而修之于朝廷，以授之于有司，不为侵官；举先王之政，以兴利除弊，不为生事；为天下理财，不为征利；辟邪说，难壬人⑬，不为拒谏。至于怨诽之多，则固前知其如此也。人习于苟且非一日⑭，士大夫多以不恤国事⑮、同俗自媚于众为善。上乃欲变此，而某不量敌之众寡⑯，欲出力助上以抗之，则众何为而不汹汹然⑰？盘庚之迁，胥怨者民也⑱，非特朝廷士大夫而已⑲。盘庚不为怨者故改其度，度义而后动，是而不见可悔故也。如君实责我以在位久，未能助上大有为，以膏泽斯民⑳，则某知罪矣；如曰今日当一切不事事，守前所为而已㉑，则非某之所敢知。

无由会晤㉒，不任区区向往之至㉓。

【注释】

①蒙：承蒙，蒙受。②窃：私下里，偷偷地。③议事：讨论国家大事。每不合：往往不一致。④所操之术：每个人所持的政治主张。操，持。术，方法，这里指政治主张。⑤聒：聒噪，这里指辩解，解释。⑥不蒙见察：不蒙您考虑，不能得到您的谅解。见，被。察，了解。⑦重：又。视遇：看待。⑧具道所以：详细说明这样做（指推行新法）的原因。具，详尽。⑨所争：所争辩的问题。⑩已明：已经弄清楚。⑪拒谏：拒绝劝谏。⑫致：导致。⑬难壬人：批驳巧于诡辩谄媚的坏人。难，反驳。壬人，奸伪巧辩的坏人。⑭苟且：苟且偷生，得过且过。⑮恤：体恤，忧虑。⑯量：估量，衡量。⑰汹汹然：气势汹汹的样子。⑱胥：全，都。⑲特：只是。⑳膏泽：滋润土壤的雨水，比喻恩惠。㉑而已：罢了。㉒会晤：见面。㉓区区：诚挚的样子。

【译文】

某启：昨日承蒙您来信指教，我私下以为跟您友好相处的日子很久了，但讨论国事往往意见不同，这是所采取的政治主张和方法不同的缘故。虽然我想要勉强多说几句，最终也必定不被您所谅解，因此只是很简略地复上一信，不再一一替自己辩解。又想到承您十分看得起我，在书信往来中不应该草率粗疏，所以我现在详细地说出我这样做的道理，希望您看后或许能谅解我。

　　本来知书识礼的读书人所争辨的，尤其在于名义和实际的关系。名义和实际的关系一经辨明，天下的是非之理也就解决了。现在您所用来教诲我的，是以为我侵官、生事、征利、拒谏，以致天下的人都怨恨和诽谤我。我却认为接受皇上的命令，议定法令制度，又在朝廷上修正、决定，交给主管官署去执行，不算是"侵官"；实行先王的政策，而兴办有利的事业、革除有害的陋习，不能说是生事扰民；为国家管理财政，这不是求利；批驳不正确的言论，批驳谄媚之徒的花言巧语，这不能说是拒绝劝告。至于招来这么多的怨恨和指责，本来事先我就料到会出现这样的情况。人们习惯于苟且偷安，已不是一天两天的事了，士大夫们大多把不关心国事、附和世俗之见以讨好众人当作好事。皇上却要改变这种状况，而我不去考虑反对的人有多少，愿意竭力协助皇上来对抗他们，那众多的反对者怎会不对我气势汹汹呢？过去商王盘庚迁都，群起怨恨的是老百姓，不仅是朝廷士大夫而已。盘庚没有因为有人埋怨就改变他迁都的计划，他是考虑到这样做合适，然后才行动的，因此看不出有值得悔改的地方。假如您责备我占据高位已久，没有能协助皇上大有作为，使百姓普遍受到恩泽，那么我承认错误；如果说现在应当什么事也别干，只要墨守从前的老规矩就行，那就不是我所敢领教的了。

　　没有会面的机会，我对您实在是思念、仰慕到了极点。

【读·品·悟】

　　每个人对事情都有自己的观点和看法，不能因他人观点与己不同就对他人观点全盘否定，当然，也不能轻易否定自己。我们应该适时适当地坚持自己的看法，并表达给对方，做一个有主见，也善于接纳正确意见的人。

伤仲永

　　金溪民方仲永，世隶耕①。仲永生五年，未尝识书具②，忽啼求之。父异焉③，借旁近与之④，即书诗四句，并自为其名。其诗以养父母、收族为意⑤，传一乡秀才观之。自是指物作诗立就⑥，其文理皆有可观者。邑人奇之，稍稍宾客其父⑦，或以钱币乞之。父利其然也，日扳仲永环谒于邑人，不使学。

　　予闻之也久，明道中，从先人还家，于舅家见之，十二三矣。令作诗，不能称前时之闻⑧。又七年，还自扬州，复到舅家，问焉，曰："泯然众人矣⑨。"

　　王子曰：仲永之通悟，受之天也。其受之天也，贤于材人远矣。卒之为众人，则其受于人者不至也。彼其受之天也，如此其贤也，不受之人，且为众人。今夫不受之天，固众人⑩，又不受之人，得为众人而已邪？

【注释】

　　①隶：隶属。②书具：书写的工具（笔、墨、纸、砚等）。书，书写。③异：对……感到诧异（惊奇）。④借旁近：就近借来。旁近，附

近，这里指邻居。⑤收：团结。⑥就：完成。⑦宾客：用宾客的礼仪款
待他（方仲永）的父亲。宾，名词做状语。⑧称：符合，相当。⑨泯：
消失。⑩固：本来。

【译文】

金溪县平民方仲永，世代以耕田为业。仲永长到五岁时，从没见到过
读书写字的工具，（一天）忽然哭着要这些东西。父亲对此感到惊异，就
近借来给他，（仲永）当即写了四句诗，并且自己题写上自己的名字。这
首诗以奉养父母、团结同宗族的人为内容，（他父亲把诗）传给全乡的秀
才观赏。从此以后，旁人只要指定某一物做诗题，方仲永就能挥笔立成，
诗的文字技巧及意境都达到一定水平。乡里人对他非常器重，渐渐也礼
待起他的父亲来，有的施舍钱财给他。方仲永父亲觉得这是件有利可图的
事，就每天携带仲永向乡里人到处乞讨，不让他进校学习。

我听说这件事很久了。明道年间，我跟随先父回家，在舅舅家见到了
仲永，仲永已经十二三岁了。我让他作诗，作出的诗已经不能符合以前的
传闻了。又过了七年，我从扬州
回来，又到舅舅家，问方仲永

的事，舅舅说："仲永的才能已经消失尽了，他成为了普通的人。"

王先生说：仲永的通晓、领悟能力是上天赋予的。他天生聪明，远胜过有才能的人。他最终成为常人，那是因为没有受到常人所受的教育。他的天资是那样地好，只因为没有受到教育培养，尚且沦为普通人。那么，现在那些不是天生聪明、本来就平凡的人，又不接受后天的教育，想成为一个平常的人恐怕都不能够吧？

《读·品·悟》

一个人无论多么聪慧，多么有才华，如果没有后天的继续努力，最终也就只能沦为普通人，甚至有可能连普通人都不如。聪明如方仲永，不学习尚且沦落到如此地步，何况我们平常人呢！

芝阁记

祥符时，封泰山以文天下之平①，四方以芝来告者万数。其大吏，则天子赐书以宠嘉之②；小吏若民，辄锡金帛③。方是时④，希世有力之大臣，穷搜而远采，山农野老，攀缘狙杙⑤，以上至不测之高⑥，下至涧溪壑谷，分崩裂绝，幽穷隐伏，人迹之所不通，往往求焉。而芝出于九州、四海之间，盖几于尽矣⑦。

至今上即位，谦让不德⑧。自大臣不敢言

封禅，诏有司以祥瑞告者皆勿纳。于是神奇之产，销藏委翳于蒿藜榛莽之间⑨，而山农野老不复知其为瑞也。则知因一时之好恶，而能成天下之风俗，况于行先王之治哉⑩？

太丘陈君，学文而好奇。芝生于庭，能识其为芝，惜其可献而莫售也，故阁于其居之东偏⑪，掇取而藏之⑫。盖其好奇如此。噫！芝一也，或贵于天子，或贵于士，或辱于凡民，夫岂不以时乎哉⑬？士之有道，固不役志于贵贱⑭，而卒所以贵贱者⑮，何以异哉？此予之所以叹也。皇祐五年十月日记。

【注释】

①封：封禅，指历代帝王筑坛祭天的一种典礼。②嘉：嘉奖，奖励。③辄：就，于是。④方：正在，正当。⑤狙杙（yì）：像猿猴一样攀援。杙，小树桩。⑥至：到。⑦盖：大概。尽：没有，完。⑧不德：不认为自己有德。⑨委翳：丢弃和遮蔽。⑩行：施行。⑪故：旧的，老的。⑫掇取：拾掇，摘取。⑬以：因为。⑭固：原本，本来。⑮所以：……的原因。

【译文】

大中祥符年间，真宗皇帝到泰山举行封泰山的祭天地的典礼，想要以此粉饰天下太平，于是，各地纷纷报告说发现灵芝，人数多达好几万。如果是大官（发现灵芝的），皇帝就会下诏书来表示恩宠嘉奖；如果是小官或者平民（发现灵芝的），就赏赐一些金银丝帛。正在这个时候，那些迎合世俗有权势的大臣，就到偏远的与世隔绝的地方搜寻采摘，山村郊野的农夫们，他们就像矫捷的猿猴在山石树木之间攀爬，他们到达高不可测的大山，去山涧溪流、深沟幽谷，悬崖绝壁，幽僻潜藏的任何地方，在那些人迹罕至的地方，常常可以发现灵芝。全国各地的灵芝，这样大概都被采摘完了吧。

当今皇上登基以来，谦逊有礼，不认为自己有德。大臣们再也不敢说封禅的事了，皇上也颁发诏书命令各级官员，对那些报告说某地方出现了祥瑞之兆的人一概不要理睬。于是灵芝这种神奇的东西也就被丢弃和遮蔽在杂草之中了，那些百姓不再知道它们是吉祥之物了。从这件事可以看出，国君一时的嗜好与憎恶，都能够形成天下的风气，更何况施行先前贤明君王的仁政呢？

太丘县有个姓陈的人，爱好文章，也喜欢追求新奇事物。有灵芝生长在他的院子里，他认识灵芝，为它不能进献、不能出售感到可惜，他家的东面有一个旧阁楼，于是他将灵芝收拾起来收藏在那里。大概他的好奇就像这样。唉！同样都是灵芝，有时被天子珍视，有时被文人看重，有时又被平民辱没，这难道不是因为时运吗？德才兼备的文人，原本对显贵卑贱不存心意，却最终或晋升显贵或沦为卑贱，这与灵芝的命运又有什么不同呢？这就是我抒发感慨的原因哪！这篇文章写于皇祐五年十月某日。

游褒禅山记

褒禅山亦谓之华山。唐浮图慧褒始舍于其址[①]，而卒葬之，以故其后名之曰"褒禅"。今所谓慧空禅院者，褒之庐冢也。距其院东五里，所谓华山洞者，以其乃华山之阳名之也②。距洞百馀步，有碑仆道③，其文漫灭④，独其为文犹可识，曰"花山"。今言"华"如"华实"之"华"者，盖音谬也⑤。

其下平旷，有泉侧出，而记游者甚众，所谓"前洞"也。由山以上五六里，有穴窈然⑥，入之甚寒，问其深，则其好游者不能穷也⑦，谓之"后洞"。余与四人拥火以入，入之愈深，其进愈难，而其见愈奇。有怠而欲出者⑧，曰："不出，火且尽。"遂与之俱出。盖予所至，比好游者尚不能十一，然视其左右，来而记之者已少。盖其又深，则其至又加少矣⑨。方是时，予之力尚足以入，火尚足以明也。既其出，则或咎其欲出者⑩，而予亦悔其随之，而不得极夫游之乐也⑪。

于是予有叹焉。古之人观于天地、山川、草木、虫鱼、鸟兽，往往有得，以其求思之深而无不在也。夫夷以近⑫，则游者众；险以远，则至者少。而世之奇伟瑰怪非常之观⑬，常在于险远，而人之所罕至焉，故非有志者不能至也。有志矣，不随以止也，然力不足者，亦不能至也。有志与力，而又不随以怠，至于幽暗昏惑，而无物以相之⑭，亦不能至也。然力足以至焉，于人为可讥，而在己为有悔；尽吾志也而不能至者，可以无悔矣，其孰能讥之乎？此予之所得也。

予于仆碑，又以悲夫古书之不存，后世之谬其传而莫能名者⑮，何可胜道也哉⑯！此所以学者不可以不深思而慎取之也。

四人者，庐陵萧君圭君玉，长乐王回深父，余弟安国平父、安上纯父。至和元年七月某日，临川王某记。

【注释】

①舍：建屋居住。②阳：山的南面，水的北面，被称为"阳"。③仆：倒下。④漫灭：模糊不清。⑤盖：大概。⑥窈然：幽深的样子。⑦穷：走到尽头，穷尽。⑧怠：懈怠，怠惰。⑨加：更。⑩咎：责怪。⑪极：极尽。⑫夷：平。以：而且。⑬观：景致，景色。⑭相：辅助，帮助。⑮名：说清楚。⑯胜：完，尽。

【译文】

褒禅山也被称为华山。唐代高僧慧褒开始在这里建造房屋居住，而且死后就埋葬在这里，因此，以后就把此山命名为"褒禅山"。现在被叫作慧空禅院的地方，就是慧褒和尚生前的居住地和死后所埋葬的坟冢。距离慧空禅院东面五里，被叫作华山洞的地方，就是因为它在华山的南面而被这样命名的。离洞一百多步，有一块石碑倒在路边，上面的碑文已经模糊不清，只剩下"花山"这两个字还能辨认出来。现在将"华"字读成"华实"的"华"，大概是读音弄错了。

华山洞的下面平坦而开阔，有泉水从旁边流淌而出，到这里游览和题字留念的人很多，这里就是人们说的"前洞"。顺着山向上走五六里，有一个山洞幽深昏暗，走进去后会觉得寒气逼人，探问这个洞有多深，就连那些喜欢游山玩水的人也没有走到尽头，人们称它为"后洞"。我和四个同游的人举着火把走进去，走进去越深，往前行走就越难，而见到的景色就越奇异。有人感到疲倦而想出去，说："如果不出洞，火把就要灭了。"于是大家跟随他一起出去了。大概我走到的地方，还不到那些喜欢游山玩水的人的十分之一，可是察看石洞左右的墙壁，来到这里游览并且题字留念的人已经很少了。大概再往更深处，能进去的人就更少了。而正在此时，我的力气还足够继续往里面走，火把也还足够照明。出洞以后，有人就责怪那个提出要出洞的人，我也后悔跟着他一起从洞里出来，而不能尽情享受这游览的乐趣。

对于这件事，我有所感慨。古人观察天地、山川、草木、虫鱼、鸟兽，往往有所得益，是因为他们探究、思考深邃而且广泛，没有不探究、思考到的。那（路）平坦而又近的地方，前来游览的人便多；（路）不平坦而又远的地方，前来游览的人便少。但是世上奇妙雄伟、珍贵奇特、非同寻常的景观，常常在那不平坦且遥远、少有人至的地方，所以没有意志的人是不能到达的。（虽然）有了意志，也不随从别人而停止（不前），然而力量不足的，也不能到达。有了意志与力量，也不盲从别人而有所懈怠，到了那幽深昏暗、令人迷乱的地方没有必要的物件来支持，也不能到达。但是力量足以达到目的（而未能达到），在别人（看来）是可以讥笑的，在自己来说也是有所悔恨的；尽了自己的主观努力而未能达到，便可以无所悔恨，难道谁还能讥笑他吗？这就是我（这次游山）的收获。

我看到倒在地上的石碑，又感慨古书没有保存下来，后世的人以讹传讹而不能明白名称的真实情况，哪里能说得完呢！这就是治学的人不能不深思熟虑和谨慎择取的原因。

同游的四个人，庐陵的萧君圭字君玉，长乐的王回字深父，我的弟弟安国字平父、安上字纯父。至和元年七月某日，临川王某写下了这篇游记。

泰州海陵县主簿许君墓志铭

君讳平，字秉之，姓许氏。余尝谱其世家①，所谓今泰州海陵县主簿者也。君既与兄元相友爱称天下②，而自少卓荦不羁③，善辩说，与其兄俱以智略为当世大人所器④。宝元时，朝廷开方略之选，以招天下异能之士。而陕西大帅范文正公、郑文肃公争以君所为书以荐⑤。于是得召试为太庙斋郎，已而选泰州海陵县主簿。贵人多荐君有大才，可试以事，不宜弃之州县。君亦常慨然自许⑥，欲有所为，然终不得一用其智能以卒。噫！其可哀也已！

士固有离世异俗⑦，独行其意，骂讥、笑侮、困辱而不悔，彼皆无众人之求，而有所待于后世者也。其龃龉固宜⑧。若夫智谋功名之士，窥时俯仰⑨，以赴势物之会，而辄不遇者，乃亦不可胜数。辩足以移万物，而穷于用说之时；谋足以夺三军，而辱于右武之国⑩，此又何说哉？嗟乎！彼有所待而不悔者，其知之矣。

君年五十九，以嘉祐某年某月某甲子，葬真州之扬子县甘露乡某所之原。夫人李氏。子男瑰，不仕⑪；璋，真州司户参军；琦，太庙斋郎；琳，进士。女子五人，已嫁二人，进士周奉先、泰州泰兴令陶舜元。铭曰：

有拔而起之⑫，莫挤而止之⑬。呜呼许君！而已于斯，谁或使之？

【注释】

①谱：为……编修家谱。②称：称道，称赞。③卓荦不羁：优秀特出，不受拘束。④器：器重。⑤荐：推荐。⑥慨然：意气慷慨，情绪激昂。⑦固：本来。⑧龃龉（jǔ yǔ）：本指上下齿不相配合，比喻意见不合，不融洽。此指与世不合。⑨窥：窥探。⑩右武：崇尚武力。⑪不仕：不出来做官。⑫起：使……起。⑬挤：排挤。

【译文】

先生名平，字秉之，姓许。我曾经为他家编修家谱，他就是家谱上所说的现在任泰州海陵县主簿的那个人。先生不仅和他的哥哥许元相互友爱而被天下称道，而且从年少的时候就超出普通人，他优秀特出，不受拘束，擅长辩论，他与哥哥一起都因富有才智谋略而被当世的大人先生所器重。仁宗宝元年间，朝廷设置了方略科，以便招纳天下具有突出才能的人。当时的陕西大帅范文正公（范仲淹的谥号）、郑文肃公（郑戬的谥号）争着写信推荐先生。因此，他被征召进京考试，接着被任命为太庙斋郎，不久又被选派做泰州海陵县主簿。朝中的大臣大都认为先生有雄才大略，应该被委以重任以便来考验他，不应该把他放置在州、县这样的地方做普通官吏。许君也常常意气风发，自信满满，想要做出一番成就，但终究没能使用过一次自己的聪明才智就去世了。唉！真让人感到悲伤啊！

读书人当中本来就有那种远离尘世、与普通世俗不同，唯独按照自己的意图做事的人，即使被讥讽谩骂、嘲笑侮辱，遭受穷苦愁困也不后悔，他们都没有普通人那种对名利的欲求，对后世也没有期待。因此他们的不合于世本来也是应该的。至于那些富有机智谋略、追求功名利禄的读书人，意图窥探时世的变化，借此去谋求权势和利益，却往往不能得志，这样的人也是数不清的。然而，才辩足够改变一切事物，却在重视游说的时代困窘不堪；智谋足够夺取三军的统帅，却在崇尚武力的国家遭受屈辱，这种情况又怎么说得清呢？唉！那些对后世有所期待、遭受窘境却不后悔的人，大概明白这其中的原因吧。

许君去世的时候才五十九岁，在仁宗嘉祐某年某月某日葬于真州扬子县甘露乡某地的原野里。他的夫人姓李，长子名瑰，没有做官；次子名璋，任真州司户参军；三子名琦，任太庙斋郎；四子名琳，考中了进士。五个女儿，已经出嫁的有两个，一个嫁给了进士周奉先，一个嫁给了泰州泰兴县令陶舜元。墓碑上的铭文是：

有人提拔而起用他，没有人排挤而阻碍他。唉！许君却死在这小小的海陵县主簿的官位上，是谁让他如此的呢？

祭欧阳文忠公文

夫事有人力之可致①，犹不可期，况乎天理之溟漠②，又安可得而推③？惟公生有闻于当时，死有传于后世，苟能如此足矣，而亦又何悲？

如公器质之深厚④，智识之高远⑤，而辅学术之精微，故充于文章，见于议论，豪健俊伟，怪巧瑰奇⑥。其积于中者，浩如江河之停蓄；其发于外者，烂如日星之光辉。其清音幽韵⑦，凄如飘风急雨之骤至⑧；其雄辞闳辩⑨，快如轻车骏马之奔驰。世之学者，无问乎识与不识，而读其文，则其人可知。

呜呼！自公仕宦四十年⑩，上下往复⑪，感世路之崎岖。虽屯邅困踬⑫，窜斥流离，而终不可掩者⑬，以其公议之是非⑭，既压复起，遂显于世⑮。果敢之气，刚正之节，至晚而不衰⑯。

方仁宗皇帝临朝之末年，顾念后事⑰，谓如公者，可寄以社稷之安危。及夫发谋决策，从容指顾，立定大计⑱，谓千载而一时⑲。功名成就，不居而去⑳，其出处进退㉑，又庶乎英魄灵气㉒，不随异物腐散㉓，而长在乎箕山之侧与颍水之湄㉔。

然天下之无贤不肖㉕，且犹为涕泣而歔欷㉖，而况朝㉗士大夫平昔游从，又予心之所向慕而瞻依㉘！

呜呼！盛衰兴废之理自古如此㉙，而临风想望不能忘情者，念公之不可复见而其谁与归㉚？

【注释】

①致：达到，到达。②溟漠：幽暗寂静，这里是渺茫的意思。③推：推知，琢磨。④器质：才能、度量和品质。⑤智识：见识。⑥瑰奇：奇特，美好。形容事物、文章卓而不凡。⑦幽韵：优雅的韵调。⑧骤：突然。⑨闳辩：博大的辩论。⑩仕宦：入仕做官。⑪上下往复：官位的升降、外贬、召回。⑫屯邅（zhūn zhān）：处境艰难困苦。屯，通“迍”。困踬（zhì）：困厄不得升进。踬，跌倒，受挫。⑬终不可掩：到底不会埋没。掩，埋没，淹没。⑭以其公议之是非：因为是是非非自有公论。⑮既压复起，遂显于世：既经压抑，又被起用，就名闻全国。遂，随即，就。⑯衰：衰退，减弱。⑰后事：身后之事。⑱发谋决策，从容指顾，立定大计：谋划方针、决定策略，都是从容行动，当机立断。指顾，手指目盼，比喻行动迅速。⑲千载而一时：千载难逢的大事，一下子就得以决断了。⑳不居而去：不以有功自居，而是请求退职而去。㉑出处进退：从出任官职，到归家隐居。㉒庶乎：大概，几乎。㉓异物腐散：尸体腐烂消失。异物，肉体，尸体。㉔湄：水边。㉕无贤不肖：无论贤与

不贤之人。㉖歔欷：感叹、抽泣声。㉗朝：同朝，一同上朝。㉘向慕：仰慕而亲近。瞻依：瞻仰，凭吊。㉙盛衰兴废：人之生死，言外之意即人有生必有死。㉚其谁与归：意为"我将和谁在一起"。

【译文】

靠人的努力能够完成的事情，还不一定能够实现，何况天道渺渺茫茫，谁又能够揣测到它呢？先生在世的时候，闻名于当世，先生去世之后，有著述流传于后世，如果有这样的成就已经可以了，我们又有什么可悲切的呢？

先生具有那样深厚的才气，高远的见识，来辅佐学问的精粹深邃，因此在文章里充实，表现于议论中，就能豪迈雄伟，精巧奇特。蓄积在心胸中的才力，浩大如江水的积储；表露在外面的品格，明亮如日月的光辉。清亮幽雅的韵调，凄凄切切如急雨飘风的突然而来；雄伟宏广的文辞，明快敏捷如轻车骏马的奔驰。世上的学者，不问他是否和先生认识相知，只要读到他的文章，就能了解他的为人。

唉！先生做官四十年来，一次次升官、降职，调出、调进，使人感到这世上道路的崎岖不平。您虽然处境艰难困苦，流放到边远州郡，但到底不会埋没无闻，因为是是非非自有公论。虽然您已经被压制，但最后还会再被任用，然后闻名全国。先生果敢刚正的气节，一直到晚年也没有衰退。

当仁宗皇帝当政的最后几年，他考虑身后的大事时说，像先生这样的大才，可以将决定国家安危的大事委托给他。后来（您果然能）确定方针，从容行动，当机立断，辅助当今皇帝即位，真可说是千载难逢的大事。您功成名就了，却不居功而主动退隐，从出任官职，到归家隐居，可以说，这样高尚的品德决不会与草木一同腐朽，而一定能长留箕山之侧与颍水之滨永不消散。

现今，全国上下不论是否有贤才的人士，都在为先生的逝去而痛哭流涕，更何况同朝的士大夫，平常与您结交往来的人呢！又更何况先生您是我心目中最向往、敬慕而又瞻仰依靠的人呢！

啊！人之生死的规律自古以来就是这样，而临风怅想，往事不能忘怀，就是因为从此再也见不到先生了，我将还能和谁在一起呢？

兴 贤

国以任贤使能而兴①，弃贤专己而衰。此二者，必然之势，古今之通义②，流俗所共知耳③。何治安之世有之而能兴，昏乱之世虽有之亦不兴？盖用之与不用之谓矣。有贤而用，国之福也；有之而不用，犹无有也。商之兴也，有仲虺④、伊尹；其衰也，亦有三仁⑤。周之兴也，同心者十人，其衰也，亦有祭公谋父、内史过。两汉之兴也，有萧、曹、寇、邓之徒⑥，其衰也，亦有王嘉、傅喜、陈蕃、李固之众。魏、晋而下，至于李唐，不可遍举⑦，然其间兴衰之世，亦皆同也。由此观之，有贤而用之者，国之福也，有之而不用，犹无有也，可不慎欤⑧？

今犹古也，今之天下亦古之天下，今之士民亦古之士民。古虽扰攘之际⑨，犹有贤能若是之众⑩，况今太宁⑪，岂曰无之？在君上用之而已⑫。博询众庶⑬，则才能者进矣；不有忌讳，则谠直之路开矣⑭；不迩小人⑮，则谗谀者自远矣；不拘文牵俗⑯，则守职者辨治矣⑰；不责人以细过⑱，则能吏之志得以尽其效矣⑲。苟行此道⑳，则何虑不跨两汉、轶三代，然后践五帝、三皇之涂哉㉑？

【注释】

①贤：贤能的人。②通义：指适用于一般情况的道理。③流俗：指一般平民百姓。④仲虺（huǐ）：汤左相，奚仲之后。⑤三仁：指微子、箕子和比干这三个贤能的人。⑥徒：某类人。⑦举：列举。⑧慎：慎重，小心。⑨扰攘：纷乱。⑩若是：如此，这样。⑪太宁：安定，太平，与上文的"扰攘"相对。⑫而已：罢了。⑬博询：广泛地征求。⑭谠：正直。⑮迩：亲近。⑯拘文牵俗：受到成规习俗的牵绊束缚。⑰辨治：辨别是非，毫无疑虑地办事。⑱以：介词，因为。细过：微小的错误。⑲能吏：在此指有才能的人。吏，旧时代指官员。⑳苟：如果，假如。㉑涂：通"途"，道路，这里指境地。

【译文】

国家因为任用贤能之人而兴盛，因为不用贤能之人而专凭君主一己之见而衰败。这两点，是社会发展的必然规律，古往今来都是这样，也是一般人所能认同的。可为什么和平安定的时代，有了贤能之人，就能够兴盛，混乱动荡的年代即使有这样的人也不能兴盛呢？这就在于是否任用这些贤能之人了。有了贤能之人并加以任用，这是国家的福气；有了贤能之人却不用，就和没有一样。商朝的兴起，有仲虺、伊尹这样的贤臣，等到衰败时，也有三仁（微子、箕子、比干）这样的贤人；周朝兴起时，有与武王同心同德的十位贤臣，等到衰败时，也有祭国公谋父、内史过这样的贤臣。两汉兴起时，有萧何、曹参、寇恂、邓禹这样的人，等到衰败时，也有王嘉、傅喜、陈蕃、李固这样的贤人。从魏、晋以后，一直到唐朝，这样的贤人很多，不能全部列举，而这其中有的出现在兴盛的时代，有的出现在衰败的时代，也和上面所说的相同。由此看来，有贤能之人并加以任用，是国家的福气；有了贤能之人却不用，就和没有一样，对于这种情况，怎么不应该慎重地对待呢？

现今的情况，和古代是相通的。现今的天下，就如同古代的天下，现今的士人和民众，也如同古代的士人和民众。古代即使在扰动不安的时代，还有像以上所说的那么多的贤能之人，何况现今太平安宁，怎么能说没有贤人呢？这就在于君主和处于上位的人如何任用了。广泛地征求众人的意见，有才能的人就能被任用了；没有忌讳的事情，人们就敢于直言进谏了；不亲近小人，那些进谗阿谀之人就被疏远了；不斤斤计较于文牍细节，受制于世俗之见，主管相关部门的人就能够明辨地处理事务了；不挑别人的小毛病，有办事能力的人就可以按照自己的设想来达到相应的效果了。如果能够这样做，还怕不会超越两汉、胜过三代而达到三皇五帝那样的盛世吗？

同学一首别子固

江之南有贤人焉，字子固①，非今所谓贤人者②，予慕而友之③。淮之南有贤人焉，字正之④，非今所谓贤人者，予慕而友之。二贤人者，足未尝相过也⑤，口未尝相语也，辞币未尝相接也。其师若友岂尽同哉⑥？予考其言行，其不相似者何其少也！曰：学圣人而已矣。学圣人，则其师若友必学圣人者。圣人之言行，岂有二哉？其相似也适然。

予在淮南，为正之道子固，正之不予疑也。还江南，为子固道正之，子固亦以为然。予又知所谓贤人者，既相似，又相信不疑也。

子固作《怀友》一首遗予⑦，其大略欲相扳以至乎中庸而后已。正之盖亦尝云尔。夫安驱徐行，辅中庸之庭⑧，而造于其堂，舍二贤人者而谁哉？予昔非敢自必其有至也，亦愿从事于左右焉尔，辅而进之，其可也。

噫！官有守，私有系，会合不可以常也。作《同学一首别子固》，以相警且相慰云。

【注释】

①子固：曾巩的字。曾巩是北宋著名的散文家，和作者同是江西人。②所谓：所说的。③友：名词用作动词，交朋友。④正之：孙侔的字。孙侔，吴兴（今浙江湖州）人。⑤过：本意为经过，此处意为交往。⑥若：相当于"和"。⑦遗：送。⑧辅（lìn）：车轮碾过。

【译文】

江南有一位贤人，字子固，他不是现在一般人所说的那种贤人，我敬慕他，并和他交朋友。淮南有一位贤人，字正之，他也不是现在一般人所说的那种贤人，我敬慕他，也和他交朋友。这两位贤人，不曾互相往来，不曾互相交谈，也没有互相赠送过礼品。他们的老师和朋友，难道都是相同的吗？我注意考察他们的言行，他们之间的不同之处竟是那么少！应该说这是他们学习圣人的结果。学习圣人，那么他们的老师和朋友，也必定是学习圣人的人。圣人的言行，难道会有不同吗？他们的相似就是必然的了。

我在淮南，向正之提起子固，正之不怀疑我的话。回到江南，（我）向子固提起正之，子固也很相信我的话。于是我又知道被人们认为是贤人的人，他们的言行既相似，又互相信任而不猜疑。

子固写了一篇《怀友》赠给我，其大意是希望互相帮助，以便达到中庸的标准。正之也经常这样说。驾着车子稳步前进，碾过中庸的门庭而进入内室，除了这两位贤人还能有谁呢？我过去不敢肯定自己有可能达到中庸的境地，但也愿意跟在他们左右奔走，在他们的帮助下前进，大概能够达到目的。

唉！做官的各有自己的职守，由于个人私事的牵挂，我们之间不能经常相聚，作《同学一首别子固》，用来互相告诫，并且互相慰勉。

传统文化小知识

格物致知

"格物致知"是古代哲学中关于认识论的命题，语出《礼记·大学》："致知在格物，物格而后知至。"由于"格物致知"在这里并未作具体阐释，宋代及以后的儒者对"格物致知"的含义产生了争论。宋代朱熹将"物"解释为"天下之物"，即通过究察事理从而获得知识。明代王守仁反对朱熹的"即物穷理"，认为可将"格物致知"说成"致知格物"，也就是"致吾心之良知于事事物物也"。

苏 轼

　　苏轼（1037年—1101年）字子瞻，号东坡居士。眉州眉山（今属四川）人。与父苏洵、弟苏辙合称"三苏"。其文汪洋恣肆，明白畅达，与欧阳修并称"欧苏"，为"唐宋八大家"之一；诗清新豪健，善用夸张、比喻，与黄庭坚并称"苏黄"；词开豪放一派，与辛弃疾并称"苏辛"；书法擅长行书、楷书，能自创新意，用笔丰腴跌宕，有天真烂漫之趣，与黄庭坚、米芾、蔡襄并称"宋四家"；画喜作枯木怪石，论画主张神似。著有《东坡七集》和《东坡乐府》等。

　　嘉祐元年（1056年），苏轼首次出川赴京，参加朝廷的科举考试。嘉祐六年（1061年），担任凤翔府判官。后因在新法的施行上与新任宰相王安石政见不合，苏轼自求外放，调任杭州通判。苏轼在杭州待了三年，任满后，被调往密州（治今山东诸城）、徐州、湖州等地任知州。政绩显赫，深得民心。

　　元丰二年（1079年），苏轼到任湖州还不到三个月，就因为作诗讽刺新法，以"文字毁谤君相"的罪名入狱，史称"乌台诗案"。苏轼坐牢103天，出狱以后，被降职为黄州（今湖北黄冈）团练副使，在此写下了《前赤壁赋》《后赤壁赋》《记承天寺夜游》和《念奴娇·赤壁怀古》等千古名作，以此来寄托他谪居时的思想感情。苏轼于公余便带领家人开垦城东的一块坡地，种田帮补生计，并自号"东坡居士"。

哲宗即位后，以王安石为首的新党被打压，司马光重新被启用为相，苏轼屡次升职，但他对旧党执政后暴露出的腐败现象进行的抨击，又引起了保守势力的极力反对，于是又遭诬告陷害。因而他再度自求外调，以龙图阁学士的身份，再次到杭州担任太守。苏轼在杭州修建了一项重大的水利工程，即通过疏浚西湖，用挖出的泥在西湖旁边筑了一道堤，也就是著名的"苏堤"。

新党再次执政后，苏轼被一贬再贬，于建中靖国元年七月二十八日（1101年8月24日）卒于常州（今属江苏），葬于汝州郏县（今属河南），享年六十五岁。

前赤壁赋

壬戌之秋，七月既望①，苏子与客泛舟游于赤壁之下。清风徐来②，水波不兴。举酒属客③，诵明月之诗，歌窈窕之章。少焉，月出于东山之上，徘徊于斗牛之间④。白露横江⑤，水光接天。纵一苇之所如，凌万顷之茫然⑥。浩浩乎如冯虚御风⑦，而不知其所止；飘飘乎如遗世独立，羽化而登仙。

于是饮酒乐甚，扣舷而歌之⑧。歌曰："桂棹兮兰桨⑨，击空明兮溯流光。渺渺兮予怀，望美人兮天一方。"客有吹洞箫者，倚歌而和之⑩。其声呜呜然，如怨如慕，如泣如诉，余音袅袅，不绝如缕，舞幽壑之潜蛟⑪，泣孤舟之嫠妇⑫。

苏子愀然⑬，正襟危坐而问客曰⑭："何为其然也？"

客曰："'月明星稀，乌鹊南飞'，此非曹孟德之诗乎？西望夏口，东望武昌，山川相缪⑮，郁乎苍苍，此非孟德之困于周郎者乎？方其破荆州，下江陵，顺流而东也，舳舻千里⑯，旌旗蔽空，酾酒临江⑰，横槊赋诗⑱，固一世之雄也，而今安在哉？况吾与子渔樵于江渚之上，侣鱼虾而友麋鹿⑲，驾一叶之扁舟⑳，举匏樽以相属㉑。寄蜉蝣于天地，渺沧海之一粟㉒。哀吾生之须臾，羡长江之无穷。挟飞仙以遨游，抱明月而长终。知不可乎骤得，托遗响于悲风。"

苏子曰："客亦知夫水与月乎？逝者如斯，而未尝往也；盈虚者如彼，而卒莫消长也㉓。盖将自其变者而观之，则天地曾不能以一瞬；自其不变者而观之，则物与我皆无尽也，而又何羡乎！且夫天地之间，物各有主，苟非吾之所有，虽一毫而莫取。惟江上之清风，与山间之明月，耳得之而为声，目遇之而成色，取之无禁，用之不竭。是造物者之无尽藏也㉔，而吾与子之所共适。"

客喜而笑，洗盏更酌。肴核既尽，杯盘狼藉。相与枕藉乎舟中，不知东方之既白㉕。

【注释】

①既：过了。望：农历小月十五日，大月十六日。②徐：舒缓地。③属：通"嘱"，劝酒。④斗牛：斗、牛，星宿名，即斗宿（南斗）、

牛宿。⑤白露：白茫茫的水汽。横江：笼罩江面。⑥纵一苇之所如，凌万顷之茫然：任凭小船在宽广的江面上飘荡。纵，任凭。一苇，像一片苇叶那么小的船，指极小的船。《诗经·卫风·河广》："谁谓河广，一苇杭（航）之。"如，往，去。凌，越过。万顷，形容江面极为宽阔。茫然，旷远的样子。⑦冯虚御风：（像长出羽翼一样）驾风凌空飞行。冯，通"凭"，乘。虚，太空。御，驾御。⑧扣舷：敲打着船边，指打节拍。舷，船的两边。⑨桂棹兮兰桨：用桂木做的棹，用木兰做的船桨。棹，一种划船工具，形似桨。⑩倚歌而和之：合着节拍应和。倚，依，按。和，同声相应。⑪舞幽壑之潜蛟：使深谷的蛟龙感动得起舞。幽壑，这里指深渊。⑫泣孤舟之嫠（lí）妇：使孤舟上的寡妇伤心哭泣。嫠妇，孤居的妇女，在这里指寡妇。⑬愀（qiǎo）然：忧郁的样子。⑭正襟危坐：整理衣襟，严肃地端坐着。危坐，端坐。⑮缪：通"缭"，盘绕。⑯舳舻（zhú lú）：战船前后相接。这里指战船。⑰酾（shī）酒：斟酒。⑱横槊（shuò）：横执长矛。⑲侣鱼虾而友麋鹿：把鱼虾、麋鹿当作好友。友，伴侣，这里用作动词，意为结伴。麋（mí），鹿的一种。⑳扁（piān）舟：小舟。㉑匏（páo）樽：用葫芦做的酒器。匏，葫芦。㉒渺沧海之一粟：此句比喻人类在天地之间极为渺小。渺，小。沧海，大海。㉓卒：最终。消长：减增。长，增长。㉔造物者：天地自然。无尽藏（zàng）：佛家语，指无穷无尽的宝藏。㉕既白：已经显出白色（指天明了）。

【译文】

壬戌年秋天，七月十六日，我同客人乘船游于赤壁之下。清风缓缓吹来，江面水波平静。于是举杯邀客人同饮，吟咏《诗经·陈风·月出》一诗的"窈窕"一章。不一会儿，月亮从东山上升起，在斗宿和牛宿之间徘徊。白茫茫的雾气笼罩着江面，波光与星空连成一片。我们听任苇叶般的小船在茫茫万顷的江面上自由飘动。多么辽阔呀，像是凌空乘风飞去，不知将停留在何处；多么飘逸呀，好像变成了神仙，飞离尘世，登上仙境。

于是，喝着酒，快乐极了，敲着船边，打着节拍，应声高歌。歌中唱道："桂木船棹哇香兰船桨，迎击空明的粼波，在月光下的水面逆流上驶。我的心怀悠远，想望伊人，伊人在天涯那方。"同伴吹起洞箫，按着节奏为歌声伴和，洞箫呜呜作响，有如怨怼有如倾慕，既像啜泣也像低诉，余音在江上回荡，丝丝缕缕缭绕不绝。能使深谷中的蛟龙为之起舞，能使孤舟上的寡妇为之饮泣。

我不禁感伤起来，整理了衣裳，端正地坐着，问客人说："为什么会这样？"

客人说："'月明星稀，乌鹊南飞'，这不是曹孟德的诗吗？（这里）向西望是夏口，向东望是武昌，山川缭绕，郁郁苍苍，这不是曹孟德被周瑜围困的地方吗？当他夺取荆州，攻下江陵，顺着长江东下的时候，战船

连接千里，旌旗遮蔽天空，在江面上洒酒祭奠，横端着长矛朗诵诗篇，本来是一代英雄啊，可如今又在哪里呢？何况我同你在江中和沙洲上捕鱼打柴，以鱼虾为伴，与麋鹿为友，驾着一叶孤舟，在这里举杯互相劝酒。就像蜉蝣一样寄生在天地之间，渺小得像大海中的一颗谷粒。哀叹我生命的短暂，而羡慕长江流水的无穷无尽。希望同仙人一起遨游，与明月一起长存。我知道这是不可能经常得到的，因而只能把箫声的余音寄托于这悲凉的秋风。"

我说："你可也知道这水与月？流逝的就像这水，其实并没有真正逝去；时圆时缺的就像这月，终究也未尝盈亏。可见，从事物变易的一面来看，天地间没有一瞬间不发生变化；而从事物不变的一面来看，万物与自己的生命同样无穷无尽，又有什么可羡慕的呢！何况天地之间，万物各有自己的归属，若不是自己应该拥有的，即使是一分一毫也不能求取。只有江上的清风，以及山间的明月，送到耳边便听到声音，进入眼帘便绘出形色，取得这些不会有人禁止，感受这些也不会有竭尽的忧虑。这是大自然所恩赐的无穷无尽的宝藏，我和你可以共同享用。"

客人听了之后，高兴地笑了，洗净杯子，重新斟酒。菜肴果品已经吃完，杯盘杂乱地放着。大家互相枕着靠着睡在船中，不知不觉东方已经亮了。

后赤壁赋

是岁十月之望①，步自雪堂②，将归于临皋。二客从予③，过黄泥之坂④。霜露既降，木叶尽脱；人影在地，仰见明月。顾而乐之⑤，行歌相答。

已而叹曰⑥："有客无酒，有酒无肴；月白风清，如此良夜何？"客曰："今者薄暮，举网得鱼，巨口细鳞，状如松江之鲈。顾安所得酒乎⑦？"归而谋诸妇⑧。妇曰："我有斗酒，藏之久矣，以待子不时之需。"

于是携酒与鱼，复游于赤壁之下。江流有声，断岸千尺；山高月小，水落石出。曾日月之几何，而江山不可复识矣⑨！予乃摄衣而上，履巉岩⑩，披蒙茸，踞虎豹，登虬龙，攀栖鹘之危巢，俯冯夷之幽宫。盖二客不能从焉。划然长啸，草木震动，山鸣谷应，风起水涌。予亦悄然而悲，肃然而恐⑪，凛乎其不可留也。反而登舟，放乎中流，听其所止而休焉。时夜将半，四顾寂寥。适有孤鹤，横江东来。翅如车轮，玄裳缟衣，戛然长鸣，掠予舟而西也⑫。

须臾客去⑬，予亦就睡。梦一道士，羽衣翩跹⑭，过临皋之下，揖予而言曰："赤壁之游乐乎？"问其姓名，俯而不答。"呜呼！噫嘻！我知之矣。畴昔之夜⑮，飞鸣而过我者，非子也耶？"道士顾笑，予亦惊寤⑯。开户视之，不见其处。

【注释】

①望：农历小月十五日，大月十六日。②自：从。③从：跟随，跟从。④坂：山坡。⑤顾：看。⑥已而：不久。⑦顾：不过，只是。⑧谋：商量。⑨识（zhì）：记住。⑩巉（chán）岩：高峻险要的岩石。⑪肃然：静悄悄的样子。⑫掠：轻轻地擦过或拂过。⑬须臾：片刻，一会儿。⑭蹁跹：轻快，有风采。⑮畴（chóu）昔：过去，以前。⑯寤（wù）：睡醒。

【译文】

这一年十月十五日，我从雪堂出发，准备回临皋亭。有两位客人跟随着我，一起走过黄泥坡。这时霜露已经降下，树叶全都脱落；我们的身影倒映在地上，抬头望见明月高悬。我们互相望望，都很喜欢这景色，便一边走一边唱，互相应和。

过了一会儿，我叹惜着说："有客人却没有酒，有酒却没有菜；月色皎洁，清风吹拂，这样美好的夜晚，我们怎么度过呢？"一位客人说："今天傍晚，我撒网捕到了鱼，大嘴巴，细鳞片，样子就像吴淞江的鲈鱼。不过到哪里去弄酒呢？"我回家去和妻子商量。妻子说："我有一斗好酒，保存了好久了，拿它来应付你临时的需要。"

就这样，我们携带着酒和鱼，再次来到赤壁下游览。长江的水流得哗哗响，陡峭的江岸有百丈高；山高高的，月小小的，水位低了，原来在水里的石头也露出来了。才过了多久哇，以前的风景竟再也记不起来了！我就提起衣襟走上岸去，踩着险峻的山岩，拨开杂乱的野草，坐在虎豹一样的山石上休息一会儿，再爬上枝条弯曲形似虬龙的树木，我攀到栖息着鹘鸟的高巢，低头看到水神冯夷的深宫。两位客人都不能跟着我到这个极高处。我高声长啸，草木被震动，高山与我共鸣，深谷响起了回声，大风刮起，波浪汹涌。我也觉得忧伤悲哀，感到这里静悄悄的，使人恐惧，觉得这里使人害怕，不可久留。回到船上，把船划到江心，任凭它漂流到哪里就在哪里停泊。这时快到半夜了，向周围望去，冷冷清清。恰巧有一只白鹤，横穿大江上空从东飞来。两只翅膀像两个车轮，尾部的黑羽如同黑裙子，身上的白羽如同洁白的衣衫，发出长长的尖厉叫声，擦过我的小船向西飞去。

过了一会儿，客人离开了，我也回家睡觉。梦见一位道士，穿着用羽毛编织成的衣裳，轻快地走来，走过临皋亭的下面，向我拱手作揖说："赤壁的游览快乐吗？"我问他的姓名，他低头不回答。"哦！哎呀！我知道你的底细了。昨天晚上，一边叫一边飞过我船上的，不是你吗？"道士回头对我笑了，我也惊醒了。打开房门一看，不知道他到哪里去了。

晁 错 论

天下之患①，最不可为者，名为治平无事②，而其实有不测之忧。坐观其变，而不为之所，则恐至于不可救。起而强为之，则天下狃于治平之安③，而不吾信。惟仁人君子豪杰之士，为能出身为天下犯大难④，以求成大功。此固非勉强期月之间⑤，而苟以求名者之所能也。天下治平，无故而发大难之端⑥；吾发之，吾能收之，然后有以辞于天下⑦。事至而循循焉欲去之⑧，使他人任其责，则天下之祸，必集于我。

昔者晁错尽忠为汉，谋弱山东之诸侯⑨。山东诸侯并起，以诛错为名。而天子不察⑩，以错为说。天下悲错之以忠而受祸，而不知错之有以取之也。

古之立大事者，不唯有超世之才，亦必有坚忍不拔之志。昔禹之治水，凿龙门，决大河而放之海。方其功之未成也⑪，盖亦有溃冒冲突可畏之患⑫，唯能前知其当然⑬，事至不惧，而徐为之所⑭，是以得至于成功。夫以七国之强而骤削之⑮，其为变岂足怪哉？错不于此时捐其身，为天下当大难之冲⑯，而制吴、楚之命，乃为自全之计⑰，欲使天子自将而己居守⑱。且夫发七国之乱者谁乎？己欲求其名，安所逃其患⑲？以自将之至危，与居守之至安，己为难首，择其至安，而遗天子以其至危⑳，此忠臣义士所以愤惋而不平者也。当此之时，虽无袁盎㉑，错亦不免于祸。何者？己欲居守，而使人主自将，以情而言，天子固已难之矣！

而重违其议[22]，是以袁盎之说，得行于其间。使吴、楚反，错以身任其危，日夜淬砺[23]，东向而待之，使不至于累其君，则天子将恃之以为无恐[24]，虽有百袁盎，可得而间哉[25]？

嗟夫！世之君子，欲求非常之功，则无务为自全之计[26]。使错自将而击吴、楚，未必无功。唯其欲自固其身，而天子不悦，奸臣得以乘其隙。错之所以自全者[27]，乃其所以自祸欤[28]！

【注释】

①患：祸患，灾难。②治平：太平，安定。③狃（niǔ）：惯习。④出身：挺身而出。⑤固：本来。期月：满一个月，此处指时间很短。⑥端：开端，开头。⑦辞：言辞，说法。⑧循循焉：犹豫的样子。⑨山东：崤山以东。⑩察：调查研究，探查清楚。⑪方：正，当。⑫溃：大水冲开堤岸。⑬前知：事前知道，预知。⑭徐：慢慢地，从容地。⑮骤：突然。⑯当大难之冲：站在大灾难的最前面。⑰全：保全。⑱将：率领军队。⑲安：怎么。⑳遗：留下，留给。㉑虽：即使。㉒重：难。违：不同意。㉓淬砺：锻炼磨砺，此处引申为冲锋陷阵，发愤图强。㉔恃：倚仗，依靠。㉕间：离间。㉖务：一定，务必。㉗所以：用来。㉘所以：用来。

【译文】

天下的灾难，最难以解决的，是表面看来太平无事，但其实有无法预料的隐患。坐在那里看着事情在变化，却不想办法去解决，恐怕事情就会发展到不可挽救的地步。但一开始就用强制的手段去处理，那么天下的人由于习惯了太平安逸，就不会相信我们。只有那些仁人君子、豪杰人物，才能够挺身而出为国家安定而冒天下之大不韪，以求成就伟大的功业。这本来就不是能够一蹴而就的，更不是企图追求名利的人所能做到的。国家正平安稳定，我却无故而开启灾难的大门；我开启的，我应该去收拾局面，然后对天下人有个交代。祸乱发生后却想躲躲闪闪地避开它，让别人去承担平定它的责任，那么天下人的责难，必定要集中到我的身上。

从前晁错竭尽忠心为汉朝出力，谋划削弱崤山以东各诸侯的势力。崤山以东各诸侯联合起兵，借诛杀晁错的名义反叛朝廷。但是皇帝不能明察，就杀了晁错来向诸侯解释。天下的人都悲叹晁错因为尽忠于朝廷而引发杀身之祸，却不知晁错也有自取其祸的地方。

自古能成就伟大功绩的人，不只是有超凡的才能，还必须有坚忍不拔的意志。从前大禹治水，凿开龙门堤口，引导河水流入大海。当他的整个工程尚未最后完成时，可能也时有决堤、漫堤等可怕的祸患发生，只是他事先就预料到会这样，祸患发生时就不惊慌失措，而能从从容容

传统文化小知识

结草衔环

"结草衔环"是"结草""衔环"两个典故的合称，比喻受人恩惠，感恩戴德，至死不忘。

其中"结草"讲的是春秋时晋将魏颗救了父亲的宠妾祖姬一命，祖姬的父亲用野草结绳将秦将杜回绊倒，帮助魏颗打败秦军。"衔环"讲的是东汉杨宝救了一只黄雀，黄雀变成的黄衣童子以四枚白环相报的故事。

地治理它，所以能够最终取得成功。七国诸侯那样强盛，却要一下子削弱他们，他们起来叛乱难道还值得奇怪吗？晁错不在这个时候献出自己的全部身心，替天下人做抵挡大难的先锋，来控制吴、楚等国的命运，却为保全自己着想，想使皇帝亲自带兵出征，自己在后方防守。再说那挑起七国之乱的是谁呢？自己想赢得那个美名，又怎么能躲避这场灾难呢？拿亲自带兵平定叛乱的极其危险，与留守京城的极其安全相比，自己是引发祸乱的主谋，选择最安全的事情去做，却把最危险的事情留给皇帝去做，这就是让忠臣义士们愤怒不平的原因哪。当时，就算没有袁盎的挑拨，晁错也不会幸免于难的。为什么呢？自己打算留守京城，而让皇帝亲自出征，从情理上说，皇帝本来已经对此很为难了！但又难以反对晁错的建议，所以袁盎的建议在这时能够起作用。如果吴国、楚国等叛乱时，晁错挺身而出，发愤图强，昼夜练兵，防守东边严阵以待，使叛军不至于威胁到皇帝，那么皇帝就会依赖晁错而没有忧虑，就算有一百个袁盎，还能离间他们君臣的关系吗？

唉！世上的君子，想要建立不平凡的功业，就不要专门去考虑保全自己的计策。假使晁错自己带兵去讨伐吴、楚，不一定没有成效。只因为他想保全自己，就使得皇帝不高兴，奸臣能够乘机进言。晁错用来保全自己的计策，正是他招致杀身之祸的原因哪！

黠鼠赋

苏子夜坐，有鼠方啮①。拊床而止之②，既止复作。使童子烛之③，有橐中空④，嘐嘐聱聱⑤，声在橐中。曰："嘻！此鼠之见闭而不得去者也⑥。"发而视之⑦，寂无所有，举烛而索⑧，中有死鼠。童子惊曰："是方啮也，而遽死耶⑨？向为何声⑩，岂其鬼耶？"覆而出之，堕地乃走⑪，虽有敏者，莫措其手⑫。

苏子叹曰："异哉！是鼠之黠也⑬。闭于橐中，橐坚而不可穴也⑭。故不啮而啮，以声致人⑮；不死而死，以形求脱也。吾闻有生，莫智于人。扰龙伐蛟⑯，登龟狩麟⑰，役万物而君之⑱，卒见使于一鼠；堕此虫之计中，惊脱兔于处女⑲。乌在其为智也⑳。"

坐而假寐㉑，私念其故。若有告余者曰："汝惟多学而识之，望道而未见也。不一于汝㉒，而二于物，故一鼠之啮而为之变也。人能碎千金之璧，不能无失声于破釜；能搏猛虎，不能无变色于蜂虿㉓：此不一之患也。言出于汝，而忘之耶？"余俯而笑，仰而觉㉔。使童子执笔，记余之作。

【注释】

①啮：咬。②拊：拍。③烛：用烛火照，这里做动词用。④橐（tuó）：盛装东西的袋子。⑤嘐（jiāo）嘐聱（áo）聱：这里形容老鼠咬物的声音。⑥见闭：被关闭。见，被。⑦发：打开。⑧索：寻找。⑨遽：立刻，

就。⑩向：刚才。⑪堕：落，掉。⑫莫措其手：让人措手不及。⑬黠：狡猾。⑭穴：咬洞，这里做动词用。⑮致：招引。⑯扰：驯服。伐：击，刺杀。⑰登龟：以龟壳占卜。⑱君：统治，这里做动词用。⑲脱兔于处女：起初像处女一样沉静，使敌方不备，然后像逃跑的兔子一样突然行动，使对方来不及出击。这里指老鼠从静到动的突变。⑳乌：何，哪里。㉑假寐：闭目打盹儿。㉒一：专心一志。㉓蜂虿（chài）：泛指毒虫。㉔觉：醒悟。

【译文】

　　我夜里起身坐在床边，听到一只老鼠正在啃咬东西。我拍击床板，声音就停止了，停了一会儿又咬起来。我让童子拿蜡烛照床下，发现底下有一只空袋子，老鼠咬东西的声音是从那里传出来的。我说："啊！是有只老鼠被关在里面出不来了。"我把袋子打开一看，结果里面静静的，什么也没有，我举着蜡烛四处寻找，发现里面有只死了的老鼠。童子吃惊地说："这只老鼠刚才还在咬东西，怎么突然死了？刚才是什么发出的声音，难道有鬼吗？"我翻过袋子把死鼠倒了出来，老鼠落到地面竟然逃跑了，即使再敏捷的人也措手不及。

　　我感叹说："这只老鼠的狡猾真是令人惊异呀！（老鼠）被关在袋子里，袋子是坚韧的，老鼠是不能够钻洞的。所以老鼠不是真咬袋子，而是要用声音招来人；不是真的死了，而是借假死脱身。我听说过的生灵，没有什么动物比人更有智慧的了。（人）能驯服神龙、刺杀蛟龙、捉取神龟、狩猎麒麟，役使世界上所有的东西并且统治它们，最终却被一只老鼠利用；中了老鼠的计，狡猾的老鼠看来像处女一样沉静，使敌方不备，然后像逃跑的兔子一样突然行动，使对方来不及出击。这里面人的智慧又体现在哪里呢？"

　　（我）坐下来，闭眼打盹儿，自己在心里想这件事的原因。好像有人对我说："你只是多学而记住一点儿知识，但还是离'道'很远。你自己的精神不集中，因而受到外物的干扰，所以才会被一只老鼠的啃咬声弄得坐立不安。人能够在打破价值千金的碧玉时不动声色，而在打破一口锅时失声尖叫；人能够搏击猛虎，可见到毒虫时不免变色：这是不专一的结果。这是你早说过的话，忘记了吗？"我低下头暗自发笑，后又抬起头来有所醒悟。（我）于是命令童子拿起笔，记下了我的文章。

〖读·品·悟〗

人一向自称是万物之灵长，是最有智慧的，然而也有被这小小老鼠欺骗的时候，这是由于人们有时做事不专一，总是被外物左右，以致受到蒙骗。成功往往来自于专心致志的坚持和探寻，失误常出于心意涣散。没有专一的精神，哪怕是微小的过失，也能让人与成功失之交臂。

留侯论

古之所谓豪杰之士者，必有过人之节。人情有所不能忍者，匹夫见辱①，拔剑而起，挺身而斗，此不足为勇也。天下有大勇者，卒然临之而不惊②，无故加之而不怒，此其所挟持者甚大，而其志甚远也。

夫子房受书于圯上之老人也，其事甚怪。然亦安知其非秦之世③有隐君子者出而试之④？观其所以微见其意者，皆圣贤相与警戒之义，而世不察，以为鬼物，亦已过矣。且其意不在书。当韩之亡，秦之方盛也，以刀锯鼎镬待天下之士⑤，其平居无罪夷灭者，不可胜数⑥。虽有贲、育，无所复施。夫持法太急者，其锋不可犯，而其末可乘。子房不忍忿忿之心，以匹夫之力，而逞于一击之间。当此之时，子房之不死者，其间不能容发，盖亦已危矣。千金之子，不死于盗贼，何者⑦？其身之可爱，而盗贼之不足以死也。子房以盖世之才⑧，不为伊尹、太公之谋，而特出于荆轲、聂政之计，以侥幸于不死，此固圯上之老人所为深惜者也。是故倨傲鲜腆而深折之，彼其能有所忍也，然后可以就大事。故曰："孺子可教也。"

楚庄王伐郑，郑伯肉袒牵羊以逆⑨。庄王曰："其君能下人，必能信用其民矣。"遂舍之⑩。勾践之困于会稽，而归臣妾于吴者，三年而不倦⑪。且夫有报人之志，而不能下人者，是匹夫之刚也。夫老人者，以为子房才有余而忧其度量之不足⑫，故深折其少年刚锐之气，使之忍小忿而就大谋，何则？非有平生之素，卒然相遇于草野之间，而命以仆妾之役⑬，油然而不怪者，此固秦皇帝之所不能惊，而项籍之所不能怒也。

观夫高祖之所以胜，而项籍之所以败者，在能忍与不能忍之间而已矣。项籍唯不能忍，是以百战百胜而轻用其锋⑭。高祖忍之，养其全锋而待其弊⑮，此子房教之也。当淮阴破齐而欲自王，高祖发怒，见于词色。由此观之，犹有刚强不忍之气，非子房其谁全之？

太史公疑子房以为魁梧奇伟，而其状貌乃如妇人女子，不称其志气。而愚以为！此其所以为子房欤！

【注释】

①见：表被动，可以翻译成"被"。②卒然：突然。③安知：怎么知道。④隐君子：这里指隐居的人。试：考验。⑤镬（huò）：古代的大锅，常作为烹人的刑具。⑥胜：尽。⑦何：为什么。⑧盖世：超过世上一切人。⑨肉袒：袒露着身体。逆：迎接。⑩遂舍：就舍弃了。⑪不倦：这里是丝毫不懈怠的意思。⑫忧：担心。⑬以：用，拿。⑭是以：因此，所以。⑮弊：疲劳，衰亡。

【译文】

古代被人称作豪杰的志士，必定有超过常人的节操，以及常人在情感上所不能忍受的度量。普通人一旦受到侮辱，就拔出宝剑跳起来，挺身去搏斗，这不足够被成为勇士。世界上有堪称"大勇"的人，当突然面临意外时不惊慌失措，无缘无故受到侮辱时，也不愤怒，这是因为他们的抱负很大，而他们的志向又很远大。

张良接受桥上老人给的兵书，这件事确实很古怪。但是，又怎么能断定这位老人不是秦朝的一位出来考验张良的隐居君子呢？观察老人用以含蓄地表达自己意见的，都是圣人贤士相互间劝诫的道理。一般人不明白，把那老人当作神仙，也太荒谬了。而且，老人的用意并不在给张良兵书上。当韩国灭亡的时候，秦国正强盛，用刀锯、油锅迫害天下的士人，安分守己而无罪被杀的人，多得数也数不清。就算有孟贲、夏育那样的勇士，也无所施展。一个立法严厉、苛刻的政权，它锐利的锋芒不能触犯，而当它走到末路时就可以乘虚而入了。张良却压不住他对秦王愤怒的情感，凭借一个普通人的力量，想用大铁椎一击来达到目的。当时，张良虽然死里逃生，实在是已经走到了死亡的边缘，真是太危险了。拥有万贯家财的富家子弟，决不肯死在盗贼的手里。为什么呢？因为他的身体宝贵，死在盗贼手里太不值。张良有超过世上一切人的才能，他不去规划伊尹、太公那样安邦定国的谋略，却想出了荆轲、聂政那样行刺的下策，完全因为侥幸才得以不死，这本来就是桥上那位老人为他深感痛惜的地方。所以，老人故意态度傲慢无理、言语粗恶地深深羞辱他，让他能有忍耐之心，然后才可以去完成伟大的事业。所以说："这个小伙子是值得一教的。"

楚庄王攻打郑国，郑襄公袒露着身体，牵了羊去迎接。楚庄王说："国君能够对人谦让，委屈自己，一定能得到老百姓的信任和效力。"于是从郑国撤兵。越王勾践在会稽陷于困境，就投降吴国做吴王的奴仆，三年中丝毫没有懈怠。如果只有报仇的志向，而没有屈从忍耐的行为，那不过是普通人的刚强罢了。那位老人，以为张良的才干绰绰有余，就担心他的度量不够，因此深深地挫败他青年人的刚强锐利之气，使他能够忍受小的愤怒而去完成远大的谋略。为什么要这样呢？老人与张良素昧平生，突然在野外相遇，却拿奴仆的低贱之事来让张良做，张良很自然而不觉得怪异，这样秦始皇当然不能使他惊怕，而项羽也不能使他暴怒了。

　　探究汉高祖刘邦取胜而项羽失败的原因，就在于一个能忍耐而另一个不能忍耐罢了。项羽正因为不能忍耐，所以虽然百战百胜却轻易出兵。高祖刘邦能够忍耐，保存强大的兵力以等待项羽的衰亡，这是张良教给他的。当淮阴侯韩信攻破齐国要自立为王时，刘邦勃然大怒，并且显露于言辞和脸色。由此可看出，他还有刚强不能忍耐的气度，除了张良，又有谁能替他补正呢？

　　太史公司马迁曾猜测张良一定是个高大魁梧的男子汉，谁料到他的长相竟然像妇人女子，同他的志向和气概并不相称。所以我认为这就是张良之所以为张良的特别之处哇！

贾谊论

　　非才之难，所以自用者实难①。惜乎！贾生，王者之佐②，而不能自用其才也。

　　夫君子之所取者远，则必有所待；所就者大③，则必有所忍。古之贤人，皆负可致之才④，而卒不能行其万一者⑤，未必皆其时君之罪，或者其自取也。

　　愚观贾生之论，如其所言，虽三代何以远过⑥？得君如汉文，犹且以不用死⑦，然则是天下无尧舜，终不可有所为耶？仲尼圣人，历试于天下，苟非大无道之国⑧，皆欲勉强扶持，庶几一日得行其道⑨。将之荆⑩，先之以冉有，申之以子夏⑪。君子之欲得其君，如此其勤也。孟子去齐，三宿而后出昼⑫，犹曰："王其庶几召我⑬。"君子之不忍弃其君，如此其厚也。公孙丑问曰："夫子何为不豫⑭？"孟子曰："方今天下，舍我其谁哉？而吾何为不豫？"君子之爱其身，如此其至也！夫如此而不用，然后知天下果不足与有为⑮，而可以无憾矣。若贾生者，非汉文之不能用生，生之不能用汉文也。

　　夫绛侯亲握天子玺而授之文帝；灌婴连兵数十万，以决刘、吕之雌雄，又皆高帝之旧将。此其君臣相得之分，岂特父子骨肉手足哉⑯？贾生，洛阳之少年，欲使其一朝之间尽弃其旧而谋其新，亦已难矣。为贾生者，上得其君，下得其大臣，如绛、灌之属，优游浸渍而深交之⑰，使天子不疑，大臣不忌，然后举天下而唯吾之所欲为，不过十年，可以得志。安有立谈之间⑱，而遽为人痛哭哉⑲？观其过湘，为赋以吊屈原⑳，萦纡郁闷，趯然有远举之志㉑。其后卒以自伤哭泣，至于夭绝㉒，是亦不善处穷者也㉓。夫谋之一不见用㉔，安知终不复用也？不知默默以待其变，而自残至此。呜呼！贾生志大而量小，才有余而识不足也。

古之人有高世之才，必有遗俗之累㉕。是故非聪明睿哲不惑之主，则不能全其用㉖。古今称苻坚得王猛于草茅之中，一朝尽斥去其旧臣而与之谋㉗。彼其匹夫略有天下之半，其以此哉！

愚深悲贾生之志，故备论之㉘。亦使人君得如贾生之臣，则知其有狷介之操㉙，一不见用，则忧伤病沮，不能复振。而为贾生者，亦慎其所发哉㉚！

【注释】

①所以：用来，使用。②佐：辅佐，此处为名词，辅佐的人才。③就：成就。④致：达到（成功）。⑤卒：最终。⑥远过：远远超过。⑦以：因为。⑧大：十分，非常。⑨道：此处指政治主张。⑩将之荆：将要到达楚国。荆，即楚国。⑪申：说明，申明。⑫昼：地名，在今山东临淄。⑬庶几：大概，可能。⑭豫：高兴。⑮果：果真。⑯岂特：难道只是，难道仅仅。⑰优游浸渍：从容不迫，逐渐渗透。⑱立谈之间：形容很短的时间。⑲遽：突然，立刻。⑳吊：凭吊，哀悼。㉑趯（tì）然：超然。趯，跳跃。㉒夭绝：夭折，早早离世。㉓穷：困窘的境遇。㉔见用：被采纳。㉕累：牵累。㉖全：完全，充分。㉗斥

去：排斥远离。㉘备：详细地。㉙狷介：性情正直，不肯同流合污。
㉚发：抒发，表达。

【译文】

不是才能难得，而是自己把才能施展出来实在困难。可惜呀，贾谊是辅佐帝王的人才，却未能好好施展自己的才能。

君子要想实现远大的成就，就必须等待时机；想要建立伟大的功业，就一定要忍辱负重。古时候的贤能人士，都身负达到成功的才能，但最终能够实现的往往不过万分之一，这不一定都是当时君主的过错，也可能是他们自己造成的。

我看贾谊的议论，照他所说的规划目标，即使夏、商、周三代的成就，又怎能远远地超过它？遇到像汉文帝这样的明君，尚且因未能尽才而郁郁死去，照这样说起来，如果天下没有尧、舜那样的圣君，就终身不能有所作为了吗？孔子是圣人，曾周游列国，多次试图请求被任用，如果不是非常无道的国家，他都想尽力扶持，希望有朝一日能推行自己的政治主张。他将到达楚国时，先派冉有去联系，接着又派子夏去

落实。君子要想得到国君重用的心情，就是这样地殷切。孟子离开齐国时，在昼地住了三天才出走，还说："齐宣王大概会召见我的。"君子不忍心抛弃他的国君，感情是这样地深厚。公孙丑问道："先生为何不高兴？"孟子说："如今这种时候，除了我还有谁能担负起治理国家的重任呢？我为什么要不高兴呢？"君子爱惜自己是这样地无微不至呀！如果做到这个地步还是得不到重用，那么就彻底知道天下的确是没有一个可以共图大业的君主了，这样也就没有遗憾了。像贾谊这样的人，并不是汉文帝不重用他，而是他本人不能被汉文帝所用啊。

周勃曾亲手持着皇帝的印玺献给汉文帝，灌婴曾联合数十万兵力，决定过吕、刘两家胜败的命运，他们又都是汉高祖的旧部。他们这种君臣遇合的深厚情分，哪里只是父子骨肉之间的感情所能比的呢？贾谊只不过是洛阳的一个年轻人，却想在短暂的时间内使文帝完全放弃旧的政策而制定新的政策，也太让人为难了。作为贾生本人，应该对上取得君主的信任，对下取得大臣的支持，像周勃、灌婴这种人，应该从容地、缓慢地与他们深交，使皇帝不猜疑，大臣不忌恨，这样才能使整个国家都按照自己的主张治理，不出十年，就可以实现自己的理想。怎么能在顷刻之间就突然对人痛哭起来呢？看他路过湘江时作赋凭吊屈原，心绪紊乱，十分忧郁愤闷，大有远走高飞、悄然退隐之意。此后，终因经常感伤哭泣，以至于短命早逝，这也真是个不善于身处逆境的人。他的建议一次没有被采纳，又怎能知道最终不会再被采纳呢？他不懂得静静地等待事情的变化，却自我摧残到了这种地步。唉！贾谊志向远大而心胸狭窄，才能有余而见识不足哇。

古时候的人如果具有超出当时一般人的才能，也一定有不被世俗理解的牵累。所以如果遇不到聪明睿智不糊涂的君主，便无法充分施展他的才能。古人和今人都称道符坚能从草野平民之中起用王猛，在很短的时间内全部斥去了原来的大臣而与王猛商讨军国大事。符坚那样一个平常之辈，竟能占据半个天下，大概就因为这些吧！

我深深地为贾谊未能实现自己的抱负而悲哀，所以才全面详细地评论他。也希望做君主的如果得到像贾谊这样的臣子，就去了解这类人有孤高不群的性格，一旦不被重用，就会忧伤颓废，不能重新振作起来。而像贾谊这种人，也应该谨慎地发表自己的建议呀！

刑赏忠厚之至论

尧、舜、禹、汤、文、武、成、康之际，何其爱民之深，忧民之切，而待天下以君子长者之道也。有一善①，从而赏之，又从而咏歌嗟叹之②，所以乐其始而勉其终③；有一不善，从而罚之，又从而哀矜惩创之④，所以弃其旧而开其新。故其吁俞之声⑤，欢忻惨戚⑥，见于虞、夏、商、周之书。成、康既没⑦，穆王立而周道始衰⑧，然犹命其臣吕侯，而告之以祥刑⑨。其言忧而不伤，威而不怒，慈爱而能断，恻然有哀怜无辜之心⑩，故孔子犹有取焉。

《传》曰："赏疑从与，所以广恩也⑪；罚疑从去，所以慎刑也⑫。"当尧之时，皋陶为士，将杀人，皋陶曰"杀之"三，尧曰"宥之"三⑬。故天下畏皋陶执法之坚，而乐尧用刑之宽⑭。四岳曰⑮："鲧可用。"尧曰："不可。鲧方命圮族⑯。"既而曰："试之。"何尧之不听皋陶之杀人，而从四岳之用鲧也？然则圣人之意，盖亦可见矣。《书》曰："罪疑惟轻，功疑惟重。与其杀不辜，宁失不经⑰。"呜呼！尽之矣！可以赏，可以无赏，赏之过乎仁；可以罚，可以无罚，罚之过乎义。过乎仁不失为君子，过乎义则流而入于忍人⑱，故仁可过也，义不可过也。

古者赏不以爵禄⑲，刑不以刀锯。赏以爵禄，是赏之道行于爵禄之所加⑳，而不行于爵禄之所不加也；刑以刀锯，是刑之威施于刀锯之所及，而不施于刀锯之所不及也。先王知天下之善不胜赏，而爵禄不足以劝也㉑；知天下之恶不胜刑，而刀锯不足以裁也㉒。是故疑则举而归之于仁㉓，以君子长者之道待天下，使天下相率而归于君子长者之道㉔，故曰忠厚之至也。

《诗》曰："君子如祉㉕，乱庶遄已㉖。君子如怒，乱庶遄沮㉗。"夫君子之已乱，岂有异术哉？时其喜怒，而无失乎仁而已矣。《春秋》之义，立法贵严，而责人贵宽。因其褒贬之义以制赏罚，亦忠厚之至也。

【注释】

①善：好事。②嗟叹：赞叹，感叹。③所以：用来，使用。勉：劝勉，勉励。④哀矜：怜悯。惩创：惩治告诫。⑤吁：叹其不然之词。俞：应许之词。⑥欢忻：和善。惨戚：悲哀。⑦没：通"殁"，离世。⑧始：才。⑨祥刑：即详刑，谨慎用刑，善用刑罚。⑩恻然：哀怜的样子，悲伤的样子。⑪广恩：推广恩泽。⑫慎刑：谨慎使用刑罚。⑬宥：宽宥，宽恕。⑭宽：宽容，宽厚。⑮四岳：官名，总掌四岳诸侯之事。⑯方命：逆命不从。圮（pǐ）族：毁害族类。⑰宁失不经：宁愿承担失刑的罪责。⑱流：沦为，流为。⑲以：用。⑳加：起作用，有效果。㉑劝：劝勉，勉励。㉒裁：制裁，裁决。㉓举：推举。相率：㉔相率：相继，一个接一个。㉕祉：喜。㉖乱庶遄（chuán）已：祸乱就会很快止息。遄，快，迅速。已，停止。㉗沮：止。

【译文】

唐尧、虞舜、夏禹、商汤、周文王、周武王、周成王、周康王的时候，他们是多么地深爱百姓、深切地替百姓担忧，而且用君子长者的态度来对待天下人。有人做了一件好事，便奖赏他，还用诗歌的形式来赞扬他，以此肯定他的做法并勉励他坚持下去；有人做了一件坏事，便惩罚他，并满怀怜悯痛心地教训他，用这种方式来使他弃恶从善、悔过自新。所以同意和不同意的声音，欢喜和忧伤的感情，在虞、夏、商、周的政治文献里都可见到。成王、康王死后，穆王继承王位，周朝的王道便开始衰落。然而穆王还是吩咐大臣吕侯，告诫他慎用刑法。他说的话忧愁却不悲伤，威严却不愤怒，慈爱而能决断，有哀怜无罪者的好心肠。因此，孔子把这篇《吕刑》选进《尚书》。

《传》书上说："奖赏时如有可疑者应该照样留在应赏之列，为的是推广恩泽；处罚时遇有可疑者则从应罚之列除去，为的是谨慎地使用刑罚。"尧在位的时候，皋陶担任法官，将要处决犯人，皋陶三次说"杀"，尧帝却三次说"赦免"。所以百姓都畏惧皋陶执法的坚决，而庆幸尧帝量刑的宽大。四岳建议说："鲧可以用。"尧帝说："不可。鲧违抗命令，毁谤同族的人。"过后，他还是说："试用一下吧。"为什么尧不听从皋陶处死犯人的主张，却听从四岳任用鲧的建议呢？那么圣人的心意，从这里也可以看出来了。《尚书》上说："罪行有可疑时，宁可从轻处置；功劳有疑点时，宁可从重奖赏。与其错杀无辜的人，宁可犯执法失误的过失。"唉！再没有比这更仁至义尽的了！可以奖赏，也可以不奖赏，奖赏他就过于仁厚了；可以处罚，也可以不处罚，处罚他又过于严厉了。过于仁慈，还不失为一个君子；超出义法，就流为残忍了。所以，仁慈可以超过，义法是不可超过的。

古人奖赏不用爵位和俸禄，刑罚不用刀锯。用爵位、俸禄行赏，只对能得到爵位、俸禄的人起作用，不能影响不能得到爵位和俸禄的人；用刀锯来处罚，这只能把刑法的威力施加在罪犯头上，而对未犯罪的人则无威慑力可言。过去的帝王深知天下做好事的人多得赏不胜赏，如果用有限的爵位和俸禄做奖赏，是根本不够奖赏的；也深知天下做坏事的人多得罚不胜罚，光用刀锯是无法制裁的。所以当赏罚有疑问时，就以仁爱之心对待。用君子长者的宽厚仁慈对待天下人，使天下人都相继回到君子长者的忠厚仁爱之道上来，所以说这就是赏罚忠厚到了极点哪！

《诗经》上说："君子如果高兴纳谏，祸乱就会快速止息；君子如果怒斥谗言，祸乱也会快速止息。"君子使祸乱迅速平定，难道有什么奇招异术吗？该喜就喜，该怒则怒，不过始终不失仁厚罢了。《春秋》的大义是，立法贵在严厉，责人贵在宽厚。根据它褒奖和贬责的大意来制定赏罚，这也是忠厚到了极点哪。

范增论

汉用陈平计，间疏楚君臣①。项羽疑范增与汉有私②，稍夺其权。增大怒，曰："天下事大定矣，君王自为之。愿赐骸骨，归卒伍。"归未至彭城，疽发背③，死。

苏子曰：增之去，善矣！不去，羽必杀增。独恨其不早耳④！然则当以何事去？增劝羽杀沛公，羽不听，终以此失天下。当于是去耶？曰：否。增之欲杀沛公，人臣之分也；羽之不杀，犹有君人之度也⑤。增曷为以此去哉⑥？《易》曰："知几其神乎！"《诗》曰："相彼雨雪，先集维霰⑦。"增之去，当于羽杀卿子冠军时也⑧。

陈涉之得民也，以项燕、扶苏。项氏之兴也，以立楚怀王孙心⑨；而诸侯叛之也，以弑义帝⑩。且义帝之立，增为谋主矣；义帝之存亡，岂独为楚之盛衰⑪？亦增之所与同祸福也。未有义帝亡而增独能久存者也。羽之杀卿子冠军也，是弑义帝之兆也；其弑义帝，则疑增之本也⑫，岂必待陈平哉？物必先腐也，而后虫生之；人必先疑也，而后谮入之⑬。陈平虽智，安能间无疑之主哉⑭？

　　吾尝论义帝，天下之贤主也。独遣沛公入关，而不遣项羽；识卿子冠军于稠人之中，而擢以为上将⑮，不贤而能如是乎？羽既矫杀卿子冠军⑯，义帝必不能堪⑰，非羽弑帝，则帝杀羽，不待智者而后知也。增始劝项梁立义帝，诸侯以此服从；中道而弑之，非增之意也。夫岂独非其意，将必力争而不听也。不用其言而杀其所立，羽之疑增必自是始也。方羽杀卿子冠军⑱，增与羽比肩而事义帝⑲，君臣之分未定也。为增计者，力能诛羽则诛之，不能则去之，岂不毅然大丈夫也哉⑳？增年七十，合则留，不合则去。不以此时明去就之分，而欲依羽以成功名，陋矣㉑！

　　虽然㉒，增，高帝之所畏也。增不去，项羽不亡。呜呼！增亦人杰也哉！

【注释】

　　①间疏：离间疏远。②私：私情，勾结。③发：发作，病发。④独恨：只是遗憾。⑤度：度量，气度。⑥曷：通"何"，为什么。⑦相彼雨雪，先集维霰：看那下雪时的天象，都是先聚集细小的雪珠。⑧卿子冠军：指宋义。卿子，是对人的尊称。冠军，指楚怀王封宋义为上将，位在其他将

领之上。⑨心：即楚怀王的孙子熊心。⑩弑：封建时代称臣杀君、子杀
父母为弑。⑪岂独：难道仅仅，难道只是。⑫本：根本，根源。⑬谗：
谗言。⑭间：离间。⑮擢：提拔。⑯矫杀：假托君命以杀人。⑰堪：忍
受，承受。⑱方：当……的时候。⑲比肩：地位相当。⑳毅然：坚毅的样
子。㉑陋：见识浅薄。㉒虽然：即使这样。

【译文】

刘邦采用了陈平的计策，离间疏远楚国君臣。项羽怀疑范增和汉王私
下勾结，渐渐剥夺他的权力。范增十分愤怒，说："天下大事已经大致确定
了，剩下的君王自己处理吧。希望能让我告老还乡。"他回乡时，还没走到
彭城，就因背上痈疽发作而死。

苏轼说：范增离去是正确的，若不离去，项羽一定会杀他。只是遗憾
他没早些离开罢了！那么他应当借着哪件事情离去呢？范增曾经劝说项羽
杀掉沛公，但是项羽没有听从并最终因此而失掉了天下。他应该在那时候
离去吗？（我）说：不对。范增想杀掉刘邦，是他作为大臣的责任；项羽
没有杀掉刘邦，也表现了他作为一个君主的度量。范增又何必为这件事而
离去呢？《易经》上说："知道事物变化的微迹，大概算是神明吧！"《诗
经》上说："看那下雪时的天象，都是先聚集细小的雪珠。"范增离开，应
当早在项羽杀害宋义的时候哇。

陈涉能够得民心，因为打的是楚将项燕和公子扶苏的旗帜。项氏的兴
盛，是因为拥立了楚怀王的孙子熊心；而诸侯背叛他，也是因为他谋杀了
义帝。况且拥立义帝，范增实为主谋；义帝的存亡，难道仅仅决定着楚国
的盛衰吗？范增也与此祸福相关。没有义帝被杀而范增却能够长久生存的
道理呀。项羽杀害宋义，是谋杀义帝的先兆；他之所以谋杀了义帝，是因
为他开始对范增产生怀疑，难道一定要等陈平来离间吗？物体必定是先腐
败，然后才有虫生出来；人必定是先有疑心，然后才有谗言进入。陈平虽
然聪明，又怎能离间没有疑心的君主呢？

　　我曾经评论义帝，称他是天下的贤君。仅仅是派遣沛公入关而不派遣项羽，在稠人广众之中识别宋义，并且提拔他做上将军（这两件事），若不是贤明之君，能做到这些吗？项羽假借义帝的命令杀害了宋义，义帝肯定不能容忍。这样，不是项羽谋杀义帝，便是义帝诛杀项羽，用不着聪明人点破也能看出来呀。范增当初劝项梁拥立义帝，诸侯因此而服从；中途又谋害他，并不是范增的主意。其实岂但不是他的主意，他必然还会竭力规劝，然而却没有被接受。不采用他的忠告而杀死他所拥立之人，项羽怀疑范增，一定是从这时就开始了。当项羽杀宋义时，范增跟项羽并肩服侍于义帝，君臣的区分还没确定。为范增设想，如果当时有力量杀项羽，就杀掉，不能就离开他，这难道不是坚毅的大丈夫吗？范增已七十岁，合得来，就留下，不合就离开。不在这时弄明离与留的利害分别，而想靠项羽成就功名，见识真是浅陋哇！

　　即使这样，范增还是被汉高祖所畏惧。范增不离去，项羽就不会灭亡。唉！范增也是人中豪杰呀！

〖读·品·悟〗

　　一个人的能力是有限的，因此在通往成功的道路上，一定要善于听取别人的意见和建议，要懂得从善如流。同时，与人合作就要讲究团队精神，不要根据自己的喜好而作出错误的决定；还要给予对方以信任，否则合作关系将会迅速瓦解。

日　喻

生而眇者不识日①，问之有目者。或告之

曰②："日之状如铜盘。"扣盘而得其声。他日闻钟，以为日也。或告之曰："日之光如烛。"扪烛而得其形③。他日揣籥④，以为日也。日之与钟、籥亦远矣，而眇者不知其异：以其未尝见而求之人也⑤。

道之难见也甚于日，而人之未达也，无以异于眇。达者告之，虽有巧譬善导⑥，亦无以过于盘与烛也。自盘而之钟，自烛而之籥，转而相之，岂有既乎⑦！故世之言道者，或即其所见而名之，或莫之见而意之⑧：皆求道之过也⑨。

然则道卒不可求欤⑩？苏子曰：道可致而不可求⑪。何谓"致"？孙武曰："善战者致人，不致于人。"子夏曰："百工居肆以成其事⑫，君子学以致其道。"莫之求而自至，斯以为"致"也欤！

南方多没人⑬，日与水居也，七岁而能涉⑭，十岁而能浮，十五而能没矣。夫没者，岂苟然哉⑮？必将有得于水之道者⑯。日与水居，则十五而得其道，生不识水，则虽壮，见舟而畏之。故北方之勇者，问于没人，而求其所以没⑰，以其言试之河，未能不溺者也。故凡不学而务求道，皆北方之学没者也。

　　昔者以声律取士，士杂学而不志于道⑱；今也以经术取士，士知求道而不务学⑲。渤海吴君彦律，有志于学者也，方求举于礼部⑳，作《日喻》以告之。

【注释】

　　①眇（miǎo）：目盲。②或：有的人。③扪：用手摸。④揣：摸。籥（yuè）：古代一种乐器，形状像笛子，但比笛子短。⑤以：因为。⑥譬：打比方，比喻。⑦既：尽，完，终了。⑧意：主观臆断，猜测。⑨过：过失，弊端。⑩卒：最终。⑪致：得到。⑫肆：作坊。⑬没人：会潜水的人。没（mò），没入水中，指潜水。⑭涉：蹚水过河。⑮苟然：随随便便的样子。在文中指随便、轻易地就能掌握的。⑯道：道理，

传统文化小知识

不食周粟

　　"不食周粟"出自《史记·伯夷列传》。孤竹君生前传位给次子叔齐，叔齐欲让位兄长伯夷，不料两人互相谦让而出走，竟于路途中相遇。于是一起投奔深得民心的西伯侯姬昌。周武王继位后，兴兵讨伐纣王，伯夷、叔齐认为这是不仁之战，以做发动不仁之战国家的臣民为耻，便隐居首阳山，拒吃周粮，以采野果维持生命。后来，"不食周粟"便被用作坚守节操、志向高洁之典。

规律，技巧。⑰所以：……的原因。⑱志：专心致志。⑲务：致力于。
⑳方：正。

【译文】

（一个）一出生就双目失明的人不认识太阳，向有眼睛的人问太阳是
什么样子的。有人告诉他说："太阳的形状像铜盘。"说着就敲击铜盘使瞎
子听到声音。有一天，瞎子听到钟声，认为那就是太阳了。又有人告诉瞎
子说："太阳的光和蜡烛一样。"瞎子摸了蜡烛知道了形状。有一天，瞎子
摸到了籥，又把它当作了太阳。太阳与钟、籥差得太远了，而瞎子却不知
道这三者之间的差异：这是因为瞎子从未见过太阳而只是听人说呀。

抽象的道理比起太阳来要难明白多了，而人们不通晓道的情况与生来
就不认识太阳的瞎子没有什么不同。通晓的人告诉他，即使有巧妙的比喻
和很好的启发诱导，也不比用铜盘和用蜡烛来说明太阳的比喻或教法好。
从铜盘到钟，从蜡烛到籥，一个譬喻接着一个譬喻地形容变化，这还有完
吗！所以世上讲道的人，有的是只用看到的来解释道，有的是没有见过道
就自己猜测它：这两者全都是求道的弊病。

既然这样，那么道是永远不能明白的吗？我说：道是可以自然而然地
得到而不可以强求的。什么叫自然而然地得到？孙武说："善于用兵的人能
使敌人自投罗网，自己却不陷入敌人的圈套。"子夏说："各行各业的手工艺
人在作坊里完成他们的工作，君子通过学习而得到道。"不去强求而自然而
然得到，这就是"致"的意思吧！

南方很多人都能潜水，他们天天都生活在水边，七岁就能蹚水过河，
十岁就能浮在水面游泳，十五岁就能潜入水里了。潜水的人能长时间地潜
入水里，哪里是马虎草率而能这样的呢？一定是掌握了水的规律。天天与
水打交道，那么十五岁就可以熟悉水性。从小不接触江河湖海的人，即使
过了三十岁，连看到舟船也会心生恐惧。所以北方的勇士，向（南方会）
潜水的人请教了怎样潜水的方法，照着潜水人的讲解而到河里去试着游

水，没有一个不被淹死的。所以凡是想不学习而一心求道的，就和北方人学潜水一样。

以前国家以做诗赋的方法来考试录取士人，士人所学繁杂而不崇尚儒道；现在用经义考试来录取士人，士人知道要追求儒道却不肯专心学习。渤海人吴彦律，他立志勤学，正打算去礼部应试，我写了这篇《日喻》来勉励他。

【读·品·悟】

"纸上得来终觉浅，绝知此事要躬行。"理论可以引领实践，但理论永远无法代替实践。只有亲自参与实践，才能在不断的摸索中获得完整的知识。若空有理论，只能是一知半解，就像文中的盲者识日一样可笑。

稼说送张琥①

曷尝观于富人之稼乎②？其田美而多，其食足而有余。其田美而多，则可以更休③，而地力得全④；其食足而有余，则种之常不后时⑤，而敛之常及其熟⑥。故富人之稼常美，少秕而多实⑦，久藏而不腐。

今吾十口之家，而共百亩之田。寸寸而取之，日夜以望之，锄耰⑧铚⑨艾⑩，相寻于其上者如鱼鳞⑪，而地力竭矣。种之常不及时，而敛之常不待其熟。此岂能复有美稼哉？

古之人，其才非有以大过今之人也⑫。其平居所以自养而不敢轻用以待其成者，闵闵焉如婴儿之望长也⑬。弱者养之，以至于刚；虚者养之，以至于充⑭。三十而后仕，五十而后爵⑮。信于久屈之中⑯，而用于至足之后；流于既溢之余⑰，而发于持满之末⑱。此古之人所以大过人⑲，而今之君子所以不及也。

吾少也有志于学，不幸而早得与吾子同年；吾子之得⑳，亦不可谓不早也。吾今虽欲自以为不足，而众且妄推之矣㉑。呜呼！吾子其去此而务学也哉！博观而约取㉒，厚积而薄发，吾告子止于此矣。

子归过京师而问焉，有曰辙子由者，吾弟也，其亦以是语之㉓。

【注释】

①张琥：字子严，常德人，苏轼好友。②曷：同"何"，何不。稼：庄稼。③更休：轮休，此处指轮番耕种。④地力：土地的肥力。⑤后：在……之后，此处指错过农时。⑥敛：收拾，此处意为收割。⑦秕：

秕子，即不成熟的谷物、庄稼。⑧耰（yōu）：捣土块的农具。⑨铚（zhì）：镰刀。⑩艾（yì）：通"刈"，收割。⑪相寻：相连，接连不断。⑫大过：远远超过。⑬闵：勉，勉力，勤勉。⑭充：充实。⑮爵：加官进爵。⑯屈：低头，此处指不成熟的时候。⑰溢：满，流出。⑱发：把箭射出。⑲所以：……的原因。⑳得：得志，实现愿望，成功。㉑推：推崇，称赞。㉒约取：简约审慎地取用。㉓语：告诉。

【译文】

你曾经观察过富人是如何种植庄稼的吗？他们的田地肥美而广大，他们的粮食充足而有余。他们的土地肥沃而宽广，这样就可以实行休耕轮作，土地的肥力便能够保全；他们的粮食充足而有余，那么耕种就能够常常不误季节，收割也往往能够等到庄稼完全成熟之后再进行。所以富人的庄稼往往成长得很好，秕子很少，产量很高，长时间储存也不会腐烂。

现在我一家十几口人，总共有一百多亩地，每一寸土地都拿来利用，接连不断地在土地上翻作和镰割，庄稼像鱼鳞一样地密集，以致土地的养分耗尽。耕种经常赶不上节令，收的时候也等不到庄稼成熟。像这样哪里能收到好的粮食呀？

古时候的人，他们的才能并没有什么地方能超过现在的人。他们平日里十分注重自身修养并且不敢贸然行事，等候着思想才华完全成熟，那种勤勉的样子，就好像盼望婴儿快快长大。精心哺育孱弱者，使他们刚强健壮起来；教养才智缺乏者，使其逐渐地充实起来。三十岁以后才出来从政，五十岁以后再求加官进爵。在他还不成熟的时候相信并等待他，在他成熟之后才使用他，就像充溢之后水才会流，满弓之极才发箭，这就是古人比今人厉害、如今的君子不如古人的原因哪。

我从小就立志努力学习，没想到能早早地与您同科考中；不过您的成功，也不能说不早哇！我现在虽然想到自己还有很多不足之处，但众人却已经胡乱地赞扬我了。唉！您要摆脱这种情况，请务必专心学习呀！希望您读书广见博识，而简约审慎地取用，在深厚的积累之后慢慢地释放出来。我能跟您说的就只有这些了。

您回去时路上经过京城时顺便打听一下，有个叫苏辙字子由的人，他是我的弟弟，请您将这些话也说给他听。

范文正公文集叙

庆历三年，轼始总角入乡校①，士有自京师来者，以鲁人石守道所作《庆历圣德诗》示乡先生②。轼从旁窃观③，则能诵习其词，问先生以所颂十一人者，何人也？先生曰："童子何用知之？"轼曰："此天人也耶？则不敢知；若亦人耳，何为其不可？"先生奇轼言④，尽以告之⑤，且曰："韩、范、富、欧阳，此四人者，人杰也。"时虽未尽了⑥，则已私识之矣⑦。嘉祐二年，始举进士，至京师，则范公没⑧。既葬，而墓碑出，读之至流涕，曰："吾得其为人⑨，盖十有五年，而不一见其面，岂非命欤？"

是岁登第⑩，始见知于欧阳公，因公以识韩、富，皆以国士待轼，曰："恨子不识范文正公⑪。"其后三年，过许⑫，始识公之仲子今丞相尧夫。又六年，始见其叔彝叟京师。又十一年，遂与其季德孺同僚于徐⑬，皆一见如旧，且以公遗稿见属为叙⑭。又十三年，乃克为之⑮。

呜呼！公之功德盖不待文而显⑯，其文亦不待叙而传。然不敢辞者，以八岁知敬爱公，今四十七年矣。彼三杰者皆得从之游，而公独不识，以为平生之恨。若获挂名其文字中，以自托于门下士之末，岂非畴昔之愿也哉⑰？

古之君子，如伊尹、太公、管仲、乐毅之流，其王霸之略，皆素定于畎亩中⑱，非仕而后学者也。淮阴侯见高帝于汉中，论刘、项短长，画取三秦，如指诸掌⑲，及佐帝定天下，汉中之言，无一不酬者⑳；诸葛孔明卧草庐中，与先主论曹操、孙权，规取刘璋㉑，因蜀之资，以争天下，终身不易其言。此岂口传耳受，尝试为之，而侥幸其或成者哉？

公在天圣中，居太夫人忧㉒，则已有忧天下致太平之意㉓，故为万言书以遗宰相㉔，天下传诵。至用为将，擢为执政㉕，考其平生所为，无出此书者㉖。今其集二十卷，为诗赋二百六十八，为文一百六十五。其于仁义礼乐、忠信孝悌，盖如饥渴之于饮食，欲须臾忘而不可得㉗。如火之热，如水之湿，盖其天性有不得不然者。虽弄翰戏语㉘，率然而作，必归于此。故天下信其诚，争师尊之。

孔子曰："有德者必有言。"非有言也，德之发于口者也。又曰："我战则克㉙，祭则受福。"非能战也，德之见于怒者也。元祐四年四月十一日。

【注释】

①总角：借指童年。②示：拿给别人看。③窃观：偷偷看。④奇：认为奇怪。⑤尽：全都，全部。⑥尽了：完全明白。⑦识（zhì）：记住。⑧没：通"殁"，去世。⑨得：知道，了解。⑩登第：考中，及第。⑪恨：遗憾。⑫过：路过，经过。⑬同僚：同朝做官。⑭属：通"嘱"，委托。⑮克：能够。⑯待：依靠，凭借。⑰畴昔：往昔，过去。⑱畎亩：草莽，乡野。⑲如指诸掌：比喻对事情非常熟悉。⑳酬：实现愿望。㉑规取：规划夺取。㉒忧：丁忧，此处指为母亲守丧。㉓致：达到，实现。㉔遗：赠送。㉕擢：提拔。㉖出：超出。㉗须臾：一会儿。㉘弄翰戏语：执笔戏言，说玩笑的话。㉙克：成功，胜利。

【译文】

庆历三年（1043年），我少年时期开始进入乡校读书，有一个从京城来的读书人，把山东人石介所写的《庆历圣德诗》给我的老师看。我从旁边偷偷地看，就能背诵那词句，（我）问老师，诗中称颂的十一人是什么人哪。老师说："小孩子何必知道他们？"我说："（如果）他们是天子，（我）就不敢知道；如果（他们）也是普通的人，我为什么就不可以知道他们？"先生认为我说的话奇怪，就把这十一个人的情况全部告诉我，并且说："韩琦、范仲淹、富弼、欧阳修，这四个人，是人中豪杰。"当时我虽不完全明白，却暗自记住他们了。嘉祐二年（1057年），我参加进士考试，到达京师，才知范公去世。已经安葬，欧阳公为他撰写的神道碑、富弼为他所作的墓志铭也已传出，我读后悲痛地流下眼泪，说："我知道范公的为人，十五年却没有见到过范公一面，难道不是命运（的安排）吗！"

这一年我应考及第，才开始被欧阳公引为知己，通过欧阳公认识了韩琦、富弼，他们都以待国内杰出人才的礼节待我，说："遗憾的是您没结识范文正公。"此后三年，我路过许州，才认识范公的次子、现在的丞相范尧夫。又过了六年，才在京师见到范公的第三子范彝叟。又过了十一年，又与范公的第四子范德孺在徐州为同僚，我们都是一见如故，并且三位把范公的遗稿（给我），嘱托我作序。又过了十三年，才能够写出这篇序文。

唉！范文正公的功德不需要靠文章显扬，他的文章也不需要靠序而留传。然而我所以不敢推辞而为范公遗稿作序，是因为自从八岁便懂得敬爱范公，到现在已经四十七年了。他们（韩琦、富弼、欧阳修）三位杰出人物，我都得以与他们交往，而唯独没能结识范公，我把这看作一生的遗憾。如果能够在他的文章中挂名，来私自在他的门客的末流托名，难道这不是我昔日的愿望吗？

古代的君子，像伊尹、姜太公、管仲、乐毅这一类人，他们的治国方略，都是早就在当平民时定下了的，不是从政后才学习的。淮阴侯在汉中见汉高帝，评论刘邦、项羽的长短，谋划取得三秦，像在手掌上比画，等到辅佐汉高帝平定天下，汉中的言论，没有一样不得到实现的；诸葛孔明卧于草庐之中，与刘备（共同）谋划对付曹操、孙权的计策，规划夺取刘璋（之地），凭借蜀地的资源，来争夺天下，终身不改他的话。这难道是靠道听途说，再试探着做，就能侥幸成功的吗？

范文正公在天圣年间，为母亲守孝时，就已有忧念天下实现太平的心愿，所以写了万言书来送给宰相（晏殊），被天下人传诵。当他被任用为将领，提拔为朝廷官员，考察他平生所做的，没有超出这本书的。现在范公文集二十卷，诗赋有二百六十八篇，文章有一百六十五篇。他对于仁义礼乐、忠信孝悌，就像饥渴的人看到饮食，想要片刻忘记都是不可能的。就像火的灼热，像水的湿润，是他的天性让他不得不这样。即使是执笔戏言，率性写作，一定归功于这种天性。所以天下人相信他的真诚，争相拜他为师，极力尊崇他。

孔子说："有道德的人，一定有言论。"不是有言论，而是道德借口舌阐发出来。孔子又说："懂得礼的人，碰到战事，一定能够取得胜利，祭祀时，一定能够获得福佑。"不是能够战胜，而是道德在盛怒的人面前显现。文章写于元祐四年（1089年）四月十一日。

书黄子思诗集后

予尝论书，以谓钟、王之迹，萧散简远①，妙在笔画之外。至唐颜、柳，始集古今笔法而尽发之②，极书之变，天下翕然以为宗师③，而钟、王之法益微④。

至于诗亦然。苏、李之天成⑤，曹、刘之自得⑥，陶、谢之超然，盖亦至矣。而李太白、杜子美以英玮绝世之姿⑦，凌跨百代⑧，古今诗人尽废⑨，然魏晋以来，高风绝尘，亦少衰矣。李、杜之后，诗人继作，虽间有远韵⑩，而才不逮意⑪，独韦应物、柳宗元发纤秾于简古⑫，寄至味于淡泊，非余子所及也。唐末司空图⑬，崎岖兵乱之间⑭，而诗文高雅，犹有承平之遗风⑮。其诗论曰："梅止于酸，盐止于咸，饮食不可无盐梅，而其美常在咸酸之外。"盖自列其诗之有得于文字之表者二十四韵，恨当时不识其妙⑯，予三复其言而悲之。

闽人黄子思，庆历、皇祐间号能文者⑰。予尝闻前辈诵其诗，每得佳句妙语，反复数四，乃识其所谓。信乎表圣之言⑱，美在咸酸之外，可以一唱而三叹也。予既与其子几道、其孙师是游，得窥其家集。而子思笃行高志⑲，为吏有异才，见于墓志详矣，予不复论，独评其诗如此。

【注释】

①萧散简远：潇洒飘逸。②发：体现，显露。③翕（xī）然：一致的样子。④微：衰微，衰败。⑤天成：自然天成。⑥自得：自抒心中所感。⑦英玮绝世：珍奇超凡，世所罕见。⑧凌：在……之上。⑨废：衰退，凋

零。⑩间：间或，偶尔。⑪逮：到，及。⑫纤秾：纤细和丰腴，这里指诗内涵丰富。简古：简朴古雅。⑬司空图：晚唐诗人，诗论家。⑭崎岖：坎坷，指世道不平。⑮承平：太平。⑯恨：遗憾。⑰号：号称。⑱表圣：司空图的字。⑲笃行高志：品行坚定，志向高远。

【译文】

我曾经评论过书法，认为钟繇、王羲之的字迹，潇洒飘逸，美妙之处在笔画之外。到了唐代的颜真卿、柳公权，这两人才集中了古今笔法并全部显露出来，极尽书法的变化，天下一致推崇，把他们当作宗师，于是钟繇、王羲之的笔法日益衰落。

说到诗，也是这样。苏武、李陵的自然天成，曹植、刘桢的自抒胸臆，陶渊明、谢灵运的超凡脱俗，大概也都到了巅峰。可是李白、杜甫凭借着过人的才智、珍奇超凡世所罕见的姿态，凌驾并跨越百代之上，古今诗人全显得凋零，可是魏晋以来，超越世俗的高风亮节，也更加少见并衰落了。李白、杜甫之后，诗人们继续写诗，虽然偶尔有意旨深远的诗篇，但是才能未能表达出意旨。只有韦应物、柳宗元（的诗文），在质朴中体现出纤细浓郁，于淡泊中蕴含着无穷韵味，不是其他人能够做到的。唐末司空图生活

在兵荒马乱的坎坷世间，而他的诗文高雅，还表现出传承了太平盛世的风习，他论诗说："梅子只是酸，盐仅仅是咸，饮食却不能没有盐和梅，它们的美常常存在于咸和酸之外。"他自己列出在文字之外表现出意旨的诗有二十四联，很遗憾当时不认识它们的妙处，我把他的话反复读了三遍并且为之感到悲伤。

福建人黄子思，是庆历、皇祐年间号称非常擅长写文章的人。我曾经听说前辈都吟诵他的诗，每次读到佳句妙语，都要反复读好几遍，才弄清他所说的是什么。司空图的话是可信的呀，美在咸酸之外，可以一唱而三叹了。我与他的儿子几道、孙子师交往后，能够看到他家的诗文集。至于子思品行坚定，志向高远，做官有非凡的才干，这些都详细地写在墓志上了，我不再多说，只是这样评论他的诗。

苏　辙

苏辙（1039年—1112年），字子由，号颍滨遗老，四川眉山人。北宋著名散文家，"唐宋八大家"之一。苏辙博闻强记，勤奋好学，少年时即显露出出众的才华。嘉祐元年（1056年），苏辙与父、兄同至汴京，颇得当时文坛盟主欧阳修的赏识，次年与苏轼同榜考取进士，名动京师。苏辙踏上仕途后，在对待王安石新政等事件当中，表现出了卓越的政治才能，但后来因其兄"乌台诗案"的牵累和元丰诸臣的排挤而屡遭贬谪。

苏辙生平学问深受其父兄影响，以儒学为主，最倾慕孟子而又遍观百家。他擅长政论和史论，在政论中纵谈天下大事，如《新论》（上）说"当今天下之事，治而不至于安，乱而不至于危，纪纲粗立而不举，无急变而有缓病"，分析当时政局，颇能一针见血。《上皇帝书》说"今世之患，莫急于无财"，亦切中肯綮。史论同父兄一样，针对时弊，古为今用。《六国论》评论齐、楚、燕、赵四国不能支援前方的韩、魏，而未能团结抗秦，暗喻北宋王朝前方受敌而后方安乐腐败的现实。《三国论》将刘备与刘邦相比，评论刘备"智短而勇不足"，又"不知因其所不足以求胜"，也有以古鉴今的寓意。

治平二年（1065年），苏辙出任大名府推官。元丰八年（1086

年），旧党当政，苏辙被召回，任秘书省校书郎、右司谏，进为起居郎，迁中书舍人、户部侍郎等职，直至崇宁三年（1104年）在颍川定居，过着田园隐居生活，自号"颍滨遗老"，以读书著述、默坐参禅为事。卒于政和二年（1112）年，死后追复端明殿学士，淳熙年间追谥文定。有《栾城集》传世。

墨竹赋

与可以墨为竹①，视之良竹也②。客见而惊焉，曰："今夫受命于天，赋形于地。涵濡雨露③，振荡风气。春而萌芽，夏而解弛④，散柯布叶，逮冬而遂⑤。性刚洁而疏直，姿婵娟以闲媚；涉寒暑之徂变⑥，傲冰雪之凌厉。均一气于草木，嗟壤同而性异。信物生之自然，虽造化其能使？今子研青松之煤⑦，运脱兔之毫，睥睨墙堵⑧，振洒缯绡⑨，须臾而成。郁乎萧骚⑩，曲直横斜，秾纤庳高⑪。窃造物之潜思，赋生意于崇朝⑫。子岂诚有道者耶？"

与可听然而笑曰⑬："夫予之所好者道也，放乎竹矣！始予隐乎崇山之阳⑭，庐乎修竹之林。视听漠然，无概乎予心。朝与竹乎为游，莫与竹乎为朋，饮食乎竹间，偃息乎竹阴⑮，观竹之变也多矣。若夫风止雨霁，山空日出，猗猗其长⑯，森乎满谷，叶如翠羽，筠如苍玉⑰。澹乎自持，凄兮欲滴。蝉鸣鸟噪，人响寂历⑱。忽依风而长啸，眇掩冉以终日⑲。笋含箨而将坠⑳，根得土而横逸。绝涧谷而蔓延，散子孙乎千亿。至若丛薄之馀㉑，斤斧所施，山石荦埆㉒，荆棘生之。蹇将抽而莫达㉓，纷既折而犹持，气虽伤而益壮，身已病而增奇。凄风号怒乎隙穴，飞雪凝沍乎陂池㉔，悲众木之无赖，虽百围而莫支。犹复苍然于既寒之后，凛乎无可怜之姿，追松柏以自偶，窃仁人之所为，此则竹之所以为竹也。始也，余见而悦之；今也，悦之而不自知也。忽乎忘笔之在手，与纸之在前。勃然而兴，而修竹森然。虽天造之无朕㉕，亦何以异于兹焉？"

客曰："盖予闻之：庖丁，解牛者也，而养生者取之；轮扁，斫轮者也㉖，而读书者与之。万物一理也，其所从为之者异尔，况夫夫子之托于斯竹也，而予以为有道者，则非耶？"与可曰："唯唯㉗！"

【注释】

①与可：文同，字与可，以学名世，擅诗文书画，以善画竹著称，和苏轼、苏辙是表兄弟。②良：好的，此处指像真的。③涵濡：滋润，浸润。④解弛：这里指竹笋脱落，开始长成竹子。⑤逮：等到。⑥徂变：指往来变化。徂，逝去。⑦青松之煤：墨。因为墨是由松烟制造的，所以如此说。⑧睥睨墙堵：形容漫不经心看着作画的墙壁。睥

睨，眼睛斜着看，形容高傲的样子。⑨振洒缯绡：形容在绢帛上尽情挥洒作画的样子。缯绡，泛指绢帛之类。⑩郁乎：指植物纷繁茂盛貌。萧骚：形容风吹竹叶发出的声音。⑪庳（bēi）：指低矮，与"高"相对。⑫生意：指生命力。崇朝：指从天亮到早饭前的一段时间，喻指时间短。⑬听然：指微笑的样子。⑭阳：山的南面。⑮偃息：表示睡觉休息。⑯猗（yī）猗其长：秀丽茂盛的样子。⑰筠：指竹子的青皮。⑱寂历：形容凋零疏落，这里指孤寂、落寞。⑲眇：同"渺"，远，高。掩冉：通"掩苒"，草丛被风吹拂的样子。⑳箨（tuò）：指竹笋外层一片一片的皮，即笋壳。㉑丛薄：指丛生的草木。㉒荦埆（luò què）：形容山石多而大的样子。㉓蹇（jiǎn）：指艰难。㉔凝冱（hù）：冻结，凝结。陂池：指池塘。㉕无朕：没有迹象或先兆，这里形容天地造物之自然。㉖斫轮：砍木制造车轮。斫，砍，削。㉗唯唯：恭敬的应答声。

【译文】

文与可用墨画竹子，画出的竹子和真的一样。对于他画的竹子，客人见到之后非常惊讶，说："上天赋予了竹子生命，大地赋予了竹子形貌。竹子受到雨露滋润，微风抚触。春天竹子开始萌芽，夏天竹笋就脱掉了壳，长成竹形，随着叶子渐渐增多，到了冬天竹子就完全长成了。竹子生性刚直，它的姿态却优雅妖媚；历经寒暑变化，笑傲冰雪严寒。草木所吸收的天地间的精华之气是相同的，慨叹它们生长的土壤一样，但是性情却很不同。的确万物生长有着它们天然的本性，除了造物主，谁能够掌握得了呢？现在你却用松烟制成的墨，用兔毛制成的笔，随意而傲然地看着作画的墙壁，然后在绢帛上尽情挥洒，时间不长就画好了。竹子枝叶繁密茂盛，十分传神，好像能听到竹叶被风吹动的声音；你所画出的竹子有弯直横斜，有粗细高低，形态各异。（你简直就像是）窃取了造物主的奇妙构思，赋予竹子蓬勃的生命力量。难道你就是那得道的高人吗？"

文与可听完微笑着说："我喜欢的就是道，我把这种追求寄托在竹子上了！我开始在高山的南面隐居起来，在竹林附近修建房屋，对其他一切无关我心的事不闻不问。从早到晚都和竹子在一起，我在竹林间吃饭，在竹阴下睡觉休息，看到很多关于竹子形态体貌的变化。每当风住雨停天空放晴的时候，山林间空旷幽静，太阳也出来了，竹林就显得特别秀丽茂盛，竹子布满了整个山谷。竹叶就像是翠鸟的羽毛，竹上的青皮像是青玉，非常淡薄，竹上的寒露好像都要滴下来了。只有蝉和鸟在竹林间鸣叫，人的声音寂寞而寥落。我顺着风大喊，整天看着那苍茫渺远的草丛被风吹拂的远方。新的竹笋带着笋壳一起落下，根在土里生长，穿过涧谷蔓延开来，长出成千上万的竹子。到了比较稀疏，被斧头砍过的地方，怪石嶙峋，荆棘丛生，竹子在那种地方艰难地抽出芽来却无法伸展开，即将倒下却仍顽强支撑着，虽然环境艰难元气受损却表现得更加坚强，身体弯折形状也更加奇特。狂风怒号的天气，天寒地冻，叹息别的树木即使有很粗大的树干却不能自持。竹子在严寒之后却依旧苍翠，没有那种可怜的姿态，它使自己与松柏同列，这是在效仿仁者的做法，这就是竹子为什么称之为竹子了。我一开始见到竹子就很喜欢；现在这种喜悦的感觉已经融入自己身体里了。突然来了兴致之后，就挥毫泼墨，那真切茂盛的竹子就在眼前了。虽然自然的竹子是天地设的，可是这与墨竹又有什么不同呢？"

客人听了之后说："我从前听说：庖丁是个肢解牛的人，然而关注养生的人却从中悟出养生之道；轮扁是个砍木制造车轮的人，然而在堂上读书的人却对轮扁有关读书的见解给予赞许。世上一切的道理都是一样的，只不过他们所从事的工作不一样而已，更何况您把这些道理寄托在竹子中，我认为你是深知事物规律的人，难道不是吗？"文与可听过之后说："也许是这样吧！"

上枢密韩太尉书

　　太尉执事：辙生好为文，思之至深。以为文者气之所形，然文不可以学而能，气可以养而致①。孟子曰："我善养吾浩然之气。"今观其文章，宽厚宏博，充乎天地之间，称其气之小大。太史公行天下，周览四海名山大川，与燕、赵间豪俊交游，故其文疏荡，颇有奇气。此二子者，岂尝执笔学为如此之文哉？其气充乎其中而溢乎其貌②，动乎其言而见乎其文，而不自知也。

　　辙生十有九年矣③。其居家，所与游者不过其邻里乡党之人④；所见不过数百里之间，无高山大野可登览以自广。百氏之书，虽无所不读，然皆古人之陈迹，不足以激发其志气⑤。恐遂汨没⑥，故决然舍去，求天下奇闻壮观，以知天地之广大。过秦、汉之故都，恣观终南、嵩、华之高⑦，北顾黄河之奔流，慨然想见古之豪杰。至京师，仰观天子宫阙之壮，与仓廪府库、城池、苑囿之富且大也⑧，而后知天下之巨丽。见翰林欧阳公，听其议论之宏辩，观其容貌之秀伟，与其门人贤士大夫游，而后知天下文章聚乎此也。

太尉以才略冠天下，天下之所恃以无忧，四夷之所惮以不敢发，入则周公、召公，出则方叔、召虎。而辙也未之见焉。且夫人之学也，不志其大，虽多而何为⑨？辙之来也，于山见终南、嵩、华之高，于水见黄河之大且深，于人见欧阳公，而犹以为未见太尉也。故愿得观贤人之光耀⑩，闻一言以自壮⑪，然后可以尽天下之大观而无憾者矣。

辙年少，未能通习吏事。向之来⑫，非有取于斗升之禄⑬，偶然得之，非其所乐。然幸得赐归待选，使得优游数年之间，将归益治其文，且学为政。太尉苟以为可教而辱教之⑭，又幸矣！

【注释】

①养：培养。②气充乎其中：精神气质充满在他们的胸中。③有：通"又"。④游：交往。乡党：乡里。⑤以：用来。⑥汩没：埋没。⑦恣观：尽情观赏。⑧仓廪：粮仓。⑨不志其大，虽多而何为：没有立下大志，即使学得多又有什么用？⑩光耀：风采。⑪闻一言以自壮：听到（您的）一句话来激励自己。⑫向：先前。⑬斗升之禄：微薄的俸禄。⑭辱教之：屈尊教导我。

【译文】

太尉执事：辙生性喜好写文章，对此想得很深。我认为文章是气的外在体现，然而文章不是单靠学习就能写好的，气却可以通过培养而得到。孟子说："我善于培养我的浩然之气。"现在看他的文章，宽大厚重宏伟博大，充塞于天地之间，同他气的大小相衬。司马迁走遍天下，广览四海名山大川，与燕、赵之间的英豪俊杰交游，所以他的文章疏放不羁，颇有奇伟之气。这两个人，难道曾经执笔学写过这种文章吗？这是因为他们的气充满在内心而溢露到外貌，发于言语而表现为文章，自己却并没有觉察到。

辙出生已经十九年了。我住在家中时，所交游的不过是乡间邻里的人，所见到的不过是几百里之内的事物，没有高山旷野可供攀登观览以开阔自己的胸襟。诸子百家的书，虽然无所不读，然而都是古人的陈迹，不能激发我的志气。我担心因此而埋没了自己，所以毅然离开了故乡，去寻求天下的奇闻壮观，以了解天地的广大。我路过秦、汉故都，尽情观赏了终南山、嵩山、华山的高峻，北望黄河的奔腾流泻，深有感触地想起了古代的豪士俊杰。到了京都汴京，瞻仰了天子宫殿的雄伟，以及国家粮仓、府库、城池、苑囿的富庶和巨大，这以后才知道天下的宏伟和壮丽。我见到了翰林学士欧阳公，聆听了他宏大而雄辩的议论，看见了他秀美而俊伟的容貌，同他的学生贤士大夫交游，这才知道天下的文章都汇聚在这里。

太尉以雄才大略称冠天下，全国人依靠您而无忧无虑，四方蛮夷惧怕您而不敢进扰，（您）在朝廷之内像周公、召公一样辅君有方，领兵出征像方叔、召虎一样御敌立功。可是我至今还未见到您呢。况且，一个人从事学习，如果不立志在远大的方面，即使学得很多又有什么用呢？我这次到来，在山，看见了终南山、嵩山、华山的高峻；在水，看见了黄河的深广；在人，看见了欧阳公；但是，我仍因为没有拜见太尉而感到遗憾。所以希望能够亲睹贤人的风采，即使只听到您一句话也足以使自己志气壮大，这样就算看遍了天下的壮观也不会再有什么遗憾了。

辙年纪很轻，还没能够通晓做官的事情。先前来京应试，并不是为了谋取微薄的俸禄，偶然得到了它，也不是自己所喜欢的。然而有幸得到恩赐回家，等待朝廷的选用，使我能悠闲几年，将回家进一步钻研作文之道，并且学习从政之道。太尉假如认为我还可以教诲而屈尊教导我的话，那我就更感到幸运了！

《读·品·悟》

　　一个人的知识内涵、胸襟修养不是仅仅靠读书就能培养出来的，多读书仅是增加知识见闻的手段之一，是一种"死"的学习方法；而游历名山大川、经历世间百事，则是"活"的学习方法，此种方法可以弥补书本知识的不足。苏辙在十九岁时幡然醒悟，明白了一个人既要读万卷书，更要行万里路，方能开拓眼界，有胸怀天下的气魄。

武昌九曲亭记

　　子瞻迁于齐安①，庐于江上②。齐安无名山，而江之南武昌诸山③，陂陁蔓延④，涧谷深密，中有浮图精舍⑤，西曰西山，东曰寒谿。依山临壑，隐蔽松枥⑥，萧然绝俗⑦，车马之迹不至。每风止日出，江水伏息，子瞻杖策载酒，乘渔舟，乱流而南⑧。山中有二三子，好客而喜游。闻子瞻至，幅巾迎笑⑨，相携徜徉而上⑩。穷山之深，力极而息，扫叶席草⑪，酌酒相劳⑫。意适忘反，往往留宿于山上。以此居齐安三年，不知其久也。

然将适西山⑬，行于松柏之间，羊肠九曲，而获少平⑭。游者至此必息，倚怪石，荫茂木⑮，俯视大江，仰瞻陵阜⑯，旁瞩溪谷。风云变化，林麓向背⑰，皆效于左右⑱。有废亭焉，其遗址甚狭，不足以席众客。其旁古木数十，其大皆百围千尺⑲，不可加以斤斧⑳。子瞻每至其下，辄睥睨终日㉑。一旦大风雷雨，拔去其一，斥其所据㉒，亭得以广。子瞻与客入山视之，笑曰："兹欲以成吾亭耶？"遂相与营之。亭成，而西山之胜始具㉓。子瞻于是最乐。

昔余少年，从子瞻游。有山可登，有水可浮，子瞻未始不褰裳先之㉔。有不得至，为之怅然移日㉕。至其翩然独往，逍遥泉石之上，撷林卉㉖，拾涧实，酌水而饮之，见者以为仙也。盖天下之乐无穷，而以适意为悦。方其得意，万物无以易之；及其既厌㉗，未有不洒然自笑者也。譬之饮食，杂陈于前，要之一饱㉘，而同委于臭腐㉙。夫孰知得失之所在？惟其无愧于中，无责于外，而姑寓焉㉚。此子瞻之所以有乐于是也。

【注释】

①迁：即左迁，被贬职。②庐：用作动词，建屋居住。③诸：各个。④陂陁（pō tuó）：不平坦。⑤浮图精舍：佛寺。⑥隐蔽松枥：林木丰茂，隐蔽天地。枥（lì），同"栎"，即栎树。⑦萧然：空寂的样子。⑧乱流：横绝江水。⑨幅巾：束发用的丝巾。⑩徜徉（cháng yáng）：自由往来的样子。⑪席：把……当作席子。⑫劳：慰问，劝慰。⑬适：往，到。⑭获少平：得到了一块稍微平缓的地方。⑮荫：以为荫蔽。⑯陵阜：高山。⑰林麓：泛指山中的林木。向背：正面和背面。⑱效：呈现。⑲百围：是说树干有百围之粗。千尺：是指树有千尺之高。⑳斤：斧子一类的工具。㉑睥睨（pì nì）：侧目斜视，有所打算。㉒斥：开拓。㉓具：完备，完全。㉔褰（qiān）裳：提起衣服。先之：走在前面。㉕移日：连续好几天。㉖撷（xié）：摘取。㉗厌：满足，舒心。㉘要之一饱：重要的是以求吃个饱。㉙委：抛弃。㉚寓：寄寓，寄托。

传统文化小知识

丁忧与夺情

古代官员因父、母亡故暂时辞官回乡守制称作丁忧，又叫"丁艰""守孝"。该制度始于汉代，时间为3年。古代官员遇到需要丁忧的情况，如果朝廷因为特殊情况，比如政治或军事方面的需要而要求官员不得回乡丁忧，而必须留在朝廷，或者官员已经回乡丁忧但期限未满，朝廷提前强令召回其出仕，这两种情况都叫做"夺情"。丁忧一旦遇到夺情，则必须屈从。

【译文】

　　子瞻被贬到齐安做官，他就在长江边上建屋居住。齐安没有什么出名的山，而长江南岸武昌的群山，高低起伏，绵延不绝，山谷幽深空寂，里面有佛塔寺庙，这些寺庙西边的叫西山寺，东边的叫寒溪寺。它们背靠山梁，面临山涧，被茂密的松树、栎树所遮蔽，空寂清静，与世隔绝，听不到车马的喧嚣，人迹罕至。每当风停了，太阳出来，江水平静无波时，子瞻就拄着拐杖，带着美酒，乘着小船，横渡大江，径直到南山上来。山中住着几个人，他们热情好客，喜欢游山玩水，听说子瞻来了，就都裹着头巾，高兴地笑迎上来，然后他们彼此牵手同行，逍遥自在地拾级而上。一直走到大山深处，当大家都筋疲力尽了，这时才停下歇息，他们扫去落叶，在草地上席地而坐，彼此端起酒杯，互相问候。玩到心情欢畅时，竟至忘记了回去，于是就常常在山上露宿。因为过着这样舒心的生活，子瞻在齐安住了三年，都没有感觉时间过了很久。

　　然而要到西山去，就要穿过青松翠柏，走过蜿蜒曲折的羊肠山路，才能见到稍微平坦的地方。游览者一定会在此休息，人们靠在嶙峋怪石上玩赏，以茂密的树木为荫蔽，向下可俯视波涛滚滚的大江，向上能仰望巍峨的高山，往旁边看可以看见小溪幽谷。风云变化和山林正面、背面的各种景色，都在人们身边展现出来。平地上有一座破旧的亭子，它的遗址非常狭窄，坐不下很多游客。亭子旁有几十棵参天古树，好像都有百围之粗、千尺之高，不能够用刀斧来砍伐。子瞻每次来到树下，就整天斜视着它们。有一天，一阵暴风雷雨过后，其中一棵古木被连根拔起，子瞻趁机将那倒下老树的地方开拓出来，亭子的地基才得以扩大。子瞻与朋友们进山看了看，相顾一笑，说道："这是（老天爷）想成全我们重修亭台的事情吗？"于是大家一起重新建了一座亭子。亭子建成后，西山的美景才算完备了。子瞻对这件事极为高兴。

　　以前我小的时候，跟随子瞻游览各地。我们遇山就爬山，遇水就划船，子瞻每次都没有不带头提起衣服、卷起裤脚走在我的前面的。有不能到达的地方，子瞻就总是为这事连续好几天忧愁郁闷。有时他一个人独自前往，悠然自得地在泉石上漫游，采摘着树林中的山花野草，拾取着落在山沟中的果子，从溪中舀水来喝，看到他这样子的人，常常把他当成神仙。其实天下的乐事无穷无尽，而那些使人心情畅快的事才最叫人高兴。而当他称心如意的时候，（觉得）万事万物都不能换取这种快乐；到了他满足尽兴之后，又没有不感到吃惊、自嘲的。好比喝酒吃饭，各色的菜肴摆在面前，就是为了填饱肚子，而最终那些食物（无论好的还是不好的食物）全被抛弃，变成了腐臭的东西。有谁还会去管哪道菜是好还是坏呢？只要心中不觉得惭愧，在外面不受到人家的指责，就不妨把心思寄托在这山林之间。这就是子瞻在这里感到快乐的原因。

东 轩 记

余既以罪谪监筠州盐酒税①，未至，大雨，筠水泛溢。蔑南市，登北岸，败刺史府门。盐酒税治舍俯江之滸，水患尤甚。既至，敝不可处，乃告于郡，假部使者府以居。郡怜其无归也，许之。岁十二月，乃克支其欹斜②，补其圮缺，辟听事堂之东为轩，种杉二本③，竹百个，以为宴休之所。然盐酒税旧以三吏共事，余至，其二人者适皆罢去，事委于一。昼则坐市区鬻盐、沽酒、税猪鱼④，与市人争寻尺以自效⑤；暮归，筋力疲废，辄昏然就睡，不知夜之既旦。旦则复出营职，终不能安于所谓东轩者。每旦暮出入其旁，顾之，未尝不哑然自笑也。

余昔少年读书，窃尝怪颜子以箪食瓢饮，居于陋巷，人不堪其忧，颜子不改其乐。私以为虽不欲仕，然抱关击柝尚可自养⑥，而不害于学，何至困辱贫窭自苦如此？及来筠州，勤劳盐米之间，无一日之休，虽欲弃尘垢，解羁絷，自放于道德之场，而事每劫而留之⑦。然后知颜子之所以甘心贫贱，不肯求斗升之禄以自给者，良以其害于学故也。嗟夫！士方其未闻大道，沉酣势利，以玉帛子女自厚，自以为乐矣。及其循理以求道，落其华而收其实，从容自得，不知夫天地之为大，与生死之为变，而况其下者乎？故其乐也，足以易穷饿而不怨，虽南面之王不能加之，盖非有德不能任也。余方区区欲磨洗浊污⑧，睎圣贤之万一⑨，自视缺然，而欲庶几颜氏之乐，宜其不可得哉！

若夫孔子周行天下，高为鲁司寇，下为乘田、委吏，惟其所遇，无所不可。彼盖达者之事，而非学者之所望也。余既以谴来此，虽知桎梏之害而势不得去，独幸岁月之久，世或哀而怜之，使得归休田里，治先人之敝庐，为环堵之室而居之⑩。然后追求颜氏之乐，怀思东轩，优游以忘其老，然而非所敢望也。

元丰三年十二月初八日，眉山苏辙记。

【注释】

①以罪：此处指作者因受苏轼的"乌台诗案"牵连而获罪。②支：支持，支撑起。③本：株，棵。④税：收税。⑤寻尺：喻细小之物。自效：自愿效力，愿为别人贡献自己的力量。⑥抱关击柝：守门打更。柝（tuò），古代打更用的梆子。⑦劫：约束、妨碍。⑧区区：奔走辛劳。⑨睎（xī）：仰望，向往。⑩环堵：四面为墙，形容居室简陋。

【译文】

我因（乌台诗案牵连）罪被贬任筠州监盐酒税。还未到达住所，天就下起大雨，筠河的大水向四处溢出。水淹没了南面的集市，漫过北岸，冲毁了刺史府的大门。盐酒税的官舍在江边上方，水灾更加厉害。我到达住所后，看见盐酒税机关房舍破旧不堪，无处安身，就向郡里报告了情况，要借用部使者的府邸居住。郡里长官可怜我没有安身之所，就答应了。这年的十二月，我才能支撑起那倾斜的地方，填补那塌落缺损的地方，还将听事堂东面的长廊辟成房舍，种了两株杉树，一百棵竹子，把它作为就餐休息的场所。然而盐酒税官以前由三个人一起担任，我来到后，其他两人正好都罢官离去，所有事务都落在我一人身上。白天我得坐守在市场上，卖盐沽酒，收猪、鱼交易的利税，与市场上的买卖人为尺寸的小利争执，为他人出点儿力；晚上归来，我已精疲力竭，常常就昏昏沉沉地入睡，不知不觉黎明已经到来。到了白天，再去市场履行我的职责，始终也不能在所谓的"东轩"安闲修养。每天早晨晚上从它的旁边出去回来，看到它，没有不默然自己暗笑的。

以前，我年少读书时，曾暗暗奇怪：颜回箪食瓢饮，住在陋巷，连旁人都忍受不了那样的愁苦，而颜回却始终不改变他认为快乐的生活方式。我私自认为即使不想做官，做个守门打更的小官也可以养活自己，也对学习没有不利，何至于困窘贫穷到这种地步呢？等到我来了筠州，为管理盐米事务操劳辛苦，没有一天的休息。虽然很想离开人声喧嚣、尘土飞扬的市场，摆脱繁杂琐碎的事务，回到能修身养性、培养德行的场所去，但每每被繁杂的事务缠绕住而身不由己。这样以后，我才明白颜回为什么甘心过贫苦的生活，不肯做一名追求斗米俸禄而养活自己的人，的确是因为他害怕对治学有所约束哇。唉！士人还没有听说道义的时候，（往往）浸沉在利禄之中，认为美玉丝帛儿子女儿是自己所偏爱的，自认为这就是快乐。等到他循着真理寻求道义，落去华彩，收获果实，悠然自得，不知道天地之大和生死之间的转变，何况在这以下的其他事呢？所以这种快乐，足以付出又穷又饿的代价也不怨恨，即使是面南而居的王也不能凌驾于它之上，这大概不是有德的人是不能如此的。我正想尽力磨掉清除身上的污垢，向往圣贤，希望能达到他们的万分之一，可是自觉还有很

多缺憾，而想有与颜回差不多的快乐，似乎是不可能得到的呀！

　　至于孔子周游列国，位高时则担任鲁司寇一职，位低时则做乘田、委吏，只要他接触的官职，没有不可以当的。他所做的都是通达之人的事情，不是我们这些一般的学者所能企及的。我因罪贬谪到筠州后，虽然懂得身受桎梏之痛苦，但是这个职务不能去掉。唯一值得庆幸的是，随着岁月的流逝，时间一长，世人或许同情我、可怜我，让我回归乡间，去管理先辈的破旧房舍产业，盖起一所简陋房屋，能够居住下去。这之后再追寻颜回的箪食瓢饮之乐，怀念回想东轩的一切，优哉游哉地度日，从而忘掉了人生的衰老，然而这也不是我现在所敢奢望的。

　　元丰三年（1080年）十二月初八日，眉山苏辙作记。

黄州快哉亭记

　　江出西陵，始得平地，其流奔放肆大①；南合沅湘，北合汉沔，其势益张②；至于赤壁之下，波流浸灌，与海相若③。清河张君梦得，谪居齐安④，即其庐之西南为亭，以览观江流之胜⑤。而余兄子瞻名之曰"快哉"。

　　盖亭之所见，南北百里，东西一舍，涛澜汹涌，风云开阖⑥。昼则舟楫出没于其前，夜则鱼龙悲啸于其下。变化倏忽⑦，动心骇目，不可久视。今乃得玩之几席之上，举目而足。西望武昌诸山，冈陵起伏，草木行列，烟消日出，渔夫樵父之舍，皆可指数[8]：此其所以为快哉者也[9]。至于长洲之滨，故城之墟，曹孟德、孙仲谋之所睥睨[10]，周瑜、陆逊之所骋骛，其流风遗迹[11]，亦足以称快世俗。

昔楚襄王从宋玉、景差于兰台之宫，有风飒然至者[12]，王披襟当之，曰："快哉此风！寡人所与庶人共者耶？"宋玉曰："此独大王之雄风耳，庶人安得共之！"玉之言盖有讽焉。夫风无雌雄之异，而人有遇不遇之变[13]。楚王之所以为乐，与庶人之所以为忧，此则人之变也，而风何与焉？士生于世，使其中不自得，将何往而非病；使其中坦然，不以物伤性，将何适而非快！今张君不以谪为患[14]，窃会计之馀功，而自放山水之间，此其中宜有以过人者。将蓬户瓮牖[15]，无所不快；而况乎濯长江之清流，揖西山之白云[16]，穷耳目之胜以自适也哉！不然，连山绝壑，长林古木，振之以清风，照之以明月，此皆骚人思士之所以悲伤憔悴而不能胜者，乌睹其为快也哉[17]！

元丰六年十一月朔日，赵郡苏辙记。

【注释】

①流奔放肆大：形容水势汪洋恣肆，声势浩大。②益张：更加阔大。③相若：和……相似，和……差不多。④谪居：遭贬谪后居留在某地。⑤胜：美丽的景色。⑥开阖：散开和合拢。这里指云气大开大合，变幻不定。⑦倏忽：一转眼，忽然。形容速度很快。⑧指数：用手指指着数清。⑨所以：……的原因。⑩睥睨：眼睛斜着向旁边看。这里指觊觎，窥伺。⑪流风遗迹：流传下来的风范和遗留下来的事迹。⑫飒：风声。⑬遇不遇：被赏识和不被赏识。指运气好坏。⑭患：忧患。⑮蓬户瓮牖：以草编门，以瓦当窗。⑯揖：拱手行礼。这里是面对的意思。⑰乌：即"恶"，怎么，哪里。

【译文】

长江从西陵峡流出，开始流入平坦的原野，于是它的水势就变得一泻千里，浩浩荡荡；在南边与沅水、湘水合流，在北边与汉水相聚，水势显得更加壮阔；到了赤壁下面，江水浩荡，灌注着大片土地，简直和大海一样。清河张梦得，贬官后居住在齐安，他在房舍的西南方修建了一座亭子，用来观赏长江水势浩荡的胜景。我的长兄子瞻为这座亭子起了个名字叫"快哉亭"。

在亭子里能看到长江南北上百里、东西三十里，波涛汹涌，风云时隐时现。白天有来往的船舶在它的前面时隐时现，晚上有鱼类和龙在它的下面悲鸣不已。景物千变万化，惊心动魄，不能长久地欣赏。如今却可以在亭中靠着矮几而坐，尽情赏玩，睁开眼睛就可以看个够。向西眺望武昌的群山，（只见）山脉蜿蜒起伏，草木行列整齐，烟消云散，阳光普照，远处渔人、樵夫的房舍，都可以用手指指着数清楚：这就是取名"快哉"的缘故哇！至于那绵长的沙洲沿岸，旧城池的废墟，曹操、孙权曾经窥视谋夺，周瑜、陆逊曾经率兵驰骋。缅怀轰轰烈烈的往事，还有那些流传下来的风范和事迹，也足为世俗之人所称快。

从前，楚襄王让宋玉、景差跟随着游兰台宫，有一阵清风吹来，楚王敞开衣襟，迎着风说道："这风多么使人快乐呀！这是我和百姓所共有的吧？"宋玉说："这只是大王的雄风，百姓怎么能和您共同享受它呢！"宋玉的话大概有着讽谏的意味。风是没有雌雄的分别的，而人却有走运和倒运的变化。楚王感到快乐的原因，百姓感到忧愁的原因，这都是因为人本身的处境不同罢了，与风有什么关系呢？世人生活在世间，如果他的内心不能自得其乐，那么，他到什么地方去会不忧愁呢？假使（能够）心胸坦荡，不因为外物而伤害天性，那么，在什么地方会感到不快乐呢？如今，张梦得不把贬官当作忧患，利用办理公务的余暇，在山水之间纵情游玩，这说明他的内心应该有一种远远超过一般人的自得之乐。即使是用蓬草编门，以破瓦片做窗，都没有什么不快乐；更何况在清澈的长江中洗涤，面对着西山的白云，让耳目尽情感受美好的景色，以求得舒心快意呢！如果不是这样，那么，长江上群山绵延，山谷深幽，森林高大，古树奇崛，清风回旋其间，明月当空朗照，这些景色都是满腹牢骚的诗人和有家难归的士子触景伤情、痛苦难堪的原因所在，哪里看得出这是畅快的呢！

元丰六年（1083年）十一月初一，赵郡苏辙记。

为兄轼下狱上书

臣闻困急而呼天①，疾痛而呼父母者，人之至情也。臣虽草芥之微，而有危迫之恳②，惟天地父母哀而怜之。臣早失怙恃③，惟兄轼一人相须为命。今者窃闻其得罪逮捕赴狱④，举家惊号，忧在不测⑤。臣窃思念，轼居家在官，无大过恶，惟是赋性愚直⑥，好谈古今得失，前后上章论事，其言不一。陛下圣德广大，不加谴责。轼狂狷寡虑⑦，窃恃天地包含之恩⑧，不自抑畏⑨。顷年通判杭州及知密州日⑩，每遇物托兴⑪，作为歌诗，语或轻发⑫，向者曾经臣寮缴进⑬，陛下置而不问。轼感荷恩贷⑭，自此深自悔咎⑮，不敢复有所为。但其旧诗已自传播。臣诚哀轼愚于自信⑯，不知文字轻易，迹涉不逊⑰。虽改过自新，而已陷于刑辟⑱，不可救止。轼之将就逮也，使谓臣曰："轼早衰多病，必死于牢狱，死固分也⑲。然所恨者⑳，少抱有为之志，而遇不世出之主，虽龃龉于当年㉑，终欲效尺寸于晚节。今遇此祸，虽欲改过自新，洗心以事明主，其道无由。况立朝最孤，左右亲近，必无为言者。惟兄弟之亲，试求哀于陛下而已。"

臣窃哀其志，不胜手足之情㉒，故为冒死一言。昔汉淳于公得罪，其女子缇萦，请没为官婢，以赎其父。汉文因之㉓，遂罢肉刑。今臣蝼蚁之诚，虽万万不及缇萦，而陛下聪明仁圣，过于汉文远甚。臣欲乞纳在身之官，以赎兄轼，非敢望末减其罪，但得免下狱死为幸。兄轼所犯，若显有文字，必不敢拒抗不承㉔，以重得罪。若蒙陛下哀怜，赦其万死，使得出于牢狱，则死而复生，宜何以报。臣愿与兄轼，洗心改过，粉骨报效，惟陛下所使，死而后已。臣不胜孤危迫切㉕，无所告诉，归诚陛下，惟宽其狂妄㉖，特许所乞。臣无任祈天请命激切陨越之至㉗。

【注释】

①困：困境，境遇窘迫。②危迫之恳：危急迫切的恳求。③怙恃：这里代指父母。④窃：私下里。⑤不测：不能预料的，此处指有性命之忧。⑥赋性愚直：天生秉性率真耿直。⑦狂狷（juàn）寡虑：为人行为放荡，考虑问题不全面。⑧恃：倚仗，依恃。⑨抑畏：谦让敬畏。⑩知：做知府。⑪托兴：借物寄托情趣。⑫或：有时。⑬向者：先前，之前。缴进：上交，进献。⑭恩贷：施恩宽宥。⑮悔咎：悔过，反省。⑯诚：真诚地，诚心地。⑰逊：谦恭，恭敬。⑱刑辟：刑律。⑲固：本来。⑳恨：遗憾。㉑龃龉：这里指意见不合。㉒不胜：禁不住，承受不住。㉓因：因为。㉔承：承受。㉕孤危：孤立危急。㉖惟：希望。㉗陨越（yǔn yuè）：封建社会上书皇帝时的套语。谓犯上而表示死罪之意。

【译文】

　　我听说人处在恶劣环境中时就会呼叫苍天，承受难以忍受的痛苦之时就会喊叫父母，这都是人们最真实的情感的表露。我就像小草一般卑微，但在受危难压迫时也还是有所求的，恐怕现在能可怜我的只有天地和父母了吧。我早早就没了父亲，一直无依无靠，只有哥哥苏轼和我相依为命。现在我私下里听说他犯罪，被送进了监狱，我们全家都非常惊恐害怕，担心他会有性命之忧。我私下里揣度，苏轼的个人生活和在朝廷为官，从总体上说没有什么大的过失，只是为人过于率真耿直，缺少周全的考虑罢了，他喜欢谈古论今，有好几次他所上的奏折中观点与陛下不一致。陛下广有圣德，没有对他进行责备。但苏轼性格过于狂妄，做事缺乏考虑，私下凭借天地宽容的恩德，就不懂得敬畏，也不知道收敛。近来他在担任杭州通判和密州知府期间，看到事物时就借物抒发感慨，于是写成诗，有时也不对用词多加考虑，之前曾经有一些同僚就把他的诗文进献给陛下，但是陛下放在一旁没追问。苏轼觉得白白承受了圣上的恩泽，常常自己悔过，不敢再有轻慢的行为了。但是他以前写的诗却传开了。我真诚地哀叹苏轼过于自信的愚昧，他不知道写出来文字容易，而其中由不谦恭的言辞带来的影响却难以消除。虽然他现在已改正过错，但却违反了刑律，这是

传统文化小知识

黄帝定服饰

黄帝时期，是我国历史发展的关键阶段，传说有很多发明创造，如养蚕、舟车、文字、音律、医学、算数等，都创始于这一时期。服饰制度也初步形成于这一时期。当时规定，上衣如天用玄色；下裳如地用黄色，以此来表达对天和地的崇拜。尤其是在拜祭祖先、祭祀天地时，统一的样式、统一的颜色，使得这些大型活动显得隆重而有秩序，无形中成为一种被人们认可和遵循的礼仪，从此，服饰开始成为礼制的载体。

无法挽回的。苏轼在被捕之前，他就让人来捎话说："我身体很早就不好了，而且虚弱多病，肯定会死在牢狱里，死也是我本该承受的。可是我还心有遗憾，年少时我就想有一番作为，恰好遇到世上难遇的贤明君主，当年的所作所为也确实糊涂，我也有所悔悟，希望在晚年时能报效国家。现在却遭遇这样的祸患，即使我想改过自新，洗心革面，重新报答贤明的君主，却没有足够的理由来证明。况且我在朝中没有什么朋党，即使是先前看起来和我交好的人，肯定也不会站出来为我求情。只希望凭着我们兄弟之情，试着向陛下为我求请。"

我私下里很同情他的志向，禁不住手足之情的哀求，所以只好冒死向陛下为他求情。从前汉朝的淳于意犯了罪，他的女儿缇萦请求朝廷将自己收为官婢，希望这样能赎回父亲。汉文帝因为这个，于是废除了肉刑。我现在就像蚂蚁一般渺小，没法儿和缇萦相比，但是陛下比汉文帝更为聪明仁圣。我想用我的官职赎回兄长，并不奢望到最后能够减轻他的罪过，只求能让他不死于牢狱之中。我的兄长苏轼所犯的罪，的确是因为他的诗文，他肯定会承认这些并会因此获得重罚的。如果陛下能够同情怜悯，赦免他的死罪，把他从牢狱中放出来，他就等于重获新生了，这样的恩德是无论如何也无法报答的。我愿意和兄长苏轼，改过自新，粉身碎骨报答陛下，只要陛下让去做的，我们死而后已。我现在内心慌张而迫切，不知道如何去表达了，我所能对陛下说的就是，希望您对他的狂言妄行能给予包容，恩许我的请求。臣不能再承受这种祈天请命的惶恐了，这已经到达我所承受的极限了。

三 国 论

天下皆怯而独勇①，则勇者胜；皆暗而独智，则智者胜。勇而遇勇，则勇者不足恃也②；

智而遇智，则智者不足用也。夫惟智勇之不足以定天下，是以天下之难蜂起而难平。盖尝闻之，古者英雄之君，其遇智勇也，以不智不勇，而后真智大勇乃可得而见也③。

悲夫！世之英雄，其处于世，亦有幸不幸邪？汉高祖、唐太宗，是以智勇独过天下而得之者也；曹公、孙、刘，是以智勇相遇而失之者也。以智攻智，以勇击勇，此譬如两虎相搏④，齿牙气力，无以相胜，其势足以相扰⑤，而不足以相毙。当此之时，惜乎无有以汉高帝之事制之者也。

昔者项籍乘百战百胜之威，而执诸侯之柄，咄嗟叱咤⑥，奋其暴怒，西向以逆高祖⑦，其势飘忽震荡如风雨之至。天下之人，以为遂无汉矣。然高帝以其不智不勇之身，横塞其冲⑧，徘徊而不得进，其顽钝椎鲁⑨，足以为笑于天下，而卒能摧折项氏而待其死⑩，此其故何也？夫人之勇力，用而不已，则必有所耗竭；而其智虑久而无成，则亦必有所倦怠而不举⑪。彼欲就其所长以制我于一时，而我闭门而拒之，使之失其所求，逡巡求去而不能去⑫，而项籍固已惫矣。

今夫曹公、孙权、刘备，此三人者，皆知以其才相取，而未知以不才取人也。世之言者曰："孙不如曹，而刘不如孙。"刘备惟智短而勇不足，故有所不若于二人者，而不知因其所不足以求胜，则亦已惑矣。盖刘备之才，近似于高祖，而不知所以用之之术。昔高祖之所以自用其才者，其道有三焉耳：先据势胜之地，以示天下之形；广收信、越出奇之将，以自辅其所不逮⑬；有果锐刚猛之气而不用，以深折项籍猖狂之势。此三事者，三国之君，其才皆无有能行之者。独有一刘备近之而未至，其中犹有翘然自喜之心⑭，欲为椎鲁而不能钝，欲为果锐而不能达⑮，二者交战于中，而未有所定。是故所为而不成，所欲而不遂。弃天下而入巴蜀，则非地也；用诸葛孔明治国之才，而当纷纭征伐之冲，则非将也；不忍忿忿之心，犯其所短，而自将以攻人⑯，则是其气不足尚也。

嗟夫！方其奔走于二袁之间，困于吕布而狼狈于荆州，百败而其志不折⑰，不可谓无高

祖之风矣，而终不知所以自用之方。夫古之英
雄，唯汉高帝为不可及也夫！

【注释】

①独：只有。②恃：依恃，依靠。③乃：才。④捽（zuó）：冲突，
抵触。⑤扰：干扰，抗扰。⑥咄嗟叱咤：发怒时大声呵斥、吆喝。形容发
怒时大声喊叫的声音。⑦逆：抵触，抗逆。⑧横塞：阻塞，阻挡。⑨椎
鲁：愚钝，鲁钝。⑩摧折：挫败，折断。⑪举：振作。⑫逡巡：徘
徊。⑬逮：到，及。⑭翘然：特出貌。⑮果锐：果断敏锐。⑯将：率
领。⑰折：断，毁坏。

【译文】

天下的人都胆小怯懦，而只有一个人勇敢，那么勇敢的人将获取胜
利；天下的人都糊涂，只有一个人是聪明的，那么聪明的人将获取胜
利。勇敢的人遇到勇敢的人，那么就不能只依靠勇敢了；聪明的人遇到
聪明的人，那么就不能够只依靠聪明了。单单依靠智慧和勇气是不能够
平定天下的，所以天下的灾难才会蜂拥而起且难以平定。我曾听说，古
代那些英雄的君主，在遇到那些有智慧和勇气的人时，总是用他们看似
不智慧不勇猛的方法去战胜对方，然后真正的勇气和智慧才能体现出来。

真是悲哀呀！难道英雄处于世界上也有幸运与不幸吗？汉高祖、唐太
宗，是凭他们超过世上其他人的智勇而得天下的人；而曹操、刘备、孙
权，则是智勇相当的人相遇，从而失去了得到整个天下的机会的人。用智
谋来打击智谋，用勇敢打击勇敢，这就好像两虎相争，光凭牙齿气力，无
法取胜，那情势可以互相干扰，而不能杀死对方。在这个时候，可惜没有
人以汉高祖那样的办法来制服对方。

从前项羽乘着百战百胜的威势，统率着各路诸侯大军，叱咤风云，发
泄其本身的怒气，向西反攻刘邦，那形势就像狂风暴雨即将来临一般，天下

的人都以为汉即将灭亡。然而汉高祖用他那不聪明又不勇敢的身躯，在项羽进军的冲要之地横杀竖挡，使项羽的军队来回调动而不能前进。汉高祖的那种愚笨蠢钝，足以被天下人笑话，而最后却能打败项羽而等着看他死亡。这是什么缘故呢？人的勇气和力量，如果不停使用，就必然有消耗竭尽之时；而智谋用久了却未成功，必然有所疲惫懈怠而不复振作。他想用他的长处，在短时间内压倒我，而我关上门抗拒他，使他失去他的希望，徘徊不定想退走又不能退走，那么项羽本来就已经疲惫不堪了。

如今曹操、孙权、刘备这三个人，都知道依靠自己的才能自己去夺取，而不知道用自己的短处去从别人那里获得。世上议论的人说："孙权比不上曹操，而刘备比不上孙权。"刘备只是智谋略缺且勇猛不足，所以有比不上两人的地方，但他不知道用自己的不足去取得胜利，那也就够糊涂的了。刘备的才能，与汉高祖已经接近，却不懂得如何把才能使用出来。从前汉高祖使用自己的才能有三种方法：先占据有利的地势，用这个来显示出得天下后将有所作为；大批招揽像韩信、彭越等才能出众的将领，用来弥补自己能力的不足；有果敢敏锐、刚烈勇猛的精神却不表现出来，来大大挫伤项羽猖狂的气势。这三种方法，三国的君主中都没有能施行的人。只有一个刘备，差不多有这种本领却未能完全达到这种境地，内心还有点儿自命不凡沾沾自喜，想装作愚笨而又不能愚傻，想做果敢敏锐的人而又不能做成。这两种想法在心中纠缠，还没有确定，因此所做的事不能成功，要达到的愿望不能实现。扔掉天下而进入巴蜀，那不是合适的地方；用诸葛亮这样治理国家的才能，却正处于纷乱的争战之中，是用了不恰当的将才；不能忍住一时愤恨之心，不能避开自己的不足，亲自率兵去打别人，那么这种意气是不值得称道的。

唉！当他在袁绍、袁术之间疲于奔命时，当他被吕布所困的时候，当他在荆州被打得狼狈不堪时，多次失败而志向坚定不移，不能说他没有汉高祖的风范，（他）却始终不懂得如何把自己的能力发挥出来。古代的英雄中，只有汉高祖是没有人可以比得上的！

名句集锦

韩愈

不塞不流，不止不行。

——《原道》

古之君子，其责己也重以周，其待人也轻以约。

——《原毁》

千里马常有，而伯乐不常有。

——《杂说四（马说）》

师者，所以传道受业解惑者也。

——《师说》

闻道有先后，术业有专攻。

——《师说》

业精于勤，荒于嬉；行成于思，毁于随。

——《进学解》

柳宗元

孰知赋敛之毒有甚是蛇者乎？

——《捕蛇者说》

蝜蝂者，善负小虫也。行遇物，辄持取，卬其首负之。背愈重，虽困剧不止也。

——《蝜蝂传》

形之庞也类有德，声之宏也类有能，向不出其技，虎虽猛，疑畏，卒不敢取。

——《三戒并序》

欧阳修

君子与君子，以同道为朋；小人与小人，以同利为朋。

——《朋党论》

醉翁之意不在酒，在乎山水之间也。

——《醉翁亭记》

其上丰山，耸然而特立；下则幽谷，窈然而深藏；中有清泉，滃然而仰出。

——《丰乐亭记》

盛衰之理，虽曰天命，岂非人事哉！

——《〈新五代史·伶官传〉序》

忧劳可以兴国，逸豫可以亡身，自然之理也。

——《〈新五代史·伶官传〉序》

苏洵

为将之道，当先治心。泰山崩于前而色不变，麋鹿兴于左而目不瞬，然后可以制利害，可以待敌。

——《心术》

悲夫！有如此之势，而为秦人积威之所劫，日削月割，以趋于亡。为国者无使为积威之所劫哉！

——《六国论》

夫国以一人兴，以一人亡。贤者不悲其身之死，而忧其国之衰。

——《管仲论》

曾巩

盖法者，所以适变也，不必尽同；道者，所以立本也，不可不一。

——《战国策目录序》

知信乎古，而不知合乎世；知志乎道，而不知同乎俗。

——《赠黎安二生序》

王安石

指挥付托必尽其材，变置施设必当其务。

——《本朝百年无事札子》

盖儒者所争，尤在于名实。名实已明，而天下之理得矣。

——《答司马谏议书》

夫夷以近，则游者众；险以远，则至者少。而世之奇伟瑰怪非常之观，常在于险远，而人之所罕至焉，故非有志者不能至也。

——《游褒禅山记》

其积于中者，浩如江河之停蓄；其发于外者，烂如日星之光辉。

——《祭欧阳文忠公文》

苏轼

霜露既降，木叶尽脱；人影在地，仰见明月。顾而乐之，行歌相答。

——《后赤壁赋》

天下有大勇者，卒然临之而不惊，无故加之而不怒，此其所挟持者甚大，而其志甚远也。

——《留侯论》

百工居肆以成其事，君子学以致其道。

——《日喻》

苏辙

以为文者气之所形，然文不可以学而能，气可以养而致。

——《上枢密韩太尉书》

濯长江之清流，揖西山之白云。

——《黄州快哉亭记》

读者反馈卡

感谢您购买《唐宋八大家文集》，祝贺您正式成为了我们的"热心读者"，请您认真填写下列信息，以便我们和您联系。您如有作品和此表一同寄来，我们将优先采用您的作品。

读 者 档 案

姓名＿＿＿＿＿＿＿＿　　年级＿＿＿＿＿＿＿＿

电话＿＿＿＿＿＿＿＿　　QQ号码＿＿＿＿＿＿＿＿

学校名称＿＿＿＿＿＿＿＿＿＿＿＿＿＿＿＿＿＿

班级＿＿＿＿＿＿＿＿　　邮编＿＿＿＿＿＿＿＿

通讯地址＿＿＿＿＿＿省＿＿＿＿＿＿市（县）＿＿＿＿＿＿区

（乡/镇）＿＿＿＿＿＿＿＿＿街道（村）

任课老师及联系电话＿＿＿＿＿＿＿＿＿　课本版本＿＿＿＿＿＿

您认为本书的优点＿＿＿＿＿＿＿＿＿＿＿＿＿＿＿＿＿＿＿

您认为本书的缺点＿＿＿＿＿＿＿＿＿＿＿＿＿＿＿＿＿＿＿

您对本书的建议＿＿＿＿＿＿＿＿＿＿＿＿＿＿＿＿＿＿＿
＿＿＿＿＿＿＿＿＿＿＿＿＿＿＿＿＿＿＿＿＿＿＿＿＿＿

您在使用过程中发现的错误，可另附页。

联系我们：北教小雨文化传媒（北京）有限公司

地址：北京市北三环中路6号北京教育出版社
邮编：100120
联系人：北教小雨编辑部
联系电话：13911108612
邮箱：beijiaoxiaoyu@163.com